Tod auf dem Titisee

Sanne Aswald lebt in der Nähe von Freiburg. Seit 2009 arbeitet sie hauptberuflich als Schriftstellerin mit etlichen Veröffentlichungen im Kinder- und Jugendbuchbereich und zwei Romanen für Erwachsene. Nebenbei führt sie gemeinsam mit ihrem Mann die familieneigene Senfmanufaktur »Senferia« und verarbeitet ihr Fachwissen in Sachbüchern.

Dieses Buch ist ein Roman. Handlungen und Personen sind frei erfunden. Ähnlichkeiten mit lebenden oder toten Personen sind nicht gewollt und rein zufällig. Lediglich Alexander und Sonja Danner und ihren phantastischen Wein gibt es wirklich.

SANNE ASWALD

Tod auf dem Titisee

DER BADISCHE KRIMI

emons:

Bibliografische Information der Deutschen Nationalbibliothek
Die Deutsche Nationalbibliothek verzeichnet diese Publikation in der Deutschen Nationalbibliografie; detaillierte bibliografische Daten sind im Internet über http://dnb.d-nb.de abrufbar.

FSC
www.fsc.org
MIX
Papier aus verantwortungsvollen Quellen
FSC® C083411

Umschlagmotiv: photocase.com/chrischpisch
Umschlaggestaltung: Tobias Doetsch
Gestaltung Innenteil: César Satz & Grafik GmbH, Köln
Lektorat: Christine Derrer
Druck und Bindung: CPI – Clausen & Bosse, Leck
Printed in Germany 2015
ISBN 978-3-95451-658-2
Der Badische Krimi
Originalausgabe

Unser Newsletter informiert Sie regelmäßig über Neues von emons:
Kostenlos bestellen unter
www.emons-verlag.de

Dieser Roman wurde vermittelt durch die Literaturagentur Beate Riess, Freiburg.

Für meine wunderbare Freundin Alexandra.
Durch dich wird die Welt heller.

EINS

30. April

Der Kies knirschte unter meinen Füßen, während ich zügig voranschritt. Genau so hatte ich es mir erhofft. Keine Menschenseele weit und breit. Nur ich und die Natur – von Angesicht zu Angesicht. Eigentlich unglaublich. Tagsüber konnte man hier kaum zehn Schritte gehen, ohne über Touristen oder Enten zu stolpern. Doch jetzt hatte ich freie Bahn. Ich zog die Jacke etwas enger und vergrub die Hände in den Taschen. Es war immer noch kühl, obwohl es Ende April war. Das nächtliche Absinken der Temperatur in dieser Höhenlage hatte ich eindeutig unterschätzt, ein warmer Schal wäre jetzt nicht zu verachten gewesen. Leider hatte ich nicht mal ein Tuch um. Das hatte ich bei meinem Treffen mit der Kräuterfrau im Café Heck vergessen und nicht damit gerechnet, dass ich es so schmerzlich vermissen würde. Sicherlich wäre ich sonst gestern noch mal los, um es zu holen.

Aber das Vergnügen, hier so unbehelligt von anderen Menschen und deren Fotoapparaten entlanglaufen zu können, machte das Frieren wieder wett. Schritt für Schritt marschierte ich durch die Dunkelheit der Dämmerung entgegen. Dabei atmete ich tief durch und versuchte, den Ärger loszulassen. Ich konzentrierte mich nur auf mein Mantra und wiederholte es ohne Pause, sodass in meinem Kopf eine Art Dauerschleife entstand. Diese Art der Entspannung – und noch einige weitere Techniken – hatte ich in einem Anti-Stress-Seminar gelernt.

Schritt – durchatmen – loslassen – Schritt – durchatmen – loslassen – Schritt – durchatmen – …

Schwarz breitete der Titisee sich vor mir aus. Der Morgennebel, der über dem Wasser lag, verbreitete eine geheimnisvolle Stimmung, als wollte er etwas vor der Welt verbergen. Ein sanfter Wind hauchte über die Wasseroberfläche, schien sie zu liebkosen und ließ die dicken Nebelschwaden wabern und sich neu formieren.

Der Großteil der Welt um mich herum schlief noch, als ich in dieser frühen Morgenstunde an das Ufer trat. Ich blieb stehen und sog den Moment in mich ein. Schwarzwaldluft. Kindheit. Vergangenheit. Zukunft? Vielleicht. Ich musste abwarten, es auf mich zukommen lassen. Nicht ganz einfach für jemanden, der Klarheit und Ordnung schätzt. Aber was blieb mir anderes übrig? Erst einmal musste ich Pascal loswerden. Verdammt.

Vereinzelt begrüßten die ersten Vögel den Tag, dazu das leise Schwappen des Wassers, wenn es auf dem flachen Ufer auslief und immer wieder neuen Anlauf nahm. Ansonsten war es still.

Nur in mir drin war von dieser Stille nichts zu spüren. Da tobten die Gedanken so laut, dass ich fürchtete, taub zu werden. Kaum hielt ich mich nicht mehr an meinem Mantra fest, fing das Gezeter wieder an.

Dieser Idiot! Er soll verschwinden. Er soll aufhören, an meinen Nerven zu zerren. Ich will meine Ruhe. Irgendwie läuft es nicht rund. Nichts klappt, und alles ist so zäh. Bäh! Ich will das nicht.

Ein Streit mit Pascal war der letzte Stoß gewesen, dadurch hatte ich mein inneres Gleichgewicht verloren, und plötzlich war nichts mehr im Lot.

Ich hatte mich nach der Auseinandersetzung mit meinem Ex, der leider nicht begreifen wollte, dass er mein Ex war, stundenlang hin- und hergewälzt und konnte nicht zur Ruhe kommen. Dazu kam die ungewohnte Atmosphäre im Hotel mit dem fremden Bett. Ich brauchte immer ein paar Nächte, mich mit neuen Betten anzufreunden. Um nicht vor lauter Dreherei das Laken durchzuscheuern, war ich aufgestanden und hatte es mit Arbeit versucht. Aber meine Gedanken waren nicht bereit, sich mit Buchstruktur, Kapitelaufbau und Schwarzwaldgenüssen zu beschäftigen. Sie gebärdeten sich wie eine wild gewordene Herde Ziegen, hüpften von einem Thema zum anderen und ließen sich nicht zur Ordnung rufen. Dabei wusste ich aus Erfahrung, dass Ordnung das einzig

Verlässliche war. Mit der richtigen Struktur trotzte man im Leben jedem Sturm. Doch davon konnte ich in meinem Chaos gerade nichts mehr erkennen. Es war zum Verrücktwerden!

Um halb fünf hatte ich die Nase voll. Nicht schlafen und langsam, aber sicher durchdrehen konnte ich auch woanders. Also schlich ich mich aus dem Hotel. Die gedämpften Geräusche hinter der Küchentür verrieten mir, dass der Betrieb bereits mit den Frühstücksvorbereitungen beschäftigt war. Kurz überlegte ich, ob ich nach etwas Obst fragen sollte, entschied mich dann aber doch dagegen. Mir war nicht danach, mit jemandem zu sprechen. Ich würde mir unterwegs etwas besorgen, falls ich Hunger bekäme.

Während ich so dastand, über die letzten Stunden nachdachte und die Natur auf mich wirken ließ, kehrte zögerlich meine verlorene Gelassenheit zurück. Meine strapazierten Nerven beruhigten sich, und die Bilder nahmen eine Ordnung an, die mir guttat. Ordnung war mein Zauberwort! Ich musste das Chaos strukturieren und die Themen trennen. Was genau lag denn eigentlich an? Gedankenverloren bückte ich mich und hob eine Handvoll Kiesel auf. Einen nahm ich in die rechte Hand.

Buchanfangskoller. Nichts Neues. Wir waren alte Bekannte, und so überraschte es mich nicht, dass sich ausgerechnet jetzt, wo ich mit Freude und Elan in das nächste Projekt gestartet war, ein Knoten in mir bildete.

Schon meldete sich Stimmchen zu Wort. Wie ein kleines fieses Monster ploppte sie in mir auf und zeigte mir mit gefletschten Zähnen eine lange Nase.

Kriegst du eh nicht hin. Wird nichts, lass es lieber gleich sein.

Natürlich hatte ich im Laufe der Jahre Strategien gegen solche anfallartigen Gefühlswallungen entwickelt. Ich hielt dagegen.

Meine Bücher sind gefragt. Mein letztes ist sogar zurzeit auf der Bestsellerliste. Ich kann das!

Aber kaum hatte ich Stimmchen diesen positiven Gedanken entgegengesetzt, griff sie zu neuen Waffen.

Das war ein Glücksgriff. Bilde dir nur nichts ein. So viel Glück hat man nicht immer. Dieses Mal wird es nichts. Du hast doch keinen Schimmer vom Schwarzwald! Und schreiben kannst du auch nicht. Ätsch!

RUHE! Ich bin im Schwarzwald geboren. Habe ihn sozusagen im Blut. Und ich bin ein Profi. Ich kann schreiben. Ich schaffe das. Abgesehen davon hat Karl May es ja wohl allen erfolgreich gezeigt, dass ein Schriftsteller nicht vor Ort gewesen sein muss, um eine Region in seinen Geschichten lebendig werden zu lassen. Im Gegensatz zu ihm bin ich aber vor Ort. Wo also sollte das Problem sein?

Ich holte aus und warf mehrere Kiesel mit viel Schwung, in dem meine ganze Wut lag, auf die Wasseroberfläche. Sie landeten mit einem Prasseln und versanken. Nur die kleinen Wellenkreise auf dem Wasser zeigten an, dass hier gerade in die natürliche Ruhe eingegriffen worden war.

Und jetzt bleibst du gefälligst still. Ich will nichts mehr hören und ohne Störungen durch dich meine Arbeit machen!

Stimmchen war gezähmt, für den Moment zumindest.

Ich ging zum nächsten Thema. Der Makler. War es ein Zeichen, dass ausgerechnet meine ersten Schritte ins neue Leben sich so holprig gestalteten? Ich hatte mich gestern mit einem Makler verabredet, um meine Überlegungen – meinen künftigen Lebensmittelpunkt in den Schwarzwald zu verlegen – auf Machbarkeit abzuklopfen. Zumindest wollte ich die Lage sondieren und hatte deshalb einen Termin ausgemacht. Und der Kerl kam einfach nicht. Männer!

Fünf Nachrichten hatte ich ihm auf der Mailbox hinterlassen. Keine Reaktion. Hatte er es nicht nötig? War ihm was dazwischengekommen? Aber wieso sagte er dann nicht wenigstens ab? Ich würde ihn mir heute vorknöpfen – und falls ich ihn nicht erwischen sollte, würde ich seine Frau darauf ansprechen. Ellen, meine Expertin für Kräuterfragen, hatte mir ihren Ehegatten schließlich wärmstens empfohlen.

Wie auch immer, wir klären das heute noch, auf keinen Fall lasse ich mich noch mal von dir versetzen.

Platsch. Der nächste Kiesel fand seinen Weg auf den Seegrund. Ich betrachtete den letzten Stein in meiner Hand. Es war ein besonders schweres Exemplar. Das passte. Beim Gedanken an Pascal fühlte mein Bauch sich so an, als läge mindestens so ein großer Stein in meinem Magen. Eher noch größer.

Du bist Pascal. Was willst du hier? Du bringst alles durcheinander. Du störst. Verschwinde!

Jaa! Genau so. Gut gebrüllt, Clarissa. Stimmchen überschlug sich vor Begeisterung und machte Purzelbäume.

Ich holte aus und warf den Brocken mit aller Kraft und Entschlossenheit ins Wasser. Ein dumpfes Platschen erklang, dann war der Stein verschwunden.

Gut so. Und genau so wollte ich bitte, dass der echte Pascal verschwand. Platsch und weg. Er sollte abtauchen und am besten für immer abgetaucht bleiben. Die Frage war nur, wie ich ihn dazu bringen konnte. Bislang zeigte er sich gegen jegliche Aufforderung, zu gehen, immun. Er tat so, als hörte er es einfach nicht, wenn ich ihm sagte, dass er unerwünscht sei. Im Gegenteil – ich hatte sogar das Gefühl, er machte sich zu meinem Schatten. Er benahm sich so, als wären wir nach wie vor ein Paar, schlimmer noch – als wären wir verlobt. Die Schutzheilige aller Brünetten bewahre mich!

In diesem Moment hörte ich hinter mir ein leises Scharren. Ich zuckte zusammen, hielt den Atem an und lauschte in die Dunkelheit. Es hatte sich ein bisschen so angehört, als versuchte jemand, ein Husten zu unterdrücken. Pascal? War er mir gefolgt? Trotz meiner Vorsicht? Ich hatte mich, seit dem Verlassen meines Hotelzimmers, immer wieder umgesehen, war mehrfach in der Bewegung herumgefahren und hatte das Dunkel mit Blicken abgescannt. Der Kiesweg vom Hotel zum Parkplatz war beleuchtet. Er konnte mir nicht unbemerkt gefolgt sein. Auf dem Weg zum See hatte ich absichtlich einen Umweg eingebaut, den Rückspiegel nie aus den Augen gelassen.

Mein Verstand sagte: Er ist dir nicht hinterhergekommen.

Mein Herz hämmerte heftig gegen meine Rippen und

klopfte ängstlich: Vielleicht doch? Was, wenn er endgültig den Verstand verloren hat?

Vielleicht war er jetzt auf dem Trip: Wenn ich dich nicht haben kann, kriegt dich keiner! Das war eines der häufigsten Mordmotive, las man doch immer wieder in diversen Zeitschriften. Vor meinem inneren Auge tauchte ein Bild auf, das ich nicht sehen wollte. Mit vor Panik aufgerissenen Augen schwamm ich unter Wasser, kämpfte verzweifelt, rang nach Luft, wollte schreien, kratzte, zerrte an Händen, die mich unerbittlich unter die Wasseroberfläche drückten. Mühsam sog ich kalte Morgenluft in meine Lungen, zwang mich in die Gegenwart zurück und schüttelte diese schreckliche Phantasie ab.

»Und wenn schon«, rief ich in die menschenleere Umgebung hinein. »Du machst mir keine Angst!«

Gut gebrüllt, Löwin! Gut, und voll gelogen. Du hast mehr Angst als die Maus vor der Katz! Die Stimme in meinem Kopf kicherte.

Ich lauschte noch eine Weile, aber es regte sich nichts mehr, nur mein Puls raste noch. Voller Anspannung setzte ich meinen Weg fort. Ich spitzte meine Ohren, aber da war nichts. Mit jedem Meter schwächte sich das Gefühl des Verfolgtwerdens ab.

Dummes, ängstliches Huhn. Du bist mitten in der Nacht aus dem Hotel raus. Pascal hat geschlafen. Der hat das gar nicht mitgekriegt.

Stimmchen hatte recht. Ich schob den letzten Rest Unsicherheit weg und beschloss, die Atmosphäre des erwachenden Tages zu genießen. Diese Stimmung musste ich einfangen, das wollte ich für meine Leser in das Buch bannen – den Zauber des Schwarzwalds, die Ursprünglichkeit, die Schönheit und die Kraft.

Und selbst wenn Pascal mir gefolgt wäre, wovor hatte ich eigentlich Angst? Die Vorstellung, dass er zum durchgeknallten Psychopathen mutiert sein könnte, war doch lediglich eine Frucht meiner überschießenden Phantasie. Es gab keinen vernünftigen Anhaltspunkt dafür. Schließlich war Pascal nicht der Kerl aus »Das Parfum«, der Frauen auflauerte und ihnen die Haut abzog. Wenn er hier wäre, gäbe es eben den nächsten Krach, ein ordentliches Donnerwetter und fertig.

Das rituelle Probleme-ins-Wasser-Pfeffern hatte mir gutgetan. Ich fühlte mich tatsächlich schon ein bisschen leichter, und die Zuversicht, die sich in den letzten Stunden in ihrem Kämmerchen verkrochen hatte, wagte sich wieder hervor. In Gedanken machte ich eine Liste.

Ich würde das Buch schreiben und garantiert ebenso gute Arbeit abliefern wie bei den Vorgängerbüchern.

Mit dem Makler würde ich ein Schwarzwaldhuhn rupfen, und wenn er mir blöd kam, würde ich mir eben einen anderen suchen. Es gab sicher mehr als einen.

Pascal würde irgendwann aufgeben, wenn er merkte, dass ich es wirklich ernst meinte. Keine Freundlichkeit, keine Gespräche, ich würde ihm die eiskalte Schulter zeigen, dann würde er früher oder später abreisen, und ich hätte meine Ruhe.

Ich war bereit, meine Schwarzwaldzeit in vollen Zügen zu genießen!

Während der Grübelei hatten meine Füße mich schon ziemlich weit am See entlanggetragen, und mein Magen meldete lautstark Hunger. Deshalb beschloss ich, umzukehren und mich wieder Richtung Ortschaft zu halten. Es musste inzwischen schon fast sechs sein, die ersten Geschäfte würden bestimmt bald öffnen.

Im Augenwinkel sah ich eine Bewegung auf dem Wasser, ich fuhr herum. Pascal! Im nächsten Moment verwarf ich den Gedanken sofort wieder. Was sollte Pascal auf dem Wasser machen? Für eine gemütliche Bootstour war es nicht die richtige Tageszeit, und wenn er mich verfolgte, dann sicher nicht auf dem Seeweg.

Ich erspähte einen Herrn mit Hut, der leicht in sich zusammengesunken in einem kleinen Ruderboot saß. Ein Angler? Das Licht war noch nicht voll da, deshalb konnte ich keine Details erkennen.

»Guten Morgen und Petri Heil!«, rief ich und winkte freundlich zu dem Herrn hinüber. Der rührte sich nicht. Schwarzwälder Eigenbrötler! Ich zog die Schultern hoch und ging ein paar Schritte. Aber irgendwie war es doch merkwürdig. Ich drehte mich noch mal um, der Kerl saß immer noch genau so da. Mist, wenn die Sonne nur schon aufgegangen wäre! Im Dämmerlicht und mit Nebelschwaden vor Augen konnte ich kaum erkennen, was sich da auf dem Wasser tat. Hatte er eine Angel ausgeworfen oder nicht? Unschlüssig blieb ich stehen. Ich kniff die Augen zusammen, bemühte mich, das Boot zu fokussieren: Da war keine Angel.

»Entschuldigung. Ich möchte nicht aufdringlich sein, aber geht es Ihnen gut?«

Keine Reaktion.

»Hallo?« Langsam wurde mir mulmig zumute. Was für eine gespenstische Situation. War da nur jemand eingeschlafen? Oder hatte er Kummer und badete in Weltschmerz – entrückt von aller Gegenwart? Vielleicht brauchte er Hilfe? Ich konnte nicht weitergehen, und ihn dem Schicksal überlassen. Aber was sonst? Hinschwimmen? Wohl eher nicht. Die Wassertemperatur war sicher alles andere als einladend. Ich trat ans Ufer und streckte meine Hand in den See. Pfui Teufel! Nein, Schwimmen war keine Alternative.

Hab dich nicht so. Kaltes Wasser ist gut für den Teint.

Ich ignorierte Stimmchen und blickte mich weiter um.

Ein paar Meter von dem treibenden Boot entfernt war ein Bootssteg. Vielleicht könnte ich ein Ruderboot ausleihen? Ein paar Minuten später stellte ich mit einem nicht gesellschaftsfähigen Fluch auf den Lippen fest, dass alle Boote festgekettet waren.

»Hören Sie, könnten Sie bitte einfach nur die Hand heben, damit ich sehe, dass alles in Ordnung ist?« Ich hatte meine Hände zum Trichter geformt und meinen Wunsch so laut gebrüllt, dass mein Hals kratzte. Nichts. Keine Reaktion. Kein wie auch immer geartetes Signal – weder Hand noch Fuß. Langsam, aber sicher hatte ich die Nase voll. Schon wieder ein Mann. Schon wieder Ärger.

Während ich wie Rilkes Panther am Ufer hin und her schlich, immer fünf Schritte in die eine und fünf Schritte in die andere Richtung, ließ ich den treibenden Kahn und den Mann nicht aus den Augen.

Da stimmt was nicht. Schau doch nur, wie komisch der in sich zusammengesackt ist. Du musst was tun!

Sehr witzig. Mein Stimmchen bewies wieder einmal Humor. So weit war ich ja auch schon ohne Flüsterstimmchen gekommen. Die Frage war nur: was?

Ich bückte mich und hob ein paar Steine auf. Die ersten Würfe landeten meilenweit vom Boot entfernt, beim Werfen und Zielen hatte ich mich schon in der Schulzeit äußerst talentfrei gezeigt. Nun stellte ich fest, dass sich das über die Jahre nicht gebessert hatte. Der achte Versuch klappte. Der Stein knallte gegen die Bootswand. Ich hielt inne. Von dem Mann kam keine Reaktion. Der neunte Wurf war etwas zu hoch angesetzt. Der Hut des Mannes landete im Wasser.

Ich hielt die Luft an. Falls er nur eingeschlafen war, würde er jetzt aufwachen. Vielleicht sollte ich lieber abhauen? Atemlos beobachtete ich die Szene. Wie in Zeitlupe sackte der Mann zur Seite und hing jetzt halb über die Bordwand. Ein Arm baumelte in der Luft, die Hand wischte über die Wasseroberfläche, berührte sie leicht.

Der Kerl ist tot!

Oder ohnmächtig. Könnte doch sein, dass er nur ohnmächtig war. Bitte, lass ihn ohnmächtig sein, betete ich in den beginnenden Tag hinein.

Ohnmächtig oder tot – auf jeden Fall brauchte er Hilfe. Mit zitternden Händen kramte ich mein Handy aus der Tasche und wählte den Notruf.

ZWEI

28. April

Meine Muskeln und Knochen ächzten, als ich mich aus dem Sitz quälte. Der Boden schien zu schwanken, als befände ich mich bei hohem Seegang auf einem Schiff. Meine Augen brannten, und in den Ohren dröhnte immer noch das Motorenbrummen des Autos, obwohl Pauline – wie ich meinen dunkelblauen Mini getauft hatte – längst stand und ich den Schlüssel in der Hand hielt. Ich kam in die Senkrechte und brachte damit meine Bandscheiben zum Jaulen.

Hey, cool bleiben, ihr Scheibchen, wir haben es geschafft, und ab heute steht Wellness auf dem Programm – für Körper und Seele.

Vor meinem inneren Auge tauchte eine Massageliege auf, daneben Milchkaffee und ein großes Stück Schwarzwälder Kirschtorte, flankiert wurde das köstliche Arrangement von einem Gläschen Sekt, frau gönnt sich ja sonst nichts. Ich konnte es kaum erwarten, und immerhin war das ja alles Arbeit. Als Autorin musste ich schließlich recherchieren, was ich meinen Lesern empfehlen wollte. Gut, dazu wäre kein Wellnessprogramm nötig, es sollte im Schwarzwaldbuch hauptsächlich um die Kulinarik gehen. Aber wieso nicht das Angenehme mit dem Nützlichen verbinden? Für den einen oder anderen Wellnesstipp wären meine Leser bestimmt dankbar. Und ich hatte mir etwas Verwöhn-Programm redlich verdient, besonders nach der letzten Zeit. Ätzend, nervig, anstrengend und zum schnellstmöglichen Vergessen – das beschrieb die letzten sechs Monate meines Lebens ziemlich genau. Die letzten sechs Monate und einen gewissen Herrn, der an meinen Nervenseilen zupfte und riss, als wären sie Basssaiten und er ein wild gewordener Kontrabassist. Und dann staunte er, welche Töne dabei entstanden, und glaubte, nur etwas an der Stellschraube drehen zu müssen, um die Dissonanzen zu beheben. Pech gehabt, mein Lieber, oder besser, mein Ex-Lieber. Die Saiten sind gerissen, es ist vorbei mit deiner Musik, such dir gefälligst ein anderes Instrument und lass mir meine Ruhe.

Ich wischte den Gedanken an Pascal weg und konzentrierte mich auf den breiten Kiesweg, den es zu bewältigen galt. Wenn meine Vision von gutem Essen, Whirlpool und Massage keine Zukunftsmusik bleiben sollte, musste ich in Bewegung kommen und die letzten Meter meiner Reise hinter mich bringen.

Von Hamburg bis Titisee mit nur einer kurzen Kaffeepause – abgesehen von der kleinen Zwangspause, die ein übereifriger Polizist mir beschert hatte – und jetzt noch der kleine Weg bis zum Hotel. Sarah hatte behauptet, ich sei total verrückt, kein normaler Mensch würde so eine Strecke am Stück fahren, aber sie hatte es nicht geschafft, mir mein Vorhaben auszureden. Ich hatte keine Lust auf drittklassige Raststätten, quengelnde Kinder und gestresste Eltern. Und auch nicht auf alleinreisende Männer, die sich vielleicht ein bisschen Abwechslung und Gesellschaft erhofften. Solche zog ich ärgerlicherweise nämlich magisch an. Selbst auf gemeinsamen Reisen mit Pascal hatten diese Kerle versucht, mich heimlich anzubaggern. Einfach unglaublich. Dabei dachte ich früher immer, Typen stünden auf blond und langbeinig. Aber obwohl ich mit meinen eins neunundsechzig nur mittelgroß war, passte ich nervend oft in das Beuteschema wildernder Herren, was vermutlich an meinen seidigen dunkelbraunen Haaren, die mir fast bis zum Po gingen, und den Schokoaugen lag. So lautete die am häufigsten verwendete Umschreibung meines Äußeren durch Männer. Auch wenn ich natürlich froh war, eher als die Schöne und absolut nicht als das Biest durchzugehen – weder äußerlich noch innerlich –, fand ich die Reaktionen dennoch übertrieben. Zumindest einen Hauch.

Meistens hatte ich es durchaus genossen, wenn Männer einen oder auch mal einen zweiten Blick riskierten. Welche Frau würde Nein sagen, wenn jemand ihr seine Anerkennung offenbaren wollte? Aber damit war jetzt Schluss! Für die nächsten hundert Jahre war mein Bedarf gedeckt. Erst musste ich an meinem Talent arbeiten und lernen, nicht immer die faulen

Fische an Land zu ziehen. Deshalb auch meine Kamikazefahrt quer durch Deutschland. Keine Ablenkungen und immer der Ruhe und Erholung entgegen.

Seht ihr, meine Bandscheibchen, jammert nicht, es war für einen guten Zweck. Das Durchfahren hat mir einiges erspart, das müsst ihr doch verstehen.

Und außerdem war ich so wenigstens nicht in Versuchung gekommen, ständig auf das Handy zu schauen. Ich hatte es beim Fahren ausgeschaltet. Und weil diese Handy-Terror-Pause so unglaublich angenehm war, beschloss ich, das Telefon noch ein paar Minuten in der Tasche zu lassen, um in Ruhe ankommen zu können. Die Vorwürfe mussten noch etwas warten. Eigentlich wollte ich gar nicht wissen, was Pascal sich wieder an Unverschämtheiten, Drohungen und Betteleien hatte einfallen lassen. Er wechselte ständig seine Taktik.

Während ich meine müden Glieder streckte, atmete ich tief durch. Schwarzwaldluft! Herrlich. Ungefähr fünfundzwanzig Jahre war ich nicht mehr hier gewesen. Inzwischen war ich ein waschechtes Nordlicht und sehr gespannt, wie es sich anfühlen würde, auf den Spuren meiner Wurzeln zu wandeln. Würde ich hier zur ersehnten Ruhe kommen? Konnte ich hier die Antworten finden, wie es mit mir weitergehen sollte? Wie auch immer, ich war entschlossen, die Arbeit an meinem neuen Buch zu genießen und alles andere erst einmal auszublenden.

Tschüss, Pauline, ruh dich aus, hier im Schwarzwald wird es mit den vielen Bergen noch anstrengend genug für dich.

Ich gab meinem Mini einen freundschaftlichen Tätschler und trottete los. In der rechten Hand hielt ich Notebook und Handtasche, links zog ich den Trolley hinter mir her, der knirschend über den Kies holperte. Mangels dritter Hand musste die Reisetasche im Auto warten.

Ich blinzelte den Weg entlang Richtung Gebäude. Ob das Hotel hielt, was es im Internet versprach? Der erste Eindruck in der untergehenden Frühjahrssonne war durchaus positiv. Altes Fachwerk, renoviert und moderat modernisiert, sodass die Schwarzwälder Aura erhalten geblieben war. Die Sprossenfenster waren zwar neu, aber im alten Stil gehalten – das taten sich heutzutage immer weniger Menschen an, weil das Putzen so viel umständlicher war. Die Tür schwang auf, als ich auf etwa zwei Meter herangekommen war. Ich trat ein und schritt ohne zu zögern auf den Empfangstresen zu, der durch die indirekte Beleuchtung eine behagliche Ausstrahlung verströmte.

»Herzlich willkommen im Haus Schwarzwaldblick, was kann ich für Sie tun?« Die Frau – Sandra, wie ihr Namensschild mir verriet – blickte mich abwartend an und lächelte dabei freundlich.

»Clarissa Kleinschmidt, hallo. Ich habe reserviert.« Während die Empfangsdame ihren Computer befragte, versuchte ich durch unauffällige Dehnübungen meine rebellierenden Rückenmuskeln zu besänftigen und ließ gleichzeitig meinen Blick schweifen. Hier hatte sich jemand viel Mühe mit den Details gegeben. Rechts neben dem Tresen in einer etwas größeren Nische stand eine kleine Sitzgruppe in dunkelgrünem Cord mit drei Sesseln und einem Zweiersofa, das mir einladend zuzwinkerte. Ich zwinkerte zurück.

Nicht jetzt, Liebchen, später vielleicht.

Wir zwei könnten Freunde werden, das war mir sofort klar. Hier könnte ich gemütlich bei einem Milchkaffee Leute beobachten und mir Inspiration suchen, ohne im direkten Blickfeld meiner Mitmenschen zu sein. Vielleicht hätte die Geschäftsleitung auch nichts dagegen, wenn ich zwischendurch ein wenig in dieser Nische arbeitete? Ich liebte es, an belebten Orten zu sitzen und in meine Schreiberei abzutauchen. Sicher gab es hier im Haus auch WLAN, so könnte ich immer gleich die versprochenen Mails an Sarah schicken. Sie war nämlich nicht nur meine allerbeste Freundin, sondern auch immer die erste Testköchin für meine neuen Rezepte.

Ich schaute zur Decke. Ein kleiner Kronleuchter sorgte für behagliches Licht – ebenso wie die wohlplatzierten Stehlampen, von denen ich auf Anhieb drei entdeckte. Ob hier ein Innenarchitekt am Werk gewesen war? Vielleicht ein

Lichtdesigner? Oder hatten die Besitzer selbst so ein zielsicheres Händchen für Stil? Jedenfalls schwang der Schwarzwald deutlich im Raum. Edel, ohne jeden Touristenkitsch. Was die Fassade versprochen hatte, wurde hier gehalten.

Gar nicht schlecht, hier können wir es wohl aushalten, kommentierte Stimmchen.

Ausnahmsweise waren wir mal einer Meinung.

»Frau Kleinschmidt! Herzlich willkommen! Es ist mir eine Freude, Sie als Gast in unserem Haus begrüßen zu dürfen.« Eine Frau Mitte dreißig kam freudestrahlend auf mich zu und schüttelte überschwänglich meine Hand. »Ich habe all Ihre Bücher gelesen. Hoffentlich hatten Sie eine gute Anreise. Werden Sie bei uns Urlaub machen, oder arbeiten Sie an einem neuen Projekt?«

Ich schluckte, versuchte mir einen Eindruck von der Person zu machen, die sich hier gerade wie ein Wasserfall über mich ergoss. Die herzliche Begrüßung berührte mich, es war nicht selbstverständlich für mich, erkannt zu werden, auch wenn ich schon einige Male im Fernsehen zu sehen gewesen war und mit meinen Büchern inzwischen einen gewissen Bekanntheitsgrad erreicht hatte. Aber dieses Hineinstürmen in meinen Tanzbereich, ohne dass ich einen Schimmer hatte, wer mir hier gerade so nahe kam, ließ mich zurückweichen – zumindest innerlich. Äußerlich rührte ich mich nicht von der Stelle und überlegte, was wohl die passende Reaktion sein könnte. Während ich im Geist fieberhaft die Möglichkeiten überschlug, lächelte ich möglichst unverbindlich. Mein Zögern blieb nicht unbemerkt.

Das Gesicht der freundlichen Frau überzog sich mit einem rosa Schimmer. »Mein Güte, ich bin aber auch unmöglich. Entschuldigung. Da hat mich die Begeisterung wohl über das Ziel hinausschießen lassen.« Sie trat einen halben Schritt zurück. »Darf ich mich vorstellen? Franziska Wollschläger. Ich bin die Inhaberin des Hotels, und ich versichere Ihnen, normalerweise lasse ich unsere Gäste atmen und überfalle sie nicht einfach so.«

Inzwischen hatte ich mich gefangen. »Es freut mich auch,

Sie kennenzulernen, Frau Wollschläger. Wissen Sie was? Ganz sicher werden wir in der nächsten Zeit Gelegenheit finden, uns in aller Ruhe zu unterhalten, und dann erzähle ich Ihnen auch gern, weshalb ich hier im Schwarzwald bin. Um ehrlich zu sein, ich erhoffe mir sogar den einen oder anderen hilfreichen Tipp von Ihnen. Aber –«, ich hob entschuldigend die Schultern und unterdrückte ein Gähnen, das sich den Weg nach oben bahnte, »jetzt bräuchte ich dringend eine Dusche und ein bisschen Ruhe. Nach über zehn Stunden hinter dem Steuer fühle ich mich etwas zerknittert.«

Frau Wollschläger wirkte erleichtert, weil ich ihr den Überfall nicht übel nahm. Sie nickte und schaute zu ihrer jungen Empfangsdame, die uns regungslos beobachtet hatte und jetzt ihrer Chefin eine Zimmerkarte und einen Block entgegenstreckte. Dabei musterte sie mich unauffällig, aber durchaus neugierig. Es war klar, dass sie keinen Schimmer hatte, wieso ihre Chefin so in Ekstase geraten war.

Frau Wollschläger nahm die Karte, den Block legte sie zurück auf den Tresen. »Die Formalitäten können wir erledigen, wenn Sie sich etwas ausgeruht haben und wirklich angekommen sind. Wir haben Zimmer 42 für Sie gerichtet. Freddi wird Sie nach oben begleiten.« Sie winkte den Hausdiener heran und drückte ihm die Zimmerkarte in die Hand. »Falls Sie einen Wunsch haben – der Empfang ist durchgehend besetzt. Und ich bin auch meist irgendwo im Haus erreichbar. Scheuen Sie sich bitte nicht zu sagen, wenn Ihnen etwas fehlt.«

Franziska Wollschläger wurde mir von Minute zu Minute sympathischer. Ich lächelte sie dankbar an. Über meine Zimmernummer amüsierte ich mich und konnte mir einen Kommentar nicht verkneifen.

»Zweiundvierzig«, sagte ich. »Wie nett. Ich hoffe, das Handtuch liegt bereit.« Ich grinste, bedauerte meinen lockeren Zungenschlag allerdings, als ich den Schatten sah, der sich über das Gesicht der Hotelchefin legte.

»Selbstverständlich, Frau Kleinschmidt.« Die Stimme, eben noch warm und freundlich, klirrte ein wenig.

Uiuiui, da hatte ich aber einen Nerv getroffen. »Entschuldigung, so war das nicht gemeint«, beeilte ich mich, die Sache klarzustellen. »Es ist nur – als Sie zweiundvierzig sagten, musste ich unwillkürlich an Douglas Adams denken. Sie wissen sicher: ›Per Anhalter durch die Galaxis‹.«

Was für ein Glück. Der Schalter legte sich zurück, die Eisschicht um Franziska Wollschläger schmolz in Sekundenschnelle. Mehr noch, sie lachte schallend, und ich stimmte mit ein.

DREI

29. April

»Hallo, Frau Schropf, Clarissa Kleinschmidt. Ich bin gestern Abend angekommen und würde mich gern mit Ihnen treffen. Wann würde es Ihnen denn passen?«

Nachdem ich eine Nacht selig und tief geschlafen hatte, fühlte ich mich bereit zu neuen Taten. Schon von Hamburg aus hatte ich mit der Fachfrau für Wildkräuter Kontakt aufgenommen, und wir hatten verabredet, dass ich mich melden würde, sobald ich im Schwarzwald wäre. Wir wollten uns zu einem Gespräch treffen, uns kennenlernen und sehen, wie Frau Schropf mich bei meinen Recherchen unterstützen könnte. Sie fand die Aussicht, als Kräuter-Expertin in meinem Buch Erwähnung zu finden, durchaus verlockend.

»Frau Kleinschmidt, wie schön. Von mir aus können wir uns gleich heute Vormittag treffen. Wollen Sie zu mir kommen, oder sollen wir einen Kaffee trinken gehen?«

»Kaffee klingt sehr gut, machen Sie einen Vorschlag – ich kenne mich hier noch nicht aus.«

Wir verabredeten uns im Café Heck, und ich beschloss, mich gleich im Anschluss um eine andere wichtige Angelegenheit zu kümmern. Ich wollte einen Makler kontaktieren – vorsichtig meine Fühler ausstrecken. Erst hatte ich nur mit der Idee gespielt, aber nachdem ich mein Handy wieder geweckt hatte und siebenundsechzig Nachrichten von Pascal vorgefunden hatte, stand der Entschluss, der vorher noch mit einem dicken Fragezeichen versehen gewesen war, nun mit vielen fetten Ausrufezeichen direkt über mir: Ich werde mir im Schwarzwald eine neue Heimat schaffen!

Der kriegt mich nicht klein, dem werde ich zeigen, wie ernst mir die Trennung ist.

Ich sagte das zu dem Stuhl, der vor dem kleinen Schreibtisch stand und mir aufmerksam zuhörte. Als ich Pascal kennenlernte, fand er meine Marotte, mit mir selbst und mit den

Gegenständen um mich herum zu sprechen – manchmal nur in Gedanken, hin und wieder aber auch laut –, süß. Charismatisch, hatte er es genannt. Nach einiger Zeit hatte er angefangen zu nörgeln, wollte an mir rumerziehen, und als ich Pauline gekauft hatte, gab es ein Riesentheater, weil Pascals Meinung nach jemand, der seinem Auto einen Namen gab, kurz vor der Zwangseinweisung stehen musste. Das waren die ersten kleinen Risse. Er gängelte und kontrollierte mich. Es fing mit harmlosen Kleinigkeiten an und wurde erst unmerklich, dann immer deutlicher schlimmer. Pascal stellte mir langsam, aber sicher die Sauerstoffzufuhr ab.

Als er mir den Heiratsantrag gemacht hatte und ich nicht mit großem Hurra Ja gehaucht hatte und selig in seine Arme gesunken war, gab es den großen Knall. Der Pascal, der jetzt mit vor Wut weißen Lippen vor mir stand und mir etwas von den Erwartungen ins Gesicht schleuderte, die ein Mann ja wohl an seine Frau haben durfte, schien mir fremd. Wo war der Pascal, in den ich mich vor gut einem Jahr verliebt hatte? Hatte ich einen Mann mit zwei Gesichtern erwischt, oder hatte er mir einfach nur monatelang etwas vorgespielt, bis er dachte, er hätte mich so weit? Egal. So genau wollte ich das gar nicht wissen, denn es würde nichts ändern. Was auch immer die Gründe für sein Benehmen waren, für mich hatte er sich als Partner damit disqualifiziert.

Der klopft dich doch eh wieder weich, das ist nur eine Frage der Zeit.

Oh nein, da lag Stimmchen vollkommen falsch. Ich war sehr sicher, dass mein künftiges Leben ohne Pascal eindeutig entspannter und glücklicher verlaufen würde. Und weil er wie ein Affe klammerte und meine Entscheidung nicht akzeptieren wollte, begann ich mit dem Gedanken zu spielen, meine Reise in den Schwarzwald für einen dauerhaften Ortswechsel zu nutzen. Zumindest zog ich es in Erwägung. Als Ausweg, als Start in mein neues Leben. Vielleicht täte mir die Luftveränderung gut.

Der Tropfen, den mein Heimatfass benötigt hatte, um

überzulaufen, hing mit meinem unfreiwilligen Zwangsstopp zusammen. Ich hatte es für einen dummen Zufall gehalten. Murphys Gesetz eben. Jeder, der mich kannte, wusste, dass Murphy und ich eine ganz besondere Beziehung zueinander hatten. Wie waren sozusagen siamesische Zwillinge. Sarah behauptete immer, Murphy sei der Gegenpol, um meinen Alltag im Gleichgewicht zu halten, weil ich so durch und durch ordentlich war und immer alles klar strukturieren wollte. Nach Sarahs Meinung sorgte Murphy für die notwendige Abwechslung in meinem Leben. Ich fand, meine wunderbare Chaos-Sarah wäre eigentlich genug Abwechslung für mich, aber gegen Murphy war kein Kraut gewachsen, und so nahm ich meinen Hang zu Butterbroten, die mit der gebutterten Seite unten auf dem Boden landeten, möglichst gleichmütig hin. Meistens jedenfalls.

Deshalb hatte ich zuerst auch keinen Verdacht geschöpft, als eine Polizeistreife sich auf der Autobahn vor mich setzte und mich mit blinkendem Befehlsschild auf einen Parkplatz lotste. Ich ließ die Situation noch einmal Revue passieren – eigentlich hätte ich – Murphy hin und siamesischer Zwilling her – gleich drauf kommen müssen, dass da was nicht stimmte. Allein der Blick des Beamten sprach Bände. Aber ich hatte nicht den Hauch einer Ahnung gehabt. Arg- und wehrlos war ich gewesen. Und naiv. Meine Herrn, was war ich für ein naives Schaf! Die Bilder zogen wie ein Film vor meinem inneren Auge vorüber:

»Führerschein und Fahrzeugschein, bitte.«

Ich kniff die Lippen zusammen, so konnte ich den Fluch zurückhalten und gleichzeitig ein Lächeln vortäuschen. »Augenblick. Die Papiere sind in meiner Tasche.« Ergeben angelte ich nach derselben, die vom Beifahrersitz in den Fußraum gerutscht war.

Der Polizist beugte sich etwas näher Richtung Wageninneres. Seine Nase zuckte dreimal kurz. »Haben Sie Alkohol getrunken?«, schoss die Frage auf mich zu.

»N-nein. Keinen Schluck.« Das Glas Sekt, das Sarah und ich

zum Abschied getrunken hatten, war sicher längst verdunstet, meines war sogar mit Orangensaft verdünnt gewesen, weil ich ja wusste, dass ich eine lange Strecke fahren musste. Leider kämpfte ich seit drei Stunden mit Schluckauf, und das Hicks, das sich jetzt seinen Weg nach oben bahnte, unterstrich meine Glaubwürdigkeit nicht gerade. Danke, Murphy!

»Steigen Sie bitte aus«, kam auch prompt die Reaktion des Herrn in Uniform. Würde er nicht so streng schauen, könnte er direkt als Leckerbissen durchgehen, aber bei diesem Beamtenblick verkrochen sich aufkommende Gelüste unverzüglich, und er schien zu den wenigen Exemplaren zu gehören, die nicht auf Schokoaugen und Haare bis zum Po reagierten. Vermutlich hatte er noch nicht einmal bemerkt, dass ich überhaupt Augen und Haare hatte, so dienstbeflissen, wie er war.

Der Alkoholtest zeigte null Komma null Promille an. Ich atmete erleichtert durch, doch zu früh gefreut – damit fing die Sache erst an spannend zu werden. Gleich darauf musste ich mit geschlossenen Augen die Arme ausstrecken, auf einem Bein stehen – mein Gleichgewichtssinn ist miserabel –, dreißig Sekunden abschätzen und mit dem Zeigefinger meine Nase treffen. Das grelle Licht, mit dem die Kollegin des strengen Beamten mir in die Augen schoss, erschreckte mich, weil ich nicht damit gerechnet hatte. Einen Moment sah ich bunte tanzende Punkte. Ich wankte bedenklich, brauchte ein paar Sekunden, bis ich wieder sicher stand. Das war natürlich Pech. Der Typ in Uniform zog die Augenbrauen nach oben, bis sie komplett unter seinen Haaren verschwunden waren. Idiot! Er betrachtete mich, als sei ich eine Schwerverbrecherin. Doppelmord – mindestens. Die Kontrolle wurde intensiviert, ich begann nach der versteckten Kamera zu suchen, weil ich kaum glauben konnte, dass es sich um einen normalen Einsatz handelte.

Das Überfallkommando forderte sogar einen Drogenspürhund an und stellte Pauline auf den Kopf.

Knapp zwei Stunden später konnte ich endlich – um ein

paar vollkommen aus der Luft gegriffene Ermahnungen reicher – meinen Weg Richtung Süden fortsetzen.

Eine wirklich schräge Nummer, die sich etwa achtzig Kilometer südlich von Hamburg auf einem namenlosen Autobahnparkplatz abgespielt hatte. Aber nachdem ich sicher war, dass es sich nicht um einen Überfall für die Sendung »Verstehen Sie Spaß?« handelte, hatte ich es als eine von Murphys Gaukeleien abgetan und nicht weiter ernst genommen.

Hatte – wohlgemerkt. Denn in einer der Nachrichten, die mein wieder aktiviertes Handy ausspuckte, fragte Pascal: »Schätzchen, hast du es dir überlegt? Das kannst du doch nicht machen, du kannst doch nicht wegen einer kleinen Krise alles hinwerfen und abhauen. Clarissa, du darfst mich nicht verlassen! Eine anständige Frau nimmt sich keine Auszeit. Du müsstest wissen, dass du zu mir gehörst. Clarissa, ich bin sicher, das ist nur der schlechte Einfluss von dieser Sarah. Die ist doch ein Flittchen! Und garantiert nimmt sie Drogen. Womöglich hat sie dich da mit reingezogen. Drogen verursachen doch eine Persönlichkeitsveränderung, das würde dein merkwürdiges Benehmen erklären. Du verstehst sicher, dass ich mich für dich verantwortlich fühle. Ich mache mir Sorgen! Ich musste sichergehen, dass du dich nicht in Gefahr bringst! Clarissa, ich liebe dich!«

Merkwürdiges Benehmen. Ha! MEIN Benehmen war vollkommen normal.

Der hat doch seine Hirnwindungen verknotet! Wenn du jemals einen Menschen getroffen hast, der einen größeren Knall hatte als Pascal, darfst du dir einen Knoten in die Beine machen. Los!

Ich blickte auffordernd zu dem Stuhl, der jedoch keine Anstalten machte, auch nur eines seiner Beine zu bewegen. Und dann schoben sich die Mosaiksteinchen in meinem Gehirn zu einer wichtigen Information zusammen. Meine Gedanken überschlugen sich. Nein. Nein, nein, nein! So weit würde Pascal nicht gehen. Er war schließlich kein Idiot, sondern lediglich sehr, SEHR spießig.

»Es ist meine Pflicht, auf die Frau, die ich liebe, aufzupassen«, kam die Antwort, als ich ihn umgehend anrief und ganz direkt fragte.

»Arschloch!« Damit unterbrach ich die Verbindung. Es gab nichts mehr zu sagen. Wenn jemand solche Freunde hatte, wer brauchte da noch Murphy?

Ich drückte ein paar Tasten, kurz darauf ertönte das Klingeln. Dreimal, viermal, geh schon ran, Sarah, beschwor ich meine Freundin. Es funktionierte.

»Hallo?«, nuschelte es verschlafen.

»Sarah, tut mir leid, ich weiß, es ist mitten in der Nacht, aber stell dir vor …«

Ich berichtete ihr, was Pascal sich geleistet hatte. Sarah war angemessen empört – was allerdings nicht schwer war, denn sie war von der ersten Sekunde des Kennenlernens an geradezu allergisch auf ihn. Von dem Kerl krieg ich Ausschlag auf der Seele, pflegte sie zu sagen.

Irgendwann mitten in meiner Schimpferei hörte ich leises Schnarchen am anderen Ende der Leitung. Sarah war eingeschlafen.

»Schlaf gut, Süße«, flüsterte ich und unterbrach die Verbindung. Das Handy schaltete ich aus. Weitere Nachrichten unerwünscht.

»Okay, Clarissa«, sagte ich zu mir selbst. »Damit ist wohl klar, dass der Schwarzwald gerade weit genug von diesem Spinner weg ist. Herzlich willkommen in deinem neuen Leben.«

Mir die Polizei auf den Hals zu hetzen war eindeutig ein Schritt zu viel gewesen. Was hätte er erst mit mir gemacht, wenn ich tatsächlich so verrückt gewesen wäre, ihn zu heiraten? Fußketten? Keuschheitsgürtel? Pascal lebte eindeutig in der falschen Zeit, er hätte mit seinen Ansichten wunderbar ins Mittelalter gepasst.

Wieder einmal beglückwünschte ich mich zu dem perfekten Timing. Der Auftrag für das Schwarzwaldbuch war genau im richtigen Moment gekommen. So konnte ich räumlichen Abstand zu Pascal gewinnen und in aller Ruhe überlegen, wie es weitergehen sollte. Pascal mit seiner Kontrollsucht, mit der überschießenden Eifersucht und seinen antiquierten Vorstellungen von einer braven Ehefrau und einem Stall voll Kindern war jedenfalls Grund genug für mich, die Flucht zu ergreifen. Meine Idee meines künftigen Lebens sah auf jeden Fall anders aus. Wie genau, das würde ich sicher bald herausfinden.

Geduscht, gut gelaunt und voller Tatendrang huschte ich am Frühstücksbüfett vorbei und angelte mir lediglich eine Banane.

Na du süßes Früchtchen? Lust, vernascht zu werden?

Ein Leckermäulchen wie ich musste irgendwo die Bremse anziehen, und das funktionierte für mich, allen Ratschlägen von Ernährungsexperten zum Trotz, am besten beim Frühstück. Hungern oder Diät-Tage kamen für mich nicht in Frage, aber auf Croissants und Marmeladenbrötchen zu verzichten und mich stattdessen an einem Berg frischen Obstes gütlich zu halten, das funktionierte prima, und so konnte ich mir den Rest des Tages die ein oder andere Sünde ganz ohne schlechtes Gewissen genehmigen, und vor allem ohne die nächtlichen Tierchen herauszufordern. Die hatten mit Sarah sowieso genug zu tun. Alle paar Monate marschierten sie nachts in Sarahs Kleiderschrank und nähten dort eine Lieblingsjeans oder eines der wundervollen Kleider enger. Zumindest war das Sarahs Erklärung, wieso ihr ständig die Klamotten zu eng wurden und sie neue Garderobe brauchte. Ich schob mir ein Stück Banane in den Mund und grinste. Sarah war eine echte Marke, und jedes ihrer Pfunde machte sie in meinen Augen schlicht noch hinreißender. So viele waren es auch gar nicht. Für mich war sie genau richtig.

Da man auf einem Bein schlecht stehen kann, schnappte ich mir eine zweite Banane und schritt mit der Beute in der Hand auf den Ausgang zu. Kaffee würde ich gleich bekommen, so lange konnte ich warten. Im Augenwinkel sah ich eine Bewegung, ich stutzte und warf den Kopf herum. »Du?«

Nach der Schrecksekunde drehte ich auf dem Absatz um und stürmte zum Hotel hinaus. Das durfte doch nicht wahr sein! Darauf hatte ich jetzt keine Lust, nicht die geringste. Es war mir zwar klar, dass ich das Problem damit nur hinausschob, aber für den Moment war mir das egal.

Er rief hinter mir her. »Clarissa! Warte doch! Lauf nicht weg. Liebling!«

Aber ich wartete nicht. Im Gegenteil, ich beschleunigte meine Schritte und drehte mich nicht um. Im Laufen kramte ich nach dem Schlüssel und rammte ihn Pauline ins Türschloss.

Keuchend warf ich mich hinter das Steuer, ich war so wütend, dass ich fast nicht atmen konnte. Vorsichtig wagte ich einen Blick den Kiesweg entlang bis zum Hoteleingang. Anscheinend war er mir nicht hinterhergekommen. Wozu auch? Er wusste ja, dass ich zurückkehren würde. Er konnte gemütlich sitzen bleiben und auf mich warten wie die Spinne im Netz, und ich war das Opfer.

Scheiße! So war das nicht geplant!

Mit bebenden Händen zitterte ich den Schlüssel ins Zündschloss und ließ Pauline aufheulen. Kieselsteine spritzten, als ich mit viel zu viel Gas vom Parkplatz fegte. Ich fädelte mich auf der B 31 in den Verkehr ein und nahm die Ausfahrt Titisee. Mein Hotel hatte ich bewusst mit einer kleinen Entfernung zum See gewählt, um dem Haupttouristenstrom zu entgehen. Das Navi leitete mich zielsicher durch das Wirrwarr von Straßen. Ich parkte fünfzehn Minuten vor der verabredeten Zeit und beschloss, noch einen Abstecher zum See zu machen, der nur einen Steinwurf weit weg war. Obwohl es schon Ende April war, hüllte ich mich dankbar in die Wärme meiner Jacke. Am Ufer beobachtete ich die kleinen Wellen. Ich sah zu, wie sie an den Strand schwappten, hörte sie platschen, klatschen, gurgeln und säuseln und lauschte der Geschichte, die der See mir erzählte. Schön war es hier. Schön und schon jetzt völlig überlaufen. Morgen würde ich früh aufstehen und vor den Touristenströmen herkommen. Ich wollte den See pur erleben, ohne japanische Wortfetzen und klickende Kameras.

Was will Pascal hier? Was soll das?

Seit ich das Hotel so überstürzt verlassen hatte, wirbelten

diese beiden Fragen in meinem Kopf herum. War Pascal durchgeknallt? Entwickelte er sich zu einem Stalker? Mich fröstelte, und ich schlang die Jacke noch enger um mich. Abrupt wandte ich mich vom See ab und ging mit großen Schritten hinüber zum Café Heck. Schluss mit der Grübelei. Ich würde mich jetzt um meine Arbeit kümmern und um mich selbst. Sollte Pascal doch machen, was immer er wollte. Ich jedenfalls hatte ihn nicht gebeten, mir in den Schwarzwald hinterherzureisen.

Ein Kreischen riss mich aus meinen Gedanken, ich schaute nach oben, und klatsch, kackte mir so ein blöder Vogel mitten auf die Stirn. Danke, Murphy!

VIER

»Wunderbar. Das passt mir ausgezeichnet. Dann sehen wir uns heute Abend, neunzehn Uhr dreißig, am Bootsanleger. Danke, dass Sie sich gleich Zeit für mich nehmen.«

Wir tauschten noch ein paar Höflichkeiten aus, dann legte ich das Telefon weg und lehnte mich zufrieden in das Polster. Was für ein freundlicher Mann. Wenn er jetzt noch das passende Objekt für mich hätte … Wirklich super, das lief im Moment alles wie am Schnürchen. Das Treffen mit Ellen Schropf war überaus nett gewesen, wir hatten bei Kaffee und Apfelkuchen erste Ideen und Rezepte ausgetauscht und uns auch gleich wieder verabredet. Die Kräuterexpertin verstand wirklich etwas von ihrem Fach, und sie freute sich über die Möglichkeit, sich in meinem Buch mit ihrem Wissen zu präsentieren.

»E bessre Werbung gibt's doch ned«, jubelte sie.

Und sie brannte für ihr Thema! Sie schwärmte in den höchsten Tönen von den Schätzen, die die Natur besonders rund um den Titisee bereithielt. Sie erzählte mir von ihren Kursen, den Kräuterwanderungen und auch von den Menschen, die ein Gänseblümchen nicht von einem Löwenzahn unterscheiden konnten.

»Glaub mir, Clarissa, die Gschichten täten für ein Buch langen, mindeschtens. Eher für zwei.« Sie schüttelte den Kopf. »Aber schon klar, des willsch du ja gar ned wisse. Dir geht's um Rezepte, richtig?«

Ich lächelte, am liebsten hätte ich Ellen stundenlang zugehört. Ich fand ihren Dialekt einfach hinreißend – obwohl sie sich offensichtlich bemühte, für ein Nordlicht verständlich zu sprechen, klang die süddeutsche Einfärbung wunderbar sympathisch durch.

»Ja, um Kulinarik, aber gern auch um Gesundheit. Bestimmt gibt es hier jede Menge Heilkräuter, oder?«

»Im Grunde isch jeds Kraut au en Heilkraut. Selbscht die

giftigen. Wie heißt's so schön: Die Dosis macht des Gift.« Sie lachte. »Vor allem aber kann Gsundheit himmlisch fein schmecke. Hasch du schon mal ein Butterbrot mit Schaumkrautblüten und wildem Thymian gegessen? Oder Bärlauch-Maultaschen? Als Suppe oder auch mit 'nem Wildkräutersalat. Ich liebe es, die Tradition mit der Moderne zu verbinden. Da lass ich mir immer neue Sachen einfalle.«

Wir plauderten, und ich machte mir eifrig Notizen, während Ellen mir ihr Maultaschenrezept verriet. Auf einmal stockte sie mitten im Satz, ich sah von meinem Block auf und folgte ihrem Blick, der zu einem Pärchen führte, das draußen vorbeiging. Die gesunde Farbe war aus Ellens Gesicht geflossen, als hätte jemand den Stöpsel gezogen, ihre Lippen, eben noch weich und voll, nahmen die Form eines Bleistifts an. Als sie meinen fragenden Blick bemerkte, brauchte sie einen Moment, um den Gesprächsfaden wieder aufzunehmen. Dann hatte sie sich wieder im Griff. Gleich darauf war von dem kurzen Zwischenfall nichts mehr zu merken. Ellen war wieder so vergnügt wie zuvor und sprühte mir ihre Ideen für sinnliche Gaumenfreuden entgegen.

Und obendrauf hatte sie mir den Kontakt zu ihrem Mann vermittelt, der rein zufällig Immobilienmakler war. Das Schicksal meinte es gut mit mir. Vielleicht war das ein Zeichen, dass ich auf dem richtigen Weg war.

Ich hatte mich auf dem Liebchen in der Lobby platziert und wollte mich nach dem Telefonat mit dem Makler ein wenig meinen Tagträumereien hingeben.

»Heute Abend?«, erklang die ebenso vertraute wie inzwischen verhasste Stimme hinter mir. »Jetzt sag mir nicht, du triffst dich mit anderen Männern. Clarissa! Das ist doch wohl nicht dein Ernst? Was ist nur in dich gefahren?«

Pascal. Er hatte gelauscht.

»Das geht dich nichts an. Lass mich in Ruhe«, sagte ich und legte etwas Stacheldraht in meine Stimme. Ich blickte nicht einmal zu ihm hoch, denn ich hatte beschlossen, Pascal von sofort an die kalte Schulter zu zeigen.

»Vergiss nicht, dass du mit mir zusammen bist. Wir sind verlobt!«, presste er fast tonlos hervor und funkelte mich dabei wütend an.

Damit lockte er mich aus der Reserve; auch wenn ich mir fest vorgenommen hatte, mich nicht auf seine Spielchen einzulassen, kochte die Wut in mir hoch und übernahm für den Moment das Regiment. Ich drehte mein Gesicht zu ihm: »Wir sind nicht verlobt, Pascal. Nicht verlobt, nicht verliebt und nicht zusammen. Und jetzt lass mich endlich in Ruhe.« Ich betonte meine Worte deutlich, messerscharf, aber ich hob auch dieses Mal meine Stimme nicht. Unsere Blicke kreuzten sich. Ich hielt ihm stand, sah, wie sein rechtes Augenlid zuckte, und spürte neben der Wut auch ein anderes Gefühl: Mitleid.

Er soll gehen und sich einen Therapeuten suchen. Was er hier abzieht, ist nicht mehr gesund. Auch Stimmchen konnte sich nicht mehr zurückhalten.

Verstand Pascal, was in meinem Blick stand? Ich war mir nicht sicher.

Nach kurzem Zögern zog er ab.

Franziska Wollschläger hatte die Szene beobachtet. Sie kam zu mir rüber. »Probleme? Kann ich Ihnen helfen?«

Ich zögerte, dann lächelte ich sie an und zeigte einladend auf den Sessel, der mir gegenüber stand. »Ist schon in Ordnung, danke. Aber Sie könnten sich ein bisschen zu mir setzen und mit mir plaudern.« Ein wenig angenehme Gesellschaft würde vielleicht helfen, das schale Gefühl zu verjagen, das sich in mir breitmachen wollte. Pascal war mir unheimlich. Ich kannte diesen Menschen nicht mehr, ich konnte nicht einschätzen, was er sich noch würde einfallen lassen, um sein vermeintliches Recht an mir – ha, ha – durchzusetzen.

»Ich bin gleich wieder da. Wenn wir es uns gemütlich machen, dann wollen wir es uns doch auch gut gehen lassen. Trinken Sie ein Glas Wein mit mir? Es ist immerhin schon fast Abend.« Sie zwinkerte mir zu.

Kurz darauf prosteten wir uns zu.

»Ich hoffe, Sie fühlen sich wohl in meinem Haus? Verraten

Sie mir, woran Sie gerade arbeiten?« Franziska Wollschläger lachte nervös, sie wirkte etwas verlegen. »Oder ist das noch geheim? Ich möchte nicht schon wieder das Trampeltier geben und Sie am Ende verschrecken.«

»Machen Sie sich nur keine Gedanken, ich freue mich, dass Sie so aufgeschlossen sind und sich für meine Arbeit interessieren. Wissen Sie, jedes Projekt ist zu einem gewissen Grad geheim, zumindest so lange, bis die Verlagsvorschauen veröffentlicht werden. Aber es ist nicht so, dass ich gar nichts sagen darf. Tatsächlich ist mein nächstes Projekt der Grund für meinen Aufenthalt hier am Titisee. Es wird ein Schwarzwaldbuch, ich möchte den Menschen den Zauber dieser Region vermitteln. Ich möchte kulinarische Schätze festhalten und zeigen, wie gut der Schwarzwald Leib und Seele tun kann.«

Franziska Wollschläger klatschte begeistert in die Hände. »Das klingt ganz wunderbar. Wenn ich Sie unterstützen kann, dann mache ich das liebend gern. Mein Küchenchef ist sicher begeistert, wenn er Ihnen die regionale Küche näherbringen darf. Und ich bin davon überzeugt, dass er ein paar traditionelle Gerichte hat, die Sie mögen werden.« Sie drehte ihr Glas zwischen den Fingern und schien mit sich zu ringen. Dann gab sie sich einen Stoß. »Wenn Sie wollen, können Sie natürlich gern mit Ihrem Verlobten gemeinsam in ein Zimmer ziehen. Vielleicht wäre die 68 das Passende? Es ist eine Suite, die oft von Paaren auf der Hochzeitsreise gebucht wird.«

Entschlossen und mit einem leisen Klacken stellte ich mein Glas auf den kleinen Tisch und holte Luft.

Jetzt oder nie. Mach sie zu deiner Verbündeten.

»Frau Wollschläger. Sie haben sicher schon bemerkt, dass etwas nicht ganz in Ordnung ist. Um ehrlich zu sein, es gibt doch ein Problem. Herr Kissbrauch ist nicht mein Verlobter. Er ist nicht einmal …« Ich stockte, dachte kurz nach und beschloss, anders anzufangen. »Es ist so: Wir waren für ungefähr ein Jahr ein Paar, aber es lief nicht gut. Kurz vor meiner Abreise machte Pascal mir einen Heiratsantrag, den ich abgelehnt habe.

Mehr noch, ich habe die Beziehung beendet. Wie es scheint, hat er leider ein Problem damit, die Tatsache zu akzeptieren, dass wir von nun an getrennte Wege gehen.«

»Wenn er Sie belästigt, dann werfe ich ihn raus. Ein Wort genügt, und er bekommt Hausverbot«, sagte Franziska Wollschläger.

Frauen dieser Welt, vereinigt euch, jubelte Stimmchen.

Ich war von ihrem prompten Angebot gerührt. Es war verlockend. Aber würde es etwas ändern? Würde Pascal wirklich gehen, oder würde er sich im nächsten Hotel einnisten und mir dann eben außerhalb auflauern? Der Gedanke ließ mich frösteln. Die Vorstellung war nicht sehr aufbauend. Ich würde keinen Schritt mehr machen können, ohne mich verfolgt zu fühlen.

Bevor die Worte ihren Weg fanden, schüttelte ich schon den Kopf. »Danke, Franziska, ich meine Frau Wollschläger, das ist wirklich nett.«

Sie nickte. »Sehr gern, lassen wir die Förmlichkeiten beiseite.«

»Prima. Ich bin Clarissa, aber das weißt du ja.« Ein kurzes Lächeln, dann nahm ich den Faden wieder auf. »Ich glaube, wenn du ihn rauswirfst, wird alles nur noch schlimmer. Ich werde einfach weiter beharrlich Nein sagen, ganz sicher wird er es irgendwann verstehen und dann abreisen.« Inzwischen hatte ich mein Weinglas wieder in der Hand und nippte an dem köstlichen Getränk. Der perfekte Dreh für einen Themenwechsel. »Der schmeckt phantastisch. Was ist das?«

Der Wein war ganz außergewöhnlich. Vollmundig und sehr weich. Ein kleiner Schluck genügte, und schon breitete sich das Aroma mit ganzer Kraft aus. Dabei war er überhaupt nicht aufdringlich, und die Säure, die mich sonst bei Rosés oft störte, war hier nur spielerisch vorhanden.

»Ich freu mich, dass er dir schmeckt. Die Ortenau ist nicht weit von hier. Dort gibt es tolle Weingüter. Einer meiner Lieblingswinzer ist Alexander Danner, er ist einer von den nicht ganz gewöhnlichen Winzern. Wie lange wirst du denn bleiben? Vielleicht kann ich euch einander vorstellen? Ich glaube, er würde dir gefallen.«

Auf mein Zischen erntete ich einen erstaunten Blick.

Dann verstand sie und winkte lachend ab. »Keine Angst, ich will euch nicht verkuppeln. Alexander ist verheiratet und, soweit ich weiß, sehr glücklich mit seiner Frau Sonja. Nein, ich meine, du könntest ihn als Mensch mögen – nach allem, was ich in deinen Büchern gelesen habe.«

Jetzt kapierte ich. In meinen Büchern ging es um die eigene Stärke, um Selbstfindung, Entschleunigung und das Spüren von Energien, immer gepaart mit kulinarischen Wohlfühlmomenten.

Was für ein Pech, so ein Winzer im Haus hätte mir gefallen. Stimmchen schmollte.

Ich nahm noch einen Schluck von dem Wein und freute mich über die Möglichkeit, vielleicht den Menschen kennenzulernen, der hinter dieser Köstlichkeit stand.

Das Gespräch plätscherte noch eine ganze Weile locker dahin. Ich fühlte mich sehr wohl in Franziskas Gesellschaft, und den Schatten, den Pascal warf, wenn er auffällig unauffällig an unserer Nische vorbeistrolchte, ignorierten wir einfach.

Irgendwann war es an der Zeit. »Franziska, das war wirklich schön. Das machen wir wieder, ja? Aber jetzt muss ich los, ich bin um neunzehn Uhr dreißig am Titisee verabredet, und ich muss vorher noch unter die Dusche und ein bisschen arbeiten.« Wir verabschiedeten uns. Kurz darauf saß ich mit nassen Haaren und im Bademantel auf meinem Bett, das Notebook auf den Knien, und tippte.

Betreff: klickklickklick
Datum: 29.04., 15.58 Uhr
Von: Clarissa <Clarisschen@netzwerk.de>
An: Sarah Brachtinger

Hey, hey, Sarah!

Stell dir vor, Pascal ist da! Also hier, meine ich. Im Schwarzwald. Hier im Hotel. Ich dachte, ich halluziniere, aber er ist es wirklich. Er ist mir hinterhergereist. Ich sage dir, langsam bekomme ich es mit der Angst zu tun! Pascal ist komplett unberechenbar. War ich die letzten Monate mit einem Psychopathen zusammen? Der Hotelchefin hat er erzählt, er sei mein Verlobter und wolle mich überraschen.

Er schickt mir ständig Nachrichten aufs Handy, und weil ich nicht reagiere, hat er mir jetzt schon fünf Zettel unter der Tür durchgeschoben. Was soll ich denn machen? Was genau ist denn unverständlich an NEIN?

Und er verändert ständig seine Taktik. Mal ist er unterwürfig und weinerlich, dann fordernd, streng, arrogant, und im nächsten Moment behandelt er mich, als sei ich ein dummes kleines Kind, das seine Fürsorge braucht.

Ich werde WAHNSINNIG!

Wenn es nach ihm geht, bin ich das wohl schon.

Weißt du was? Ich werde mit ihm reden. Ihm klipp und klar sagen, dass er mich in Ruhe lassen soll. Und wenn er nicht aufhört, mich zu belästigen, werde ich ihn anzeigen. Und mit der Franziska – das ist die Hotelchefin – werde ich auch noch mal sprechen. Sie muss das Personal über die Situation informieren. Nicht dass ihm jemand am Ende noch die Schlüsselkarte für mein Zimmer gibt, weil er ein romantisches Märchen auftischt.

Weißt du eigentlich, dass du ein Schatz bist? Nur

dadurch, dass ich dir schreibe, ordnet sich mein Chaos irgendwie fast von selbst. Kaum fange ich an zu tippen, finden sich die Gedanken, stellen sich wie zum Appell in Reih und Glied.

Und jetzt zu den wichtigen Dingen!

Heute hatte ich mein erstes Treffen mit der Kräuterfrau, Ellen Schropf. Schräg, eine Kräuterhexe, die so gar nichts Hexiges an sich hat. Im Gegenteil. Sie ist hinreißend nett, aufgeschlossen und witzig. Und ihre badische Aussprache ist zum Verlieben. Das fühlt sich nach Kindheit an, so vertraut. Wir saßen drei Stunden in einem Café am Titisee und haben uns prima unterhalten. Morgen besuche ich sie in ihrer Hexenküche, da zeigt sie mir ihre gesammelten Schätze. Und sie hat einen Mann, der Immobilienmakler ist. Stell dir das nur vor! Ich sage dir, das ist Schicksal. Es soll so sein!

Vielleicht werde ich Ellen nach einem Entliebungstee fragen? Der würde Pascal sicher guttun.

Sie wird mich auch zum Kräutersammeln mitnehmen, und sie kennt tolle Kräuterrezepte - nicht nur für Tee.

Ein erstes hat sie mir heute schon verraten, ich schreib es gleich für dich auf.

Viel Spaß beim Nachkochen!

Küsschen
Clarissa <3

Bärlauchmaultaschen (für vier Personen)

Für den Teig:
300 g Hartweizengrieß (fein gemahlen)
3 Eier
1 Prise Salz
etwas Wasser

Für die Füllung:
300 g Bärlauch
200 g Frischkäse
2 Eier
4 EL Panko oder selbst geraspeltes Weißbrot
1 Zwiebel
etwas Butter
Salz, Pfeffer, gemahlener Koriander, Muskat

Denk dran! Nie gemahlenen Muskat aus der Dose verwenden, das Aroma ist in der Luft und nichts davon im Essen. Immer schön frisch reiben!

Der Maultaschenteig:
Grieß, Eier und Salz vermengen und so viel kaltes Wasser zugeben, dass ein fester, aber geschmeidiger Teig daraus wird. Den Teig zur Seite stellen und etwas ruhen lassen.

Für die Füllung:
Die Zwiebel schälen, klein würfeln und in etwas Butter glasig anbraten. Den Bärlauch waschen und klein schneiden, zu den glasigen Zwiebeln geben, mit Salz, Pfeffer, Koriander und Muskat würzen, einmal durchschwenken und von der Hitze nehmen.
Frischkäse mit Eiern und Panko in eine Schüssel geben, den etwas abgekühlten Bärlauch hinzufügen und alles gut vermischen.

Die Fertigstellung:
Den Teig dünn ausrollen (mit einer Nudelmaschine ist das kein Problem, notfalls geht es auch mit einem Nudelholz) und portionieren. Dazu entweder kleine Rechtecke schneiden oder mit Maultaschenformen arbeiten. (Die Formen liegen in der vierten Schublade von oben, rechts in deinem Küchenschrank!)

Die Maultaschen in siedendes Wasser geben und ein paar Minuten ziehen lassen.

Mit diesen Maultaschen lassen sich wunderbare Gerichte zusammenstellen. Hier kommen zwei Vorschläge.

Maultaschensuppe:
Maultaschen in einer guten Brühe (Gemüse oder Fleisch) mit frischem Schnittlauch servieren.

Geschmelzte Maultaschen:
Die Maultaschen in etwas Butter schwenken, mit gebratenen Zwiebeln und Salat (Kartoffelsalat und grüner Salat mit Wildkräutern) anrichten und genießen.

FÜNF

30. April

Als die Polizei eintraf, war die Sonne bereits aufgegangen. Kitschig rosa präsentierte sich der Himmel über dem See und bildete damit einen krassen Gegensatz zu dem kalten Grauen, das auf dem Wasser schaukelte. Noch immer wischte die Hand des Mannes bei jedem Auf und Ab über die Wellen. Mir war schlecht. Einerseits meldete mein Körper Notstand, ich stand kurz vor einer Unterzuckerung, andererseits wurde mir bereits beim Gedanken an Essen übel.

»Und nachdem er nicht zurückgegrüßt hat, haben Sie Verdacht geschöpft und uns gerufen?« Die junge Polizeibeamtin – fast noch ein Kind – notierte eifrig mit. Bei jedem Zucken ihres rechten Ohres wackelte ihre Mütze, was der Befragung eine gewisse Komik verlieh, auch wenn sie sich sehr um Ernsthaftigkeit bemühte.

Ob das ihr erster Toter war? Um die Nase herum zeigte sich jedenfalls eine etwas grünstichige Blässe. Eindeutig: Sie war nicht Sophie Haas, und das hier war nicht »Mord mit Aussicht«.

»Gut, Frau Kleinschmidt, danke, dass Sie uns gerufen haben.« Der Kommissar, der sich jetzt neben die junge Polizistin stellte, warf einen Blick auf deren Notizen. Er nickte, musterte mich von oben bis unten und wieder hinauf und blieb in Brusthöhe stecken.

Starrte der Kerl mir etwa auf die Brüste, während hinter uns gerade der Leichnam in den Wagen geschoben wurde? Empört sog ich Luft ein, doch bevor ich ihn zurechtweisen konnte, war sein Blick auf meine Augenhöhe weitergewandert.

»Sie können jetzt gehen. Sollten sich noch Fragen ergeben, werden wir uns bei Ihnen melden. Und falls Ihnen noch etwas einfällt, wenden Sie sich bitte direkt an mich. Sollte es sich nicht um einen natürlichen Tod handeln, werde ich die Ermittlungen übernehmen.«

Den nichtdienstlichen Teil seiner Botschaft konnte ich von seinen Augen ablesen. Ein Kostverächter war der Herr Kommissar jedenfalls nicht. Ich drehte die Visitenkarte: Kommissar Benjamin Hübchen. Ach du meine Güte! Wieso nicht gleich Benjamin Blümchen? Der Versuch, mein Grinsen zu unterdrücken, misslang, also wandelte ich es in ein höfliches Lächeln um. »Danke. Aber … wie meinen Sie das: nicht um einen natürlichen Tod? Wollen Sie etwa sagen … Ich meine, ich dachte, es sei …« Mord? MORD! Hier im beschaulichen Schwarzwald? Direkt in meiner Nähe?

Der Sensenmann hat dir ins Genick gepustet. Er war ganz nah!

Mein Mund wurde staubtrocken, ich versuchte zu schlucken, aber es ging nicht. Was, wenn Stimmchen recht hatte? Wenn der Mörder noch in der Nähe gewesen war? Was, wenn er noch mehr Mordlust gehabt hätte? Ich konnte das Zittern nicht unterdrücken, das durch meinen Körper lief.

Hübchen ließ mein Entsetzen kalt, oder er bemerkte es gar nicht, weil sein Blick schon wieder auf meiner Brust festhing. »Keine Angst, wir haben alles im Griff, Frau Kleinschmidt. Lassen Sie uns einfach unsere Arbeit machen.«

Arschloch! Ohne mich würde der Tote vielleicht immer noch auf den Wellen schaukeln, und der werte Kommissar säße gelangweilt bei Kaffee und Butterbrezeln im Büro und würde in der Nase popeln. Der sollte froh sein, dass ich für Abwechslung in seinem grauen Ermittleralltag sorgte! Und jetzt wollte er mir nichts sagen? Ich wusste noch nicht mal, wen ich da überhaupt gefunden hatte. Und ich würde es auch nicht erfahren, zumindest nicht jetzt, so viel war klar. Zweimal hatte ich danach gefragt und wurde bloß ignoriert. Kommissar Schnösel tat, als sei ich Luft. Vielleicht würde ich es morgen wissen, wenn es in der Zeitung stand.

Hübchen hatte seine Aufmerksamkeit von meinem Busen losgerissen und ging wieder Richtung Bootssteg. Dort schnauzte er zwei Kollegen an, wieso, konnte ich nicht verstehen, denn hinter mir kam die erste Schulklasse schnatternd und kichernd die Einkaufsstraße entlang Richtung Seeufer.

Natürlich reckten alle ihre Köpfe. Flatterndes Polizeiband im Morgenwind, Leichenwagen, Uniformierte und eine Frau, die verhört wurde. Kino live, sozusagen. Logisch, dass das interessanter war als die bevorstehende Tour mit dem Ausflugsschiff. Benjamin Blümchen schickte einen Polizisten zu den Kindern, der sie mit strenger Miene aufforderte weiterzugehen.

Ich wandte mich dem Kind in Uniform zu. »Danke. Auf Wiedersehen.« Ich nickte ihr zu, und gleichzeitig schüttelte ich über mich selbst den Kopf. Wofür bedankte ich mich eigentlich ständig? Und wieso Wiedersehen? Nein, das musste wirklich nicht sein.

So ein Leichenfund auf nüchternen Magen war wohl nicht dazu angetan, mein Denkzentrum zu fördern. Das war die einzig plausible Erklärung für mein Verhalten.

Und jetzt? »Sie können jetzt gehen«, die Worte von Hübchen hallten in mir nach. Schön und gut. Aber wohin denn? Konnte ich einfach so zum Alltag übergehen? So weitermachen, als hätte es den Toten im Boot gar nicht gegeben? Was würde denn jetzt anstehen? Wohin wäre ich gegangen, wenn ich meinen frühmorgendlichen Seespaziergang ganz normal beendet hätte – ohne Zwischenfall? Frühstücken? Der Knoten in meinem Magen zog sich allein bei dem Gedanken an mein morgendliches Obst fester. Zurück ins Hotel? Ja, vermutlich. Allerdings war es dafür schon etwas spät. Die Uhr verriet, es war fast Zeit für den Besuch bei Ellen Schropf. Vielleicht war das gar nicht die schlechteste Idee. Bestimmt hatte sie ein Kraut in ihrer Schatzkiste, das meinen Magen entknoten konnte. Und unter Umständen gleich noch eins, um den Ausknopf bei meinem Kopfkino zu betätigen. Immer wieder hatte ich den Toten vor Augen, wie er zur Seite sackte. Die baumelnde Hand würde ich nicht so schnell aus meiner Erinnerung löschen können, das war mir klar.

»Du bisch ja pünktlich wie blühende Barbarazweige an Weihnachten. Und außerdem genau im richtigen Moment. Sagsch mir, welchen Tee du möchtscht. Des Wasser kocht grad.«

Ellen kam mir die zwei Stufen der Eingangstreppe entgegen. Sie wirkte etwas blass um die Nase, aber sie strahlte mich herzlich an und umarmte mich wie eine alte Freundin. Was für eine Begrüßung, dafür, dass wir uns erst seit gestern kannten.

»Hallo, Ellen. Tee, wie schön. Du kannst ja Gedanken lesen! Irgendwas Beruhigendes bitte. Du ahnst ja nicht, was heute schon los war.«

»Ärger?« Sie musterte mich, dann hob sie die Schultern. »Willkommen im Club.«

»Wieso? Hast du auch einen Toten gefunden?« Das war mir rausgerutscht, bevor mein Gehirn auch nur die kleinste Chance gehabt hatte, meine Zunge zu kontrollieren.

Natürlich zuckte Ellen gebührend zusammen. Sie wurde noch blasser. Milchweiß wäre wohl die passende Bezeichnung für ihren derzeitigen Teint. Sie schwankte etwas.

»Hey, kipp nicht um, eine Leiche am Tag genügt mir.« Ich grinste schief und hakte mich vorsorglich bei ihr unter.

Doch Ellen schüttelte den Kopf und atmete tief ein. »Scho gut. Jetzt komm rein. Dann setze mer uns, und du erzählsch der Reihe nach. Ich versteh immer nur Leiche.«

Tja. Andere brachten Blumen mit oder Pralinen. Bei mir gab es finstere Regio-News aus erster Hand als Gastgeschenk.

Wir machten es uns in Ellens Wohnküche bequem. Kuschelig hatte sie es. Küche und Essbereich waren nur durch eine Theke getrennt. Im Schwedenofen knisterte ein Feuer, und um einen rustikalen Holztisch herum – ich vermutete helle geölte Eiche – gruppierten sich taubenblaue Korbstühle. Meine Aufmerksamkeit wanderte zum Küchenbereich. Die Fronten präsentierten sich weiß lasiert im Landhausstil. Alles wirkte ordentlich, aber nicht aufgeräumt.

»Sieht halt schaffig aus bei mir«, kommentierte Ellen, die meinem Blick gefolgt war.

Ich fand es toll! Sie hatte wohl gerade Teemischungen abgefüllt. Dosen, Tütchen und eine Briefwaage standen herum. Auf der Arbeitsplatte lagen Kräuterberge und Dörrobst. Aber besonders die vielen Kräuterbüschel, die im linken Raumbereich an gespannten Schnüren hingen, waren für die urige Stimmung verantwortlich. Der riesige Induktionsherd, der moderne Kombidämpfer und ein Dörrofen bildeten einen gelungenen Kontrast dazu. Hexenküche 2.0, einfach genial! Schon nach zwei Sekunden fühlte ich mich, als ginge ich hier seit Jahren ein und aus.

»So. Und jetzt leg los. Was isch des für e Gschicht mit der Leiche?«

»Gleich, versprochen. Lass mich nur erst ankommen, ja?« So ein paar Minuten, um mich von den Schrecknissen der letzten Stunden abzulenken, wären jetzt genau richtig. Ich wechselte das Thema. »Sag mal, ist dein Mann im Büro? Wir waren gestern verabredet, aber ihm scheint was dazwischengekommen zu sein.«

Es schepperte, als die Teetasse, die Ellen gerade vom Haken genommen hatte, auf die Bodenfliesen traf und zerschellte. »Ach herrje. Moment, ich wisch des schnell zemme.« Schon angelte sie einen Besen aus dem großen Wandschrank und fegte die Scherben auf eine Kehrschaufel. Auf Ellens Stirn hatte sich eine tiefe senkrechte Falte gebildet.

»Na, zumindest bringen Scherben Glück«, kommentierte ich in dem Versuch, sie ein bisschen aufzuheitern. »Der Tag kann nur besser werden.«

»Pah. Glück. So ein Depp! Ich weiß ja …«, sie stellte den Besen zurück und fischte eine neue Tasse vom Haken. »Es tut mir leid. Lukas isch normalerweis zuverlässig – zumindescht wenn es um seine Gschäfte geht. Sicher hätt er en wichtige Grund ghätt, dass er ned komme isch.« Die Stirnfalte schien sich noch tiefer eingraben zu wollen.

Ellen hatte inzwischen einen Teller mit Kuchen und den Tee auf den Tisch gestellt und setzte sich zu mir. »Ich weiß ned, was ich sage soll. Lukas isch die letscht Nacht ned heimkomme. Vielleicht hätt er e Panne ghätt und uswärts übernachtet. Und sein Handy isch vermutlich leer. Sonscht hätt er sich gmeldet.«

»Aber …« Ich versuchte, die Informationen zu sortieren. »Hatte er denn gestern einen Auswärtstermin?«

Ellen zuckte die Schultern. »Kei Ahnig. Er hätt sei Gschäft, und ich hab meins. So genau rede mer ned über die Einzelheiten. Aber wenn er über Nacht wegbleibt, dann ruft er sonscht immer an. Also fascht immer halt.« Sie schob den Kuchenteller etwas näher zu mir hin, glättete ihre Stirn und lächelte mich an. »Männer halt. Jetzt red ma über was anderes, komm. Und wenn er auftaucht, tu ich ihm d'Henne nei, weil er dich versetzt hat. Des macht er ned noch mol. Versproche.«

Ich hatte, ohne drüber nachzudenken, ein Stück Kuchen gegriffen, Nuss-Apfel mit einem Aroma, das ich nicht zu fassen bekam. Es schmeckte köstlich! Mein Magenknoten löste sich, und die Anspannung ließ endlich nach.

»So schlimm ist es nicht, ich hab es ja nicht eilig«, beeilte ich mich zu versichern. Auch wenn mir nicht ganz klar war, was eine Henne mit Herrn Schropfs Zuverlässigkeit zu tun haben sollte. Ich wollte nicht, dass Ellen sich noch mehr ärgerte, denn dass das Fortbleiben ihres Gatten sie mächtig fuchste, war unübersehbar.

Männer. Immer wieder Männer! Aber klar, es heißt ja auch DER Ärger – männlich, eindeutig.

»Was isch des jetzt für e Sach mit der Leiche. Komm, ich will die ganze Gschicht höre. E echte Leich oder meinsch du des im übertragene Sinn?«

Ich schluckte. Der köstliche Kuchen formte sich in meinem Magen zu einem steinernen Klumpen. Echt. Und wie echt. Ich sah mich wieder am Seeufer stehen, Kiesel werfen, und schauderte. »Der Titisee ist ja phantastisch schön – und ruhig –, wenn man früh genug dort ist. Ich war in aller Herrgottsfrühe spazieren, es war umwerfend. Nur –«

Jetzt komm auf den Punkt! Du siehst doch, dass sie nach grausigen Details lechzt. So sind die Menschen. Sie lieben Gruselgeschichten – zumindest solange sie nicht selbst beteiligt sind.

Ja, ja, hör auf zu drängeln, Stimmchen, ich mach ja schon. »Da war dieser Mann im Boot«, redete ich weiter.

»Des war bestimmt der Herrmann. Der geht immer mitte in de Nacht go angle und macht erscht Schluss, wenn die erschte Touris auftauche.«

»Vielleicht. Ich weiß nicht, wer es war. Eine Angel hab ich aber nicht –« Das melodische Ding-Dong-Ding der Türklingel schnitt mir das Wort ab.

»Sakradori!«, schimpfte Ellen. »Immer wenn's spannend wird. Aber so e Leich rennt ja zum Glück nimmer weg«, sagte sie und zwinkerte mir zu. Sie stand auf und ging zur Haustür.

Die nimmt dich nicht ernst. Ganz sicher, sie glaubt immer noch, du machst einen Scherz. Vielleicht denkt sie, du redest von einem toten Fisch und willst ihr in bestem Anglerlatein das Märchen vom Riesenkarpfen auftischen.

Ich schob mir noch ein Stück Kuchen in den gierigen Schlund. Bei so viel Aufregung musste ich für eine Grundlage sorgen. Auf nüchternen Magen tat das nicht gut. Genüsslich verdrehte ich die Augen und konnte auch ein wohliges Stöhnen nicht unterdrücken. Dieser Kuchen war umwerfend. Ellen musste mir unbedingt das Rezept verraten. Allein das würde mein Schwarzwaldbuch auf die Bestsellerliste katapultieren.

»Kommen Sie rein. Was gibt's denn so Dringendes, was Sie mir nicht an der Tür sage könne?«

Ich schaute auf und sah direkt in die blauen Augen von Hübchen. Als er mich erkannte, stutzte er.

»Frau Kleinschmidt? Was machen Sie denn hier?«

»Clarissa besucht mich. Wenn es Sie ned stört, wüsst ich jetzt gern, was Sie zu mir führt, und dann möcht ich mich wieder um meinen Besuch kümmre.«

Ich konnte die Rädchen hinter Hübchens Stirn rattern und drehen sehen, als wäre sein Kopf aus durchsichtigem Glas. Er brauchte ein paar Sekunden, dann hatte er sich gefasst und konzentrierte sich wieder auf Ellen. »Frau Schropf, es tut mir wirklich sehr leid. Ihr Mann, Lukas, wurde heute Morgen tot aufgefunden. Er wurde bereits zur Rechtsmedizin überführt. Wir können zum momentanen Zeitpunkt noch nichts zur

Ursache seines Todes sagen. Auch nicht, ob es sich um einen natürlichen Tod handelt oder um ein Tötungsdelikt. Wir müssen die Obduktionsergebnisse abwarten.«

Ellen war auf den nächstbesten Stuhl gesunken und starrte ins Leere. Ich konnte nicht abschätzen, ob sie Hübchen überhaupt zuhörte. Der hatte die Teekanne als Anker genommen, dort hielt er sich mit seinem Blick fest, während er die Informationen herunterratterte. Man konnte sehen, wie unwohl er sich in seiner Haut fühlte. Fast tat er mir ein bisschen leid. Es gab sicher tausend Dinge, die angenehmer waren, als Todesnachrichten zu überbringen.

Dann löste sich seine Aufmerksamkeit von der Kanne, und er sah zu mir. Mein Mitleidsanflug verzog sich, der Kerl musterte mich, als sei ich eine Schwerverbrecherin!

Er drehte sich zu Ellen. Sein Tonfall änderte sich. Vorbei war es mit der Einfühlsamkeit. Jetzt hängte er den Bullen raus. »Ganz unerwartet scheint meine Nachricht ja nicht zu kommen. Frau Kleinschmidt hat Ihnen sicher bereits alles erzählt. Sie haben es …«, er warf einen Blick auf die Teekanne und den Kuchenteller, »… sich gemütlich gemacht, wie ich sehe.«

»Ich versteh kein Wort. Ich brauch nen Schnaps.« Ellen ging zu einer Vitrine und holte eine Flasche raus und drei Gläser.

Hübchen lehnte ab: »Danke, ich bin im Dienst.«

Ich griff zu. Und gleich noch mal. Wow. Was für ein Zeug. Scharf, ein bisschen bitter. Im Abgang kam ein Hauch Minze durch.

»Jetzt noch mal in aller Ruhe. Mein Mann ist tot?« Ellen schaute fragend zu mir.

Ich zog die Schultern hoch. »Ich wollte dir gerade von dem Mann im Boot erzählen«, antwortete ich. Ich wandte mich an Hübchen. »Aber ich wusste nicht, dass das ihr Mann war.« Ich wollte lieber gleich die Tatsachen klarstellen. Irgendwie war ich da in etwas reingerutscht, was mir überhaupt nicht passte.

»Darf ich?«, fragte Hübchen, deutete auf einen der taubenblauen Stühle und setzte sich, ohne Ellens Zustimmung abzuwarten. »Frau Kleinschmidt, in was für einer Beziehung standen Sie zu dem Toten?«

Beziehung? Das durfte ja wohl nicht wahr sein. Da schwang doch eindeutig eine Unterstellung mit. Und wieso, verdammt noch mal, starrte Hübchen mir schon wieder auf den Busen?

Ich verschränkte sehr offensichtlich die Arme vor der Brust und räusperte mich. »Ich kannte Herrn Schropf nicht. Das ist doch wohl klar. Oder wieso, meinen Sie, hätte ich Sie sonst vorhin gefragt, wer der Tote ist?«

Hübchen war kurz zusammengezuckt, als ihm klar wurde, dass ich seinen Blick sehr wohl bemerkt hatte. Jetzt schoss er zurück: »Tja, Frau Kleinschmidt. Sehen Sie, genau diese Frage stelle ich mir auch gerade. Diese und noch ein paar andere. Finden Sie es vielleicht nicht auch merkwürdig, dass Sie zuerst einen Toten finden und kurz darauf mit dessen Witwe bei Tee und Kuchen gemütlich zusammensitzen?«

Ellen hatte unser Wortgefecht wie bei einem Tennismatch verfolgt. Rechts, links, rechts …

Jetzt räusperte sie sich. »Wenn es nichts mehr gibt, Herr Kommissar, würd ich Sie bitte, uns jetzt allein zu lassen. Ich muss nachdenke. Ich weiß ja gar ned, wie es jetzt weitergehen soll. Was isch denn mit Lukas? Wieso Gerichtsmedizin? Ich muss mich um die Beerdigung kümmre. Und um sein Büro. Was wird denn mit seinem Gschäft? Mit de Kunden?«

»Entschuldigung. Selbstverständlich, Frau Schropf. Für *heute* ist es genug. Sobald der Leichnam freigegeben wird, werden Sie informiert. Und dann sehen wir auch, was die Todesursache war.« Seine letzten Worte schien er an mich zu adressieren.

»Lukas hatte ein schwaches Herz. Vielleicht –«, setzte Ellen an.

Hübchen nickte: »Ja. Vielleicht.« Dabei ließ er mich nicht aus den Augen. In seiner Miene stand eindeutig: Vielleicht aber auch nicht.

Betreff: Mördergeschichten und Apfelsüßbrot!
Datum: 01.05., 02.58 Uhr
Von: Clarissa <Clarisschen@netzwerk.de>
An: Sarah Brachtinger

Hey, hey, Sarah!

Sagte ich, ich freue mich auf die Schwarzwaldidylle? Sarah, ich bin so ein dummes Schaf! Der Schwarzwald ist ein schlimmerer Moloch als Hamburg in manch düsteren Ecken von St. Pauli. Stell dir vor, ich bin ganz knapp einem Mörder von der Schippe gesprungen. Vielleicht. Also nein, ich meine jetzt nicht, dass er mich vielleicht doch erwischt hat, Blödsinn, dann könnte ich dir ja nicht schreiben. Also, es ist noch nicht sicher, ob es ein Mörder war. Könnte auch der ganz normale Sensenmann gewesen sein, ein einfacher Herzinfarkt oder so.

Oh. Ups. Entschuldige. Du weißt ja gar nicht, wovon ich rede. Das muss an Ellens Aufgsetztem liegen. Himmel, ist das Zeug gut. Aber nach dem fünften Glas wird die Welt irgendwie unscharf.

Also: Heute Morgen hab ich einen Toten gefunden. Der schaukelte ganz friedlich auf dem See.

Und dann bin ich zu Ellen gegangen, und da kam der Kommissar, Hübchen heißt er, ein Busenglotzer vor dem Herrn! Und der hat mich angeschaut, als ob ich eine Mörderin wär, was ich natürlich nicht bin. Aber wenn ich es nicht bin und es einen Mörder gibt - was die Obduktion zeigen wird -, dann war der Mörder vielleicht auch noch dort am See. Und vielleicht hatte ich ein ganz unglaubliches Glück, dass er mich nicht auch noch gelyncht hat. Hick. Entschuldige. Der Kräuterschnaps …

Ich hab mich den ganzen Tag um Ellen gekümmert. Sie ist total durcheinander. Klar, wenn der Mann stirbt. Und sie hatte eine Sauwut auf ihn, weil er die ganze Nacht nicht nach Hause gekommen ist. Und jetzt hat sie ein schlechtes Gewissen, weil sie auf einen Toten so zornig gewesen ist. Ich hab ihr ins Gewissen geredet, ihr klargemacht, dass sie das ja nicht wissen konnte und dass er bestimmt nicht böse mit ihr ist.

Puh. Das war eine Aufregung heute. Eigentlich ein Wunder, aber tatsächlich hat Ellen mir trotz der schwierigen Situation mit Schwarzwald-Genüssen weitergeholfen. Sie meinte, die Arbeit täte ihr gut, und Ablenkung könne sicher nicht schaden. Und deshalb - hier ein neues Rezept.

Verführerisch gut! Die Leute werden es lieben!

Küsschen
Clarissa <3

PS: Die Kräutermischung für ihren Aufgesetzten muss sie mir unbedingt auch noch verraten. Das hat heute nicht gepasst. Und jetzt muss ich ins Bett! Hick ☺

Ellens Apfelsüßbrot - so schmeckt der Schwarzwald!

600 g Äpfel
150 g Zucker
4 EL Schnaps
Einige Tannenspitzen
100 g Rosinen
150 g Walnüsse (große Stücke)
380 g Mehl
1 Packung Backpulver
1 gehäufter EL Kakao
1 TL Zimt
1 Msp. gem. Nelken
1 Msp. gem. Kardamom

Die Äpfel waschen, in Viertel schneiden, entkernen und raspeln. Mit Zucker, Schnaps und Tannenspitzen vermengen und über Nacht ziehen lassen. Vor der Weiterverarbeitung die Tannenspitzen entfernen, über Nacht haben sie genug Aroma abgegeben. Alle Zutaten miteinander vermengen, ist der Teig zu feucht, noch etwas Mehl dazugeben.

Das Apfelsüßbrot in einer gebutterten Kastenform bei 180 °C im vorgeheizten Backofen ca. 75 Minuten backen.

SECHS

22. Oktober im Vorjahr

Der Hefeteig würde dieses Mal besonders gut aufgehen, so viel Kraft, wie Ellen in das Schlagen und Kneten packte. Minutenlang bearbeitete sie den geschmeidigen Teig nun schon, der eigentlich längst bereit zum Ruhen war.

»Gnhz«, ächzte sie und hieb mit Fäusten in die weiche Masse. Lukas war so ein gottverdammter Idiot! Er hatte alles und trat sein Glück mit Füßen. Andere Männer wären froh, sie hätten so eine junge und fesche Frau zu Hause. Sie hatten die zwölf Jahre Altersunterschied nie gestört, aber wie es aussah, war sie für ihren nach Jungfleisch geifernden Ehemann mit ihren vierzig Jahren zu alt. Dabei hatte sie gehofft, er hätte sich die Hörner jetzt endlich abgestoßen. Monate waren seit dem letzten Mal vergangen, und immerhin war er inzwischen über fünfzig. Und jetzt das!

Sie hörte den Schlüssel, der sich im Schloss drehte, gleich darauf flötete es: »Hallo, Liebling. Ich bin zu Hause!«

»Was isch los? Hasch du schlappgmacht?«, rief sie Richtung Eingang, bevor Lukas die Küche erreicht hatte.

Verdammt. Sie hatte nichts sagen wollen. Sie hatte eigentlich, wie sonst auch, in Ruhe abwarten wollen, bis es vorbei war. Aber jetzt – sie konnte nicht so tun, als bekäme sie nichts mit. Jetzt nicht mehr.

»Schatz, was ist denn«, er trat in die Küche, beugte sich zu ihr und wollte ihr einen Kuss geben. Ein Blick in ihr Gesicht hielt ihn davon ab. Stattdessen stellte er sich an die Theke und beobachtete eine Weile ihre Kneterei. Dann nahm er einen neuen Anlauf. »Liebling. Was immer du auch gehört hast, es ist nicht –«

»Du immer mit deinen Ausreden. Ich hab die Nas voll! Ich halt des einfach nimmer länger aus.«

»Was regsch dich denn so auf? Du bisch doch hysterisch. Ich hab nix gmacht. Gar nix.«

Ellen sprühte ihrem Mann Funken entgegen. »Nix? Nix? Dass ich ned lach. Und was, bittschön, isch des dann uff dene Fotos?« Sie klatschte den Teig auf die Arbeitsplatte, dass es nur so knallte, und wischte die mehlverschmierten Hände an der Schürze ab. Dann schnappte sie sich den Umschlag, den sie vor einer halben Stunde aus dem Briefkasten gefischt hatte, und zog die Bilder raus. »Hier.« Das erste Foto landete vor Lukas auf der Theke. »Und da. Und da.« Ellen schnaubte. »Nix, ja? Vermutlich war dem Mädel schlecht, und du musstest Mund-zu-Mund-Beatmung mache. Oder?«

Lukas Gesichtsfarbe wechselte von Rot zu blass, dann wieder zu Rot. »Es isch ned so, wie du denksch. Ich –«

»Oh, halt die Gosch! Verschon mich mit deine dumme Ausrede. Du bisch en alte Trottel. Als ob die jungen Weiber Interesse an dir hätten. Die wollen nur dein Geld, und wenn du die Spendierhosen ausziehsch, dann sind sie schneller weg, als du vögeln denke kannsch. Elender Bock.«

Seit Jahren betrog er sie. Ellen wusste das. Und sie schaute seit Jahren darüber hinweg. Zwischen den Affären war Lukas der beste Ehemann, den eine Frau sich nur wünschen konnte. Und sie liebte diesen dummen Kerl so sehr. Wenn sie die Augen zumachte, wenn sie so tat, als bekäme sie nichts von seinen Seitensprüngen mit, dann tat es kaum weh. Tief in seinem Herzen liebte er sowieso nur sie. Da war Ellen sich ganz sicher. Sonst hätte er sich längst scheiden lassen. Aber davon war nie die Rede gewesen.

Verdammt noch mal. Konnten die Gutmenschen, die glaubten, sich immer und überall einmischen zu müssen, ihre Nasen nicht in ihre eigenen Angelegenheiten stecken? Ohne die Fotos hätte sie auch diese Affäre einfach ausgesessen. Das ging sowieso nie länger als ein paar Wochen, und dann war wieder für Monate Ruhe. Aber so? Die Wut hatte sie eiskalt erwischt, und bevor sie sich wieder unter Kontrolle hatte, war Lukas heimgekommen und hatte auf heile Welt gemacht. Da war ihr der Kragen geplatzt. Peng!

Sie sollte ihm Gift ins Essen rühren. Wozu war sie schließlich Kräuterexpertin? Nicht zu viel. Sie wollte ihn ja nicht ermorden. Gerade so viel, dass es ihm jämmerlich erging. Die Eingeweide müsst es ihm zerreißen, und die Lust müsst ihm gehörig vergehen. Da würde er schön dumm aus der Wäsche schauen, wenn sein guter Kumpel plötzlich einen eigenen Willen entwickeln tät und nicht mehr strammstünde. Ellen kicherte bei der Vorstellung, wie peinlich ihm das wäre. Vorbei wär's mit dem gstandenen Mannsbild. Das würd ihm die Flausen gehörig austreiben.

Nur blöd, dass sie halt ein zu guter Mensch war. Sie schaffte es einfach nicht, auch wenn der Gedanke durchaus verlockend war.

»Liebling. Hör mir mal zu, bitte. Komm, jetzt lass mal den Teig …« Lukas kam um die Theke herum und nahm Ellens Hände in seine. Nachdem sie keine Gegenwehr zeigte, strich er ihre Arme nach oben, fing an, ihre Schultern und den Nacken zu massieren. »Es tut mir leid. Das mit Lavinia war ein blöder Fehler. Ich mach das doch eigentlich gar nimmer. Des weisch du doch. Schnuckele, komm, schau mich an. Des weisch du doch, oder?«

Er fing sie mit seinem Blick, und Ellen fühlte sich wie Mogli, wenn er in Kaas Schlangenpupille gebannt wurde. Sie versuchte, sich an ihre Wut zu klammern, aber gegen diese braungrünen Augen, die sie noch immer festhielten, war kein Kraut gewachsen. Da scheiterte selbst eine Kräuterexpertin.

»Du, ich hab dich so lieb. Ich bin verrückt nach dir.« Seine Hände streichelten ihre Wangen, kneteten ihre Ohrläppchen, und Ellen wurde von wohligen Schauern überzogen. Wenn er das mit ihren Ohren machte, war alles zu spät.

»Du bisch unmöglich, des weisch aber?«

Sein Lachen war ganz nah. Die Lippen trafen sich, er trank von ihr, schlückchenweise, vorsichtig, dann immer gieriger. »Unmöglich verrückt nach dir, ja.« Er zog sie mit sich. »Komm.«

Eine Stunde später schnarchte es leise neben Ellen. Sie lag auf der Seite und betrachtete ihren Ehemann. Wenn du mich noch einmal betrügsch, dann greif ich in meine Kräuterkischt. Des schwör ich!

Mit einem wohligen Seufzer kuschelte sie sich in seine Armbeuge und lachte, als er im Halbschlaf mit der Hand ihren Rücken hinunterfuhr und die Finger frech über die Furche nach vorn schob.

»So müd bin ich noch ned«, murmelte er, und schon fing die Küsserei von vorn an.

SIEBEN

1. Mai

Müde löffelte ich meinen Obstsalat und versuchte, meine Körperzellen zu aktivieren. Der gestrige Tag steckte mir in den Knochen, und statt auszuschlafen, hatte ich mich schon kurz nach sieben aus dem Bett gehievt. Nach gerade mal drei Stunden Schlaf!

Dir steckt mehr in den Knochen. Der Tag, der Tote und nicht zu vergessen: der Schnaps!

Danke, Stimmchen. Vielen Dank. Die Erinnerung hätte es nicht gebraucht. Mein kratzender Hals sorgte schon dafür, dass ich den Schnaps nicht vergaß. Und der Tote und seine baumelnde Hand hatten mich sowieso die ganze Nacht fest im Griff. Sonst läge ich noch im Bett und säße nicht – selbst halb tot – hier im Frühstücksraum. Die zweite schlaflose Nacht, ich fühlte mich eindeutig zu alt für solche Eskapaden. Und der mitleidige Blick der Kellnerin, als sie den Milchkaffee vor mir abstellte, bestätigte: Ich sah so fertig aus, wie ich mich fühlte!

Ich musterte die kleinen Röschen, die in einer Vase vor mir standen, und bewunderte die fröhlichen Farben. Na, ihr Blümchen. Könnt ihr mir nicht ein bisschen von eurer rosigen Frische abgeben?

Als ich meine Nase in das Sträußchen steckte, wurde ich allerdings enttäuscht. Na ja, hübsch aussehen und auch noch gut duften war vielleicht ein bisschen viel verlangt.

»Ist dir schlecht? Soll ich dir lieber einen Tee bringen lassen?« Franziska war herangekommen. Sie stand neben meinem Tisch, die Hände um die Rückenlehne des Stuhles geklammert, den Blick sorgenvoll auf mich gerichtet. Besorgt und deutlich neugierig. Aber sie hielt sich zurück, was ich hochanständig fand.

»Nur müde, der Kaffee wird mir guttun. Danke.« Ich nahm demonstrativ einen Schluck und leckte den Schaum von meiner Oberlippe. Dann lächelte ich Franziska an und deutete auf den Stuhl mir gegenüber. »Komm, setz dich, du hast bestimmt schon gehört, was gestern los war.«

»Ich hab mir wirklich Gedanken gemacht, besonders, weil du den ganzen Tag verschwunden warst.« Sie hielt sich erschrocken die Hand vor den Mund. »Nicht dass du denkst, ich spioniere hinter meinen Gästen her. Aber nachdem ich die Gerüchte gehört hatte …« Sie wand sich, es war ihr peinlich.

»Alles in Ordnung. Wenn mein Gast einen Toten gefunden hätte, würde ich mich sicher auch sorgen.«

»War es … ich meine, sah er …« Franziska rang nach Worten. »Entschuldige, hier sammeln sich die abenteuerlichsten Geschichten. Einer hat erzählt, man hätte Lukas die Hand abgehackt.« Franziska schüttelte sich.

Lukas? War der Tote etwa ein Bekannter von ihr? War sie persönlich betroffen? Ich beeilte mich, sie zu beruhigen. »Das sind nur Schauermärchen. Wichtigtuereien. Als ich ihn gefunden habe, saß er mehr oder weniger friedlich in einem Ruderboot. Keine Wunden, kein Blut. Zu seinem Gesichtsausdruck kann ich dir nichts sagen, es war noch dämmrig, ich konnte keine Details erkennen. Und auch zur Todesursache weiß ich nichts Näheres. Selbst dass es Lukas Schropf war, habe ich erst durch Zufall erfahren, als ich bei der Witwe zu Besuch war.«

Das war Franziskas Einsatz. »Die arme Ellen. Wie es jetzt wohl weitergeht?«

Über mir schwebte eine Horde Fragezeichen.

Franziska bemerkte es wohl und erklärte: »Ellen ist mit meiner älteren Schwester zusammen in die Schule gegangen. Sie bringt uns im Sommer regelmäßig Wildkräuter, und unsere Gäste nehmen oft an ihren Seminaren teil. Und der Lukas ist sowieso bekannt wie ein bunter Hund. Ich kenne keinen Verein, in dem er nicht Mitglied war. Na ja, bei den Landfrauen natürlich nicht, aber selbst da hat er es versucht. Kontakte knüpfen, nannte er das. Ja, ja, die Welt ist klein. Und hier im Schwarzwald sicher noch ein bisschen kleiner als in Hamburg. Hier kennt jeder jeden, manchmal direkt, manchmal um ein paar Ecken.«

Daran musste ich mich erst gewöhnen. Nett, aber irgendwie auch ein wenig beunruhigend.

»Wo treibst du dich denn rum?«, fauchte es jetzt ganz nah hinter mir mitten in meine Plauderei mit Franziska hinein. »Du könntest mir wenigstens Bescheid geben, wenn du den ganzen Tag und die halbe Nacht wegbleibst. Ich habe mir Sorgen gemacht. Und auf meine Nachrichten reagierst du auch nicht.«

Nach Sorgen sah Pascal allerdings nicht aus. Eher nach verletztem Stolz und selbstgerechtem Zorn.

»Pascal, fahr nach Hamburg zurück und lass mich in Ruhe. Deine Nachrichten interessieren mich nicht. Deine SMS lösche ich, ohne sie vorher zu öffnen, und die Zettel werfe ich ungelesen in den Müll. Spar dir die Energie.«

Ich drehte mich von ihm weg und wandte mich an Franziska. »Wo ich gerade dabei bin. Franziska, du weißt es ja schon, aber würdest du bitte auch dein Personal informieren, dass ich mit Pascal nichts mehr zu tun habe. Nur für den Fall, dass er versucht, an Informationen zu kommen, oder gar einen Anlauf startet, sich Zutritt zu meinem Zimmer zu erschleichen.«

Franziska nickte: »Das ist bereits erledigt, nachdem Herr Kissbrauch gestern deine Schlüsselkarte wollte, um eine Überraschung für dich vorzubereiten.« Sie wandte sich an Pascal. »Herr Kissbrauch, damit das klar ist: Sie sind als Gast hier im Hause willkommen – allerdings nur, wenn Sie meine anderen Gäste nicht belästigen. Sollte Frau Kleinschmidt sich über Sie beschweren, muss ich Sie bitten, mein Haus zu verlassen. Ich bin sicher, wir haben uns verstanden.«

Wow. Franziska konnte ja kälter werden als eine Eisskulptur. Die hatte richtig Haare auf den Zähnen, wenn es darauf ankam. Auf jedem Zahn eine andere Frisur. Respekt!

Auch Pascal zeigte sich beeindruckt und wagte zumindest für den Moment keine weiteren Vorwürfe mehr. Mit einem leise gezischten »Weiber!« warf er sich herum und stürmte aus dem Frühstücksraum.

Franziska erhob sich. »So. Ich lass dich jetzt in Ruhe. Trink deinen Kaffee und ruh dich ein bisschen aus. Du siehst wirklich geschafft aus.«

»Die Nacht war ziemlich kurz. Vielleicht gönne ich mir nachher eine Massage und lege mich danach noch mal hin.«

»Das klingt nach einem guten Plan.«

Franziska entschwand Richtung Küche, und ich schob mir noch einen Löffel Obstsalat zwischen die Lippen. Vitamine waren immer gut. Es tat mir wohl, allein am Tisch zu sitzen und das Treiben um mich herum an mir vorbeirauschen zu lassen.

Ich dachte an gestern Abend. Erst hatte mich Ellen nicht gehen lassen wollen. Sie hatte Angst, allein zu bleiben. Das Haus sei so schrecklich leer. Irgendwann konnte ich mich doch loseisen. Ich musste ihr versprechen, heute auf jeden Fall wiederzukommen und sie in dieser schweren Zeit zu unterstützen. Das war für mich auch selbstverständlich, ich konnte sie nicht hängen lassen, auch wenn wir uns gerade erst kennengelernt hatten. Familie hatte sie keine, nur noch eine Großtante, die aber schon hundertzwei war. Kein Alter, in dem man noch viel Aufregung vertrug.

Im Hotelzimmer hatte ich dann keine Ruhe gefunden und die Nachricht an Sarah geschrieben. Natürlich klingelte Sekunden, nachdem ich die Mail abgeschickt hatte, mein Handy. Damit hatte ich fast gerechnet.

»Hey, hey, noch wach?«

»Noch wach? Noch wach? Hellwach! Nach allem, was ich da gerade gelesen habe … Sag mal, Süße, was ist denn bei dir los? Soll ich kommen? Ein Wort, und ich setze mich in den Zug. Morgen kann ich im Schwarzwald sein.«

Sarah war mein persönlicher Schatz. Ich kuschelte mich mit ihr im Ohr in mein Kissen, und mir wurde warm ums Herz.

»Das tut richtig gut. Aber nein, du Verrückte. Du musst nicht kommen. Es ist mir ja nichts passiert. Und wenn die Obduktion ergibt, dass es ein natürlicher Tod war – wovon ich ausgehe –, dann bringe ich den Kerl mit Ellen zusammen noch unter die Erde, und wir vergessen das alles. Das ist halt so.

Menschen werden geboren und Menschen sterben. Hätte ich ihn nicht gefunden, ließe mich sein Tod vermutlich ziemlich unberührt. So gab es ein paar Wellen.« Falsches Wort! Kaum hatte ich es ausgesprochen, sah ich wieder die tote Hand bei jeder Welle über die Wasseroberfläche wischen, und Ellens Kräuterschnaps verlangte sofortigen Auslass.

»Hmpf«, brachte ich noch hervor, dann hechtete ich mit zwei großen Sätzen ins Bad und würgte Schnaps samt Abendessen in die Schüssel. Als ich wieder zu Atem gekommen war, wartete Sarah immer noch in der Leitung.

»Geht's wieder?«

»Hm«, machte ich matt.

»Gut. Ich will einen Bericht. Jedes Detail. Da musst du jetzt durch, hilft nix.«

Also erzählte ich ihr von meiner Wut auf Pascal, von meinem Rausschleichen und dem frühmorgendlichen Spaziergang am See. Die Pausen zwischen meinen Worten wurden immer länger. Ich konnte mich kaum noch konzentrieren …

Dieses Mal war ich diejenige, die mitten im Erzählen wegnickte – Schnaps und Aufregung forderten ihren Tribut. Dass ich eingeschlafen war, war mir klar geworden, als ich kurz nach sechs hochschreckte, weil eine Hand aus einem dunklen See nach oben schoss und mir an die Kehle sprang. Ich schrie auf und schnappte nach Luft. Das Poltern, als mein Handy auf dem Boden landete, brachte mich in die Realität zurück. Verdammt. Ich hatte es ja geahnt, diese Wasserhand war nicht so leicht loszuwerden. Und sie hatte grausig viele Varianten drauf. Von Schlingpflanzen umwabert, aufgeschwemmt, als läge sie schon über Wochen im Wasser, den Mittelfinger nach oben reckend, über die Wasseroberfläche wischend oder eben wie gerade – aus dem Wasser schießend. Meine Träume waren durchaus abwechslungsreich. Widerlich, abstoßend, aber garantiert nicht langweilig.

Während ich mich bemühte, die Horrorbilder loszuwerden, checkte ich meine Nachrichten. Die achtzehn SMS von Pascal löschte ich unbesehen. Immerhin nur achtzehn, vielleicht schwächelte er und verlor langsam die Lust. Stalken, wenn das Stalkingopfer sich so unbeeindruckt zeigte wie ich, war doch bestimmt langweilig. Dann eine Gute-Nacht-Mail von Sarah, in der sie mir versicherte, dass sie sich sofort auf den Weg machen würde, wenn ich es wollte.

Ich schickte ein Küsschen Richtung Handy. Was auch immer das Leben an Stürmen bereithielt, Sarah war für mich da. Genau wie im Titelsong der »Gilmore Girls«: *»Whenever you need, I'll be with you«*, oder so ähnlich. Mit diesem guten Gefühl kuschelte ich mich noch mal in die Federn. Aber nach mehreren Versuchen, wieder einzuschlafen, hatte ich kurz vor sieben gebeutelt und müde meinen Körper aus dem Bett gezwungen. Noch einen Tote-Hand-Traum würde ich nicht verkraften, dann doch lieber dem Tag die Stirn bieten.

Ich nahm einen Schluck Milchkaffee. Das Leben war schon merkwürdig. Einerseits hatte sich nichts geändert, ich musste mein Buch schreiben, Franziska huschte durch ihr Hotel und kümmerte sich freundlich aufmerksam um ihre Gäste, Pascal nervte wie eh und je – und doch war irgendwie alles anders. Der Tod war mitten unter uns! Ich schluckte, als mir wieder einmal klar wurde, wie schnell dieser ganze Wahnsinn, den wir Leben nannten, vorbei sein konnte.

Nach der dritten Tasse Kaffee fühlte ich mich endlich etwas wohler. Der Obstsalat vertrug sich mit dem Koffein, und meine Lebensgeister reckten und streckten sich, gähnten ausgiebig und überlegten, ob sie aufstehen oder sich wieder hinlegen sollten.

Wie wäre es jetzt mit einer Massage? Sollen wir uns wohlig durchkneten lassen?

Das kleine Zucken meiner Körperzellen nahm ich als Zustimmung. Auch Stimmchen zeigte sich der Idee zugetan.

Eine halbe Stunde später legte ich mein Wohlbefinden in die Hände von Sascha. Und es waren begnadete Hände! Das spürte ich schon bei den ersten Griffen.

»Die Chefin sagt, ich soll Sie besonders verwöhnen. Wenn es in Ordnung ist, fange ich mit einer Rückenmassage an. Dazu verwende ich heiße Steine. Dann kommt Ihr Kopf dran, und zum Abschluss gibt es eine Fußmassage, die erdet Sie wieder.«

Ich hob meinen rechten Arm und streckte den Daumen nach oben. Reden wollte ich nicht, nur genießen. Sascha knetete und drückte, als hinge sein Leben davon ab. Ich musste Franziska unbedingt sagen, was sie da für einen Schatz hatte.

In einen kuschelweichen und nach Frühling duftenden Bademantel gehüllt, mit einer Wolldecke bis zur Nase, lag ich eine Stunde später im Ruheraum und hatte das Gefühl, in einer Wattewolke zu schweben. Alles um mich herum kam nur gedämpft bei mir an. Dieser Sascha war ein Genie! Ich hatte die Augen zu und genoss die wohlig warme Entspannung und das süße Kribbeln, das immer noch auf meiner Haut lag.

»Frau Kleinschmidt?«

Die Stimme klang unangenehm vertraut, aber ich kam nicht drauf, zu wem sie gehörte.

»Bitte, muss das sein? Sie stören meine Gäste!«, fauchte es nur eine Sekunde später. Franziskas Stimme erkannte ich sofort.

Wenn ich nicht so entrückt gewesen wäre, hätte ich nachgeschaut, was denn da los war. So lauschte ich einfach nur und blieb mucksmäuschenstill liegen, als bekäme ich nichts um mich herum mit.

»Glauben Sie, ich bin zum Vergnügen hier?«, schoss es scharf zurück. »Und jetzt lassen Sie mich meine Arbeit machen.«

Arbeit? Na klar, der Kommissar! Daher kannte ich die Stimme. Was wollte der denn hier?

»Dann nehmen Sie aber Rücksicht. Alles muss man sich ja wohl nicht gefallen lassen!«

»Hören Sie, ich muss mit Frau Kleinschmidt sprechen, und je schneller Sie mich in Ruhe lassen, desto schneller bin ich wieder weg. Und jetzt gehen Sie und kümmern sich um Ihre Gäste.«

Ich hatte ein Auge geöffnet und beobachtete Hübchen und Franziska, die sich wie Kampfhähne gegenüberstanden.

Franziska rang mit sich, das konnte ich an ihrem Mienenspiel ablesen. Dann siegte ihre Vernunft. »Clarissa, wenn du mich brauchst, ich bin an der Rezeption.«

Inzwischen hatte ich beide Augen auf und nickte ihr dankbar zu. Gähnend ergab ich mich in mein Schicksal. »Hallo, Herr Kommissar. Was verschafft mir die Ehre?«

Er ließ seinen Blick wandern, und ich konnte die Enttäuschung sehen, als ihm klar wurde, dass die Decke alles verhüllte. Dann räusperte er sich. »Das Ergebnis der Obduktion ist da. Herr Schropf ist an einer Vergiftung gestorben, wir gehen jetzt von Mord aus. Wie gut kennen Sie Frau Schropf? Sind Sie befreundet? Können Sie mir etwas über ihre Ehe sagen?«

Seine Fragen prasselten wie ein Gewitterschauer auf mich nieder. Wie er so vor mir stand, die Hände auf dem Rücken verschränkt, und auf mich runterglotzte, das passte mir überhaupt nicht. Und irgendwie fühlte ich mich trotz Bademantel und Decke nackt – als hätte der Kerl einen Röntgenblick.

Gift? Hat er Gift gesagt?

Im ersten Moment wollte ich es Stimmchen gleichtun und meine Fragen auf ihn losschleudern, doch im nächsten Moment fiel mir ein, dass er mir gestern nicht mal gesagt hatte, wer der Tote war. Der Kerl war verstockter als ein monatelang getrockneter Stockfisch. Wenn ich Antworten wollte, musste ich das anders angehen. Mit weiblicher Finesse.

»Herr Blümchen, äh, Entschuldigung, Hübchen, Hübchen wollte ich sagen.« So ein Mist. So viel zu meiner weiblichen Finesse, gegen mich war eine Nilpferddame eine Ballerina. Wenn ich ihn mir mit meiner lockeren Zunge zum Feind machte, war nichts gewonnen. Seinem Gesichtsausdruck nach zu urteilen, begegnete ihm der Scherz mit dem Elefantenkind heute nicht zum ersten Mal. Aber es war mir wirklich nur rausgerutscht. Ich atmete durch und zwang mich, nicht loszuprusten. Das war sogar ganz leicht, weil mir im selben Augenblick wieder einfiel, warum Hübchen hier stand: Mord.

»Also, Herr … Kommissar, wären Sie so freundlich, mir fünf Minuten zu geben? Ich möchte mich ankleiden, und dann setzen wir uns in die Empfangsnische. Dort werde ich gern Ihre Fragen beantworten – soweit es mir möglich ist.« Während ich redete, schwang ich bereits meine Füße von der Liege, stand auf und führte Hübchen mit sanftem Druck Richtung Ausgang. »Ich verspreche Ihnen, ich werde keinen Fluchtversuch starten.«

Ein Scherz. Was sonst? Allerdings zeigten mir seine misstrauisch nach oben gezogenen Augenbrauen, dass der Herr Kommissar wohl nicht zu Scherzen aufgelegt war.

»Fünf Minuten.« Er tippte auf seine Armbanduhr, scannte den Raum auf mögliche Fluchtwege ab und ging.

Kurz darauf saß ich ihm in der Lobby gegenüber.

»Wieso waren Sie gestern bei Frau Schropf? Bleiben Sie dabei, dass Sie nicht wussten, wer der Tote war?«

Auch die gemütliche Cordcouch half nicht, die Lage zu entspannen.

Hey, Liebchen, wir hatten es auch schon gemütlicher miteinander, was?

Hübchen saß stocksteif auf der äußeren Sesselkante und fixierte mich mit seinem Blick, während er seine Fragen abfeuerte, als wolle er mich damit erschießen.

Ich schüttelte den Kopf. »Ich kann Ihnen heute auch nichts anderes sagen, Herr Kommissar. Wieso auch? Ich hatte keine Ahnung, dass Ellen Schropf die Ehefrau des Toten war. Woher sollte ich denn?«

Wir drehten uns im Kreis.

»Mir scheint, Frau Kleinschmidt, Sie verkennen den Ernst der Lage. Herr Schropf wurde vergiftet, mit Blättern der Herbstzeitlose, die mit Bärlauch vermischt waren. Der Zusammensetzung des Mageninhalts nach muss er das Gift mit dem Mittagessen zu sich genommen habe, vermutlich Bärlauchnudeln oder etwas in der Art – und er hat das gewusst. In seinem Handy haben wir eine Notiz gefunden, die er kurz vor seinem Tod eingetippt haben muss. Er wurde wohl nicht ganz fertig, denn dort steht: ›Gif‹. Wir gehen davon aus, dass er wusste, wer ihn vergiftet hat, und einen Hinweis hinterlassen wollte. Leider versagte sein Herz, bevor er uns den Namen des Mörders mitteilen konnte. Und dann haben wir noch mehrere Nachrichten auf seinem Handy gefunden. Von Ihnen. Sie waren wohl ziemlich wütend auf den Toten. Zumindest wollten Sie, dass es sich so anhörte.«

Wie bitte? Wollten? Was sollte das denn heißen? »Hören Sie, Herr Hübchen, ich weiß nicht, worauf Sie –«

»Ich möchte jetzt von Ihnen wissen, wie das war. Vom ersten Kontakt zu Herrn und Frau Schropf bis zu dem Moment, als Sie die Leiche auf dem See gefunden haben. Und lassen Sie nichts aus, jede Kleinigkeit kann wichtig sein. Wenn Sie wirklich nichts mit dem Mord zu tun haben, sollten Sie alles daransetzen, uns bei den Ermittlungen zu unterstützen. Ich höre.«

Ich seufzte und erzählte wunschgemäß, wie ich mit Ellen von Hamburg aus Kontakt aufgenommen hatte.

»Wie sind Sie ausgerechnet auf Frau Schropf gekommen?«

Die Inspiration ist vom Himmel gefallen, du Depp. Direkt in meinen Kopf. Laut sagte ich: »Ich habe recherchiert, und wenn man ›Titisee‹ und ›Kräuterexpertin‹ in die Suchmaschine eingibt, landet man bei Ellen Schropf. Ganz einfach.«

Er nickte, offensichtlich fürs Erste zufrieden mit dieser Erklärung.

Ich erzählte weiter, von unserem Treffen im Café und unserer Verabredung für den nächsten Tag bei ihr in der Kräuterküche. Und natürlich ließ ich auch nicht aus, dass Ellen mir ihren Mann als Makler empfohlen hatte und wie ich mich mit ihm verabredet hatte.

Er hörte sehr aufmerksam zu und machte sich zwischendurch Notizen. Sein strenges Auftreten bereitete mir Unbehagen, ich wurde nervös. Da war mir sogar seine Busenglotzerei vom Vortag deutlich angenehmer gewesen – mit solchen Attacken konnte ich wenigstens umgehen. Aber ein streng schauender Beamter, auf dessen Stirn »Mordverdacht« stand, das ließ mein Blut zu Klümpchen frieren. Es floss nicht durch meinen Körper, sondern klapperte.

Das ist nicht dein Blut, das sind deine Zähne.

»Wieso haben Sie nicht gleich zugegeben, dass Sie mit Herrn Schropf verabredet waren?«

»Zugegeben? Da gab es nichts zuzugeben. Erst wusste ich ja gar nicht, wer der Tote war. Und später erschien es mir vollkommen belanglos. Wieso hätte ich es sagen sollen?«

Er ignorierte meine Gegenfrage. »Weiter. Sie waren verabredet. Waren Sie pünktlich? Hat jemand Sie gesehen?«

»Ich traf pünktlich am See ein. Die letzten Besuchergrüppchen befanden sich auf dem Nachhauseweg. Die Enten und Schwäne hatten sich zur Nachtruhe zurückgezogen, und der See lag still, die Oberfläche war nur ganz leicht in Bewegung, gerade so, dass das Mondlicht glitzerte. Eine Stunde habe ich gewartet, langsam war es kalt geworden, Schropf tauchte nicht auf und war auch auf dem Handy nicht erreichbar. Also beschloss ich, die Warterei zu beenden und mir Titisee bei Nacht anzusehen. Ich liebe es, durch die Straßen zu wandern und hinter beleuchteten Fenstern einen Blick auf fremde Leben zu erhaschen.«

»Zeugen?«

»Haben Sie mir nicht zugehört? Ein paar Besuchergruppen, die auf dem Nachhauseweg waren. Keine Ahnung, ob mich da jemand gesehen hat. Und selbst wenn, ob sich jemand an mich erinnern würde? Und wie soll man die Leute finden? Japaner, die in großen Herden von Bussen ausgespuckt und ein paar Stunden später wieder eingesammelt werden. Für die bin ich ein Nichts. Vermutlich haben sie nicht mal gemerkt, dass ich da war. Und das Federvieh am See hatte sich – das sagte ich ja bereits – auch schon zurückgezogen.« Ich atmete durch, ein wenig zittrig, aber bereit, Hübchen Paroli zu bieten. Langsam hatte ich sein Verhalten dicke. Fehlte nur noch, dass er das Licht einer Lampe auf mich richtete. Wollte er mich einsperren, weil mich niemand gesehen hatte? Ich schielte auf seinen Notizblock. »Keine Zeugen«, stand da.

Über meinen Federviehscherz ging er ohne Zucken hinweg. »Das war also am Abend. Und wie kam es, dass Sie in aller Frühe schon wieder am See waren? Eine eher ungewöhnliche

Stunde für einen Ausflug, nicht wahr? Sie haben ja wohl nicht die Nacht durchgemacht?«

»Clarissa. Was ist nur mit dir los? Ich mache dir einen Heiratsantrag, und du lungerst mit anderen Männern hier herum.«

Pascal! Wie schön. Fast freute ich mich, meinen durchgeknallten Ex-Freund zu sehen. »Pascal, das ist Kommissar Hübchen. Herr Hübchen – mein Ex-Freund, Pascal Kissbrauch.« Mir kam eine Idee. »Sag mal, Pascal, bist du mir vorgestern zufällig hinterher? Hast du gesehen, dass ich am See auf jemanden gewartet habe?« Vielleicht war so ein unliebsamer Schatten ja doch für etwas gut.

Doch Pascal starrte mich wütend an. »Gar nichts hab ich. Ich warte darauf, dass meine Verlobte endlich wieder zur Vernunft kommt. Sonst nichts.« Damit rauschte er davon.

Die Tatsache, dass ich hier offensichtlich verhört wurde, interessierte ihn überhaupt nicht. Ich konnte nicht mal abschätzen, ob er von meinem Leichenfund gehört hatte, vermutlich aber schon, sonst wäre er doch überrascht gewesen, als ich ihm Hübchen vorstellte.

»Scheint sehr eifersüchtig zu sein, der junge Mann.« Er kritzelte schon wieder auf seinen Block. »Kissbrauch, sagten Sie?«

Himmel, was war denn jetzt los? Verdächtigte er etwa Pascal? »Kommissar, jetzt wird es aber albern. Was hat denn mein Ex-Freund mit der Sache zu tun? Der kannte Herrn Schropf noch weniger als ich.«

Hübchen fixierte mich, er schien zu überlegen, wie viele seiner Karten er auf den Tisch legen wollte. »Sind Sie sicher? Er scheint doch einen erheblichen Besitzanspruch geltend machen zu wollen. Wäre es möglich, dass er von Ihrer Verabredung wusste? Könnte es sein, dass er auf Lukas Schropf eifersüchtig war?«

Ich bewegte meine Lippen, ohne dass ein Ton rauskam. Wie ein Fisch, der sein stummes Lied sang.

Hübchen beobachtete mich ein paar Sekunden, dann lenkte er ein. »Kommen wir wieder auf den Punkt. Wieso waren Sie frühmorgens am See?«

Nachdem ich auch diesen Umstand wortreich dargelegt hatte – ich hatte nach dem kurzen Ausflug ins Reich der Fische meine Sprache wiedergefunden –, kam natürlich prompt wieder die Frage: »Zeugen?«

Hau ihm auf die Zwölf. Los, das gibt sicher mildernde Umstände.

Ich ignorierte Stimmchen, schüttelte den Kopf und zermarterte mir gleichzeitig das Denkzentrum. Aber da war nichts. Niemand hatte mich gesehen. Verdammt! Hätte ich doch nach Obst gefragt. Aber nein, ich hatte mich aus dem Hotel geschlichen wie eine Diebin. Wie hätte ich aber auch ahnen können, dass ich Zeugen brauchen würde?

»Ich stelle fest, es gibt niemanden, der Ihre Aussage bestätigen kann. Dazu kommt, dass ich Sie ausgerechnet im Haus des Toten beim gemütlichen Plausch mit der Witwe angetroffen habe, die auch noch Kräuterexpertin ist und sich ganz sicher mit Bärlauch und den dazugehörenden Vergiftungsgefahren durch Verwechslungen auskennt.«

Das war es! Hübchen persönlich servierte mein Alibi. Erleichtert lachte ich auf. »Na also, Sie sagen es doch selbst. Ellen kennt sich aus. Sie wäre nicht so dumm, Bärlauch und Herbstzeitlose zu verwechseln. Ganz sicher nicht.«

Bevor die Welle der Erleichterung mich erfassen konnte, sah ich Hübchen mit einem eiskalten Grinsen auf den Lippen nicken. »Sie sagen es: Verwechseln würde Frau Schropf das ganz sicher nicht. Und wie Sie in der Sache drinhängen, das werde ich noch rausfinden. Eines habe ich im Laufe meiner Dienstzeit gelernt: Es gibt keine Zufälle.« Hübchen erhob sich. »Das war es für heute. Frau Kleinschmidt, ich muss Sie bitten, vor Ort zu bleiben. Sollten Sie mit der Absicht spielen, nach Hamburg fahren zu wollen, müssen Sie das vorab mit mir absprechen. Auf Wiedersehen.«

Muss nicht sein, dachte ich. Aber ich lächelte ihn an und sagte: »Auf Wiedersehen, Herr Kommissar.«

In meinem Kopf ratterten und rasten die Rädchen.

Ellen ist eine Schwarze Witwe! Sie hat dich für ihre Zwecke benutzt. Du bist in eine Falle getappt und sollst ihr Bauernopfer werden. Bärlauchnudeln. Ha! Ich sage dir, das waren ihre Bärlauchmaultaschen – allerdings die Spezialversion.

Nein. Nein, nein, nein. Ellen war so ein netter Mensch. So hilfsbereit und liebenswürdig. Und sie wäre nie so blöd gewesen, ihren Mann mit Kräutern zu vergiften. Es war doch klar, dass sie dadurch sofort ins Visier der Ermittlungen rutschen würde.

Es sei denn –

Schluss jetzt! Ich will diesen Mist nicht mehr hören. Ellen ist nett. Schluss, aus, Punkt.

Betreff: Mordverdacht
Datum: 01.05., 23.41 Uhr
Von: Clarissa <Clarisschen@netzwerk.de>
An: Sarah Brachtinger

Hey, hey, Sarah!

Tut mir so leid, dass ich gestern eingeschlafen bin. Aber hey, die Geschichte geht weiter und wird immer abstruser! Von wegen natürlicher Tod. Der Mann wurde tatsächlich ermordet! Vergiftet, um genau zu sein. Eine ungesunde Mischung aus Bärlauch und Herbstzeitlose hat ihn dahingerafft. Stell dir vor, ich wurde heute verhört. Ja, du hast richtig gelesen: VERHÖRT.

Ich. Deine Clarissa – harmloses Schäfchen – Kleinschmidt.

Dieser Kommissar ist der Oberidiot des gesamten Schwarzwalds, denn er hat sich in den Kopf gesetzt, dass Ellen und ich den Lukas Schropf gemeinsam vergiftet haben.

Erst hat er mich verhört, und dann kam er nachmittags zu Ellen und hat dort noch mal dieselbe Show abgezogen. Ich habe mir das aber nicht angetan und bin während Ellens Verhör spazieren gegangen.

Sie musste über eine Stunde Rede und Antwort stehen. Der Hübchen stellte eine verrückte Theorie nach der anderen auf.

Das ging so weit, dass er phantasierte, ich könnte Schropfs Geliebte gewesen sein. Sogar Pascal ist für ihn verdächtig: aus Eifersucht!

Sag mal, was ist unklar an: Ich kannte Herrn Schropf nicht!

Wie auch immer, die Polizei ermittelt, und ich muss mich zur Verfügung halten. Das wird sich alles klären, selbst ein so verbohrter Beamter wie der Elefantenkommissar kann keine Verbindungen beweisen, wo es eben keine Verbindungen gibt. Das wird er auch noch merken.

Während er also mit dem Kopf gegen die Ermittlungswände rennt, arbeite ich weiter an meiner Schwarzwald-Kulinarik.

Vielleicht spendiert Ellen dem Hübchen ja ein Kraut gegen Kopfschmerzen, wenn er irgendwann eingesehen hat, dass er gegen die falschen Wände donnert. Aber nur vielleicht. Wir wollen das mit dem Freundlichsein ja nicht übertreiben. ☺

Nachdem der Depp weg war, habe ich Ellen weichgeklopft. Sie hat mir das Rezept für ihren Aufgesetzten verraten. Nicht ganz im Original - sie meinte, ihre Großmutter würde aus dem Grab aufstehen, wenn Ellen das Familiengeheimnis preisgäbe -, aber das Rezept, das sie mir gezeigt hat, ist wirklich auch super. Aber sei gewarnt: Das Schnäpschen hat es in sich!

Küsschen
Clarissa <3

Aufgesetzter Sauerkirsch-Kräuter-Rossler

1 l Topinambur
800 g Sauerkirschen
300 g brauner Kandiszucker
1 Stange Zimt
3 Nelken
2 Zweige Thymian
2 Zweige Rosmarin
4 Blätter Estragon
1 Zweig Zitronenmelisse
4 Blätter Löwenzahn

Kirschen und Kräuter waschen, abtropfen und alle Zutaten in ein Glas mit Deckel geben. (Du hast ein großes Glas mit abgedichtetem Glasdeckel, in dem du manchmal Kekse aufbewahrst, das müsste die richtige Größe haben.)
Den Schnaps im Dunkeln mindestens zwei Wochen ziehen lassen. Einmal am Tag schütteln.
Den Aufgesetzten abseihen und fertig.

Anmerkung:
Die Knollen des Topinambur nennt man in Süddeutschland auch Ross-Erdäpfel. Der aus der Knolle hergestellte Schnaps heißt Topinambur, Topi oder Rossler.

ACHT

12. März

»Kleines, jetzt sei nicht sauer. Ich konnte gestern nicht. Komm, verdirb uns nicht das gute Essen.«

Lavinia schob ihre Unterlippe schmollend nach vorn.

Lukas seufzte. Das kannte er schon. Da halfen keine Austern, die sie auch prompt von sich wegschob. Das würde ihn ein Paar neue Schuhe kosten oder notfalls einen Ring.

Sie saßen zusammen in einem kleinen, aber feinen Restaurant, ein Stück weg von Titisee – was natürlich auch wieder Diskussionen verursacht hatte.

»Wieso können wir nicht in den ›Pferdestall‹? Du hast mir versprochen, dass im neuen Jahr alles anders wird. Du wolltest mit deiner Frau sprechen, die Sache ein für alle Mal klären und aufhören mit dem Versteckspiel. Wann lässt du dich endlich scheiden?«

Mit Engelszungen hatte er auf sie eingeredet, ihr von dem sensationellen neuen Restaurant vorgeschwärmt. Von dem Koch, der ein heimlicher Sterneanwärter sei, da könne der »Pferdestall« nicht mithalten, auch wenn die Küche dort unbestritten sehr gut war. Und sie hatte nachgeben. Nachgegeben, um jetzt die sündhaft teuren Austern zu verweigern. Lukas zog ihren Teller zu sich und machte sich über ihre Portion her. Ein bisschen Vorarbeit, dann würde die Nacht umso netter werden. Er schlürfte, kaute und spülte das Austernfleisch mit einem Schluck Wein runter. Rotwein. Lukas pfiff auf die Regel: Weißwein zu Fisch. Dieser Rote passte ganz hervorragend, und schließlich war es sein Gaumen und sein Magen, nicht der von irgendwelchen Regelfurzern.

Er tupfte sich den Mund ab und wandte sich wieder an Lavinia. »Was meinst du, Kleines? Sollen wir morgen nach Freiburg fahren? Da gibt es doch tolle Schuhläden? Vielleicht findest du etwas Passendes zu dem Abendkleid, das ich dir letzten Monat geschenkt habe?«

Das kurze Kleid hatte ein Vermögen gekostet! Aber nach einem heftigen Streit hatte sie Schluss gemacht, und er hatte sich was einfallen lassen müssen, um gut Wetter zu machen. Es waren immer die gleichen Vorwürfe. Sie fühlte sich vernachlässigt, beschuldigte ihn, dass er nur ans Geschäft dachte und sie gar nicht wirklich lieben würde, sonst hätte er längst die Scheidung eingereicht … blabla. So hatte er sich also nicht lumpen lassen und diesen dem Preis nach blattvergoldeten Hauch von Nichts gekauft. Umgerechnet auf die winzige Menge Stoff waren die Kosten pro Zentimeter horrend! Solch ein Preis bei einer Immobilie, er wäre alle Geldsorgen auf einen Schlag los.

Wobei: Wirkliche Sorgen hatte er gar nicht. Die Geschäfte liefen ausgezeichnet. Aber das ging selbstverständlich niemanden etwas an. Lerne klagen, ohne zu leiden. Das hatte ihm sein Vater als wichtigste Eigenschaft für das Haifischbecken Schwarzwald-Immobilien mitgegeben. Und er hatte diesen Tipp perfektioniert. Die Gerüchte, die ihm über seine Firma zu Ohren kamen, reichten von ernsthaften Problemen bis hin zu drohender Insolvenz. Das war genau in seinem Sinne, denn die Kunden rannten ihm die Tür ein, dachten, ein Makler, dem das Wasser bis zum Hals stand, hätte jeden Auftrag besonders nötig und würde sich mehr ins Zeug legen als die gesättigte Konkurrenz.

Und ja, er legte sich durchaus ins Zeug – natürlich nur, wenn es sich auch lohnte. Als sehr lukrativ erwies sich der Kundenstamm der Abgedankten. Lukas' Lieblingslektüre waren die Todesanzeigen und Todesnachrichten einheimischer Immobilienbesitzer. Dafür hatte er sogar einen Deal mit dem hiesigen Standesbeamten – er kannte Johannes seit der dritten Klasse und hatte die Verbindung geschickt für sich genutzt. Wobei Johannes nicht klagen durfte, er kam bei dem Geschäft nicht zu kurz. Immerhin hatte Lukas ihm zu seinem Traumhäuschen am See verholfen, im Gegenzug war er nun der Konkurrenz immer um die entscheidende Nasenlänge voraus. Besonders erfolgversprechende Abgänge meldete sein Kontaktmann im Rathaus ihm innerhalb einer Stunde – das war der Deal. Lukas lachte in sich hinein, als er daran dachte, wie dumm die anderen immer aus der Wäsche guckten, wenn er die besten Objekte abgriff, bevor sie überhaupt auf dem Markt waren. Gerade gestern hatte er etwas Interessantes gehört. Das schien eine heiße Sache zu sein. Er hatte die Angel bereits ausgeworfen. Wenn das dahintersteckte, was er erwartete, dann würde er sich damit zum König des Schwarzwalds machen. Niemand käme an diesen Erfolg ran.

»Bestimmt habe ich keine Handtasche, die zu den neuen Schuhen passt«, jammerte Lavinia in seine Gedanken hinein.

»Noch nicht, Kleines, noch nicht«, antwortete er, tätschelte ihre Wange und griff sich das Weinglas. »Komm, lass uns auf den Abend trinken. Und auf unseren Einkaufsbummel.«

»Liebling, hast du denn jetzt endlich mit deiner Frau geredet? Du hast es mir versprochen!«

Schon wieder diese Leier! Er könnte kotzen. Es fiel ihm schwer, sich zu beherrschen und weiter gute Miene zu machen. Aber er wollte sich die Aussicht auf eine heiße Nacht nicht verderben, die Austern sollten nicht umsonst gestorben sein.

Lavinia ließ das Weinglas stehen und griff nach dem Wasser. »Und außerdem haben wir heute etwas zu feiern. Ich habe eine Überraschung für dich, Hasebärchen.«

»Neue Unterwäsche?«, raunte er und musste sich räuspern, weil die hochschießende Erregung seinen Hals austrocknete. »Sag nur, du hast ein Korsett an? Du weißt, dass ich verrückt werde, wenn du …« Schnell nahm er noch einen Schluck des köstlichen Rotweins und leckte sich voller Vorfreude die Lippen.

Aber Lavinia schüttelte ihre Locken und klimperte mit ihren unechten Wimpern. »Aber Hasebärchen, du Dummerchen. Nein, ich trage natürlich kein Korsett. In meinem Zustand ist das nicht gut.«

Wie bitte? In Lukas' Ohren rauschte es. Zustand? Hatte sie Zustand gesagt?

Sie beobachtete ihn, kicherte, als sein Blick über ihren Bauch glitt, und nickte. »Ja, genau. Richtig geraten, Papa.«

Lukas schnappte nach Luft, suchte nach Worten für etwas, wofür er keine Worte hatte. Dieses dumme Luder! Sie hatte ihn reingelegt! Sie hatte ihm einen Braten untergeschoben.

»Ach, der Herr Kollege. Ich wusste gar nicht, dass du eine Tochter hast. Nett. Weiß deine Frau das?«

Lukas zuckte zusammen und schüttete etwas von dem Roten auf sein Hemd. »Scheiße.« Auch das noch. Ausgerechnet jetzt und ausgerechnet Dirk. Wozu machte er sich die Mühe, weit weg von Titisee essen zu gehen, wenn der Pöbel dann doch hier auftauchte.

»Na, was ist das denn für eine Ausdrucksweise, noch dazu im Beisein einer Dame.«

Lavinia kicherte.

Dirk zwinkerte ihr zu. »Willst du uns nicht vorstellen?«, fragte er Lukas und ließ Lavinia dabei nicht aus den Augen.

»Nein«, brummte er. Dirk war ihm so willkommen wie eine Geschlechtskrankheit. »Wenn ich bitten darf? Du störst.« Lukas wies auf die Restauranttür, doch sein Gegenüber lachte nur dröhnend.

»Wenn ich mich nicht irre, ist das hier ein öffentliches Restaurant, und ich gedenke hier zu speisen. Eigentlich sollte es ein Geheimtipp sein. Aber wie es aussieht, hat es sich bereits bis in die unteren Ränge herumgesprochen. Kannst du dir das überhaupt leisten?« Sein Blick glitt über Wein und Austern, und das Grinsen dazu ließ Lukas' Blut kochen.

Dirk löste seine Aufmerksamkeit von den Delikatessen und sah sich im Restaurant um. »Oh, schau nur, genau neben euch ist ein Tisch für mich frei. Das ist doch nett.«

Lukas kippte den Rest Wein in einem Schluck hinunter und warf die Serviette auf den noch vollen Teller. »Lavinia, wir gehen. Komm.« Der Appetit war ihm gründlich vergangen.

Bevor sie antworten konnte, war er schon an der Garderobe, um ihre Mäntel zu holen.

»Da Ihr Begleiter die notwendige Höflichkeit missen lässt, erlaube ich mir, mich selbst vorzustellen: Gestatten, mein Name ist Dirk Breitenberger. Lassen Sie sich von diesem Herrn nur nichts andrehen. Er verkauft Katzengold. Wenn Sie einen richtigen Schatz wollen, dann wenden Sie sich vertrauensvoll an mich.« Mit einer kleinen Verbeugung reichte er Lavinia eine Visitenkarte. Dabei blitzte sein fetter Siegelring im Schein der Lampe auf.

Angeber! Von wegen Katzengold. Jeder hier in der Gegend wusste, wer von ihnen beiden das Katzengold verhökerte und wer für die wirklich großen Deals zuständig war. An seine Fähigkeit, die Fäden zu ziehen und Geschäftsmodelle zu entwickeln, reichte Dirk nicht einmal ran, wenn er auf eine Leiter stieg. Genau das wurmte Dirk seit Jahren.

Lukas war wieder am Tisch, er hatte seine Jacke an und Lavinias Mantel über dem Arm. Schnell beugte er sich über den Tisch, riss seiner Geliebten die Karte aus der Hand und schmiss sie auf den Tisch. »Verpiss dich«, zischte er, erntete aber nur ein joviales Lachen.

»Lukas, Kumpel, geht man so mit ehemaligen Geschäftspartnern um? Ich hoffe, deine Begleitung weiß, dass du Fachwerk nicht von einem Ziegelbau unterscheiden kannst. Wobei? So wie das aussieht, ist sie ja wohl nicht an deinem Immobilienwissen interessiert? Apropos: Hast du heute schon einen naiven Käufer über den Tisch gezogen? Scheint ja nicht so wild zu sein mit deinen Geschäften.« Nachdem Dirk Breitenberger an seinem Tisch Platz genommen hatte, setzte er nach: »Grüße an deine Frau. Die arme Ellen, ich habe sie sehr vernachlässigt. Vielleicht sollte ich sie mal wieder anrufen. Was meinst du? Würde sie sich freuen?«

Lukas kochte, er presste seine Hände so fest zu Fäusten, dass die Knöchel weiß hervortraten. Aber er beherrschte sich. Dirk würde es nicht wagen, das wusste er genau. Dazu hatte er selbst zu viel auf dem Kerbholz, wovon auch Lukas wusste. Nicht umsonst waren sie jahrelang Partner gewesen. Wenn es darum ging, die eigenen Schäfchen ins Trockene zu bringen, war beiden jedes Mittel recht. Patt. Sie hatten sich gegenseitig in der Hand.

»Was ist jetzt? Wollen wir gehen oder bleiben?«, quengelte

Lavinia. Sie hatte die Visitenkarte wieder vom Tisch gefischt und eingesteckt. Jetzt hielt sie auffordernd ihren Arm hin, damit Lukas ihr in den Mantel half.

»Ihr mögt euch wohl nicht besonders, was? Aber nett war er schon, dieser Dirk. Und ziemlich durchtrainiert.« Lavinia wusste genau, wie sie ihn treffen konnte.

Automatisch schaute Lukas auf seinen Bauch, über dem sein Hemd deutlich spannte. Da half alles Einziehen nichts. Pah! Durchtrainiert. »Kleines, was meinst du, was ist wichtiger? Ein durchtrainierter Körper oder ein fettes Täubchen vor der Nase, das für ein gut gefülltes Konto sorgt?«

Lavinia kicherte. »Na, wenn du so fragst, ein gut gefülltes Konto ist schon ziemlich attraktiv.«

Braves Kind. Und dieses Täubchen, das war die allergrößte Riesentaube. Und er würde sie sich schnappen. Dabei kam ihm niemand in die Quere, dafür würde er sorgen. Ihm fiel das Thema wieder ein, bei dem sie von Dirk gestört worden waren, und er nahm den Faden wieder auf. »Sag mal, was war das vorhin für eine Sache? Von wegen Zustand?«

Das freudige Kichern war Antwort genug. Und die Unterbrechung hatte Lukas Zeit gegeben, die Sache zumindest im Ansatz zu verdauen. Na ja, zumindest hatte er den ersten Schock überwunden und die Perspektive geändert.

Ein Stammhalter. Hm. Gar nicht so verkehrt. War es nicht die Pflicht jedes großen Mannes, für einen Erben zu sorgen? Gerade jetzt, wo er kurz vor dem Geschäft seines Lebens stand? Und mit Ellen wurde das nichts mehr. Sie hatten jahrelang versucht, Kinder zu kriegen. Wenn er an das Theater dachte, das sie betrieben hatte, wich das Blut aus seinem Kumpel, das gerade schon angefangen hatte, sich zu sammeln. Verreckt noch mal. Sie hatte Yoga gemacht, nach dem Sex stundenlang an der Wand ausgeharrt – die Beine nach oben gestreckt. Kräutermischungen über Kräutermischungen ausprobiert. Für ihn, für sie. Mit spezieller Fruchtbarkeitsmusik hatte sie versucht, ihre Eizellen zu aktivieren. Sie hatte ihn zu Visualisierungen gezwungen, bei denen er sich vorstellen sollte, wie er sein eigenes Kind in den Armen wiegte und es willkommen hieß. Er hatte so getan, als mache er mit, und dabei seine nächsten Termine und geschäftliche Schachzüge geplant.

Und irgendwann hatte sie aufgegeben.

Er griff neben sich und kniff der Kleinen zwischen die Schenkel. »Dann sollte Papa dem Nachwuchs doch mal Hallo sagen. Wie weit bist du denn?«

»Anfang vierter Monat. Und der Arzt hat gesagt, Sex ist kein Problem.« Zur Bekräftigung landete ihre Hand in seinem Schritt. »Aber jetzt musst du mit deiner Frau reden. So kann es nicht weitergehen. Dein Kind braucht dich als Vater.«

»Ja, ich red mit ihr. Das hab ich doch sowieso versprochen.«

»Du wolltest das schon vor Monaten tun, aber immer schiebst du es auf.«

»Kleines, hey, das ist nicht so einfach. Du weißt doch, dass es Ellen nicht gut geht. Wir wollen doch nicht, dass sie sich was antut, oder? Das muss man behutsam machen.« Oder gar nicht, fügte er still hinzu. Wieso sollte er die Gemütlichkeit seiner Ehe aufgeben und sich dem Stress einer engen Beziehung zu diesem Küken aussetzen? Alles, was er wollte, waren Sex und ein bisschen lockere Unterhaltung. Gut, das mit dem Kind war nicht geplant. Darüber musste er jetzt erst gründlich nachdenken. Aber der Plan, der sich da in seinem Kopf abzeichnete, schien vielversprechend. Vielleicht wäre sie bereit, das Baby abzugeben? Ellen würde es bestimmt annehmen. Dann könnte er mit Lavinia wieder locker weiterleben, und Ellen hätte endlich, was sie sich so sehnlich wünschte. Die Idee zeigte sich erst schüchtern, aber mit jedem weiteren Gedanken wurde sie stärker. Ja, doch, das hatte was. Damit könnte man alle glücklich machen. Er musste sich nur noch überlegen, wie er es am geschicktesten anstellte, damit Lavinia kein Theater machte.

Sein Handy klingelte: Ellen.

Konnte sie etwa Gedanken lesen?

NEUN

4. Mai

Die Sonne funkelte von schräg rechts auf den kleinen Schreibtisch, als wollte sie mich einladen.

Schau mal, wie gemütlich es hier ist. Genau das richtige Plätzchen, um endlich zu arbeiten.

Stimmchen hatte ja recht. Es wurde Zeit. Ich rückte den Stuhl in die Sonne und klappte das Notebook auf. Vor lauter Mordverdacht war ich mit meinem Manuskript noch keinen Schritt weitergekommen. Seit drei Tagen tauchte dieser blöde Elefantenkommissar immer wieder mit neuen Fragen auf. Und wenn er nicht persönlich kam, dann sah ich ihn vor meinem geistigen Auge. Er hatte sogar zwischenzeitlich die wischende Hand aus meinen Träumen vertrieben, wobei ich mir nicht ganz sicher war, was ich grausiger fand: Hübchen in Columbo-Manier, der versuchte, mich festzunageln, und dem immer noch etwas Neues einfiel, wenn ich dachte, ich wäre ihn endlich los, oder diese kalte Leichenhand in der Unendlichkeit der Wasserwischerei. Dann vielleicht wirklich lieber den Kommissar. Überaus nervend, aber zumindest lebendig. Noch.

Kannst es ruhig zugeben: Du hast dich in den Kerl verguckt!

Stimmchen hatte wohl zu tief in Ellens Kräuterschnapsflasche geschaut.

»Tickst du noch ganz richtig?«, fragte ich mit Blick auf den Notebookbildschirm. Auf dem Schwarz spiegelte sich schwach mein Antlitz wider. Bei aller Liebe, aber dieser Kerl war wirklich nicht mein Fall. Selbst wenn ich von der Namensähnlichkeit mit einem gewissen grauen Tier mit Rüssel einmal absah, so viel Arroganz und intellektuelle Unfähigkeit, einzusehen, dass er sich auf dem Holzweg befand, war schwer auszuhalten. Dazu noch seine dünnen Storchenbeine und ein Bart, der über das Flaumstadium kaum hinauskam – nein, mein Männergeschmack war zwar nicht auf einen Typ festgelegt, aber dieser Typ fiel eindeutig durch. Seine Busenfixierung setzte meiner Abneigung das Krönchen auf. Der Kerl hatte ganz klar ein Mutti-Defizit. Vermutlich hatte seine Mutter ihn zu früh abgestillt.

Wenn er so weitermachte, würde ich vielleicht doch mal ein ernstes Wort mit Ellen reden müssen. Er hielt uns ja eh für das Mörderduo schlechthin. Sein Tod wäre dann ein Beispiel für eine Selffulfilling Prophecy, was natürlich nie jemand erfahren würde, denn wenn, dann würden wir das so deichseln, dass es keine Spuren gäbe. Unter Umständen starteten wir eine neue Karriere, den passenden Namen und Slogan für unsere Firma hatte ich schon: Schwarzwaldtod – der Geheimtipp für alle, die jemanden loswerden wollen.

Genug! Schluss mit den Blödeleien. Arbeite endlich!

Schon gut. Wollte ich ja sowieso. Ich weckte Hektor, mein Notebook. Komm, Süßer. Genug geschlafen. Jetzt schreiben wir beide zusammen ein Buch.

Aber als ich die Datei öffnete, starrte mir die harte Realität entgegen: Ein paar einsame Rezepte machten noch lange kein Buch. Also los. Keine Ausreden mehr. Morgensonne im Genick, bequeme Jogginghose und Sweater an, die Haare zu einem Pferdeschwanz gefasst und ungeschminkt – ein Tag, der friedlich werden könnte. Zumindest hatte ich keine Termine und keine Verabredungen. Heute wollte ich nur das tun, was ich liebte: schreiben! Fast. Für den späten Nachmittag hatte mich der Küchenchef eingeladen, mit ihm zusammen echte Schwarzwälder Kirschtorten zu backen. Doch bis dahin war noch jede Menge Zeit. Aber wenn ich an die köstlichen Kunstwerke aus Biskuit, Kirschen, Sahne und Schnaps dachte, lief mir das Wasser jetzt schon im Mund zusammen. Arbeit konnte so unglaublich angenehm sein – eins war jedenfalls klar, ich würde nicht nur beim Backen zusehen und das Rezept für meine Leser festhalten, ich würde mich selbstverständlich auch für eine ausgedehnte Kostprobe opfern.

Du bist ein echter Gierschlund, weißt du das?

Ja, ich weiß. Aber ein bisschen Freude muss man sich doch

gönnen. Ich zwang meine Gedanken wieder in die Gegenwart und konzentrierte mich auf meine Aufgabe.

Erst einmal musste ich die Leser abholen, ich musste sie einladen, sich mit mir gemeinsam auf das Abenteuer Schwarzwald einzulassen. Ich musste ihre Lust wecken auf kulinarische Entdeckungen und Wohlfühlideen. Ein Vorwort war die Tür zu einem Buch. Es konnte klar und einfach gestaltet sein wie die Eingangstür zu einem Bürogebäude oder auch verschnörkelt und liebevoll wie das Portal eines Märchenschlosses. Manchmal gestaltete ich es üppig und barock, manchmal gradlinig wie im Bauhausstil. Ein Buch ist wie ein Haus, du schlägst es auf und trittst ein, du siehst dich um, bestaunst die Bauweise, die Ausstattung, die Einrichtung. Du siehst, ob es liebevoll und mit Herzblut geplant und errichtet oder husch, husch schnell hochgezogen wurde. Nur dass es bei einem Buch eben keine unterschiedlichen Materialien waren, sondern Buchstaben. In immer neuen Formationen. Wenn es gut war, hielt es für den Leser überraschende Zusammenstellungen bereit, und idealerweise berührte es seine Seele.

Ich liebte es, Vorworte zu schreiben. Manchmal hatte ich fünf oder sechs Versionen, und immer ließ ich mir viel Zeit bei der Auswahl.

Was ich hier säte, war ein Versprechen, das im nachfolgenden Teil des Buches wachsen und gedeihen musste. Also atmete ich durch, legte die Finger auf die Tasten, ließ mich in das Thema fallen und schrieb drauflos.

Liebe Leserinnen, liebe Leser,

suchen Sie auch den einen oder anderen kleinen Mord? Wollen Sie in der vermeintlichen Ruhe des Schwarzwalds die tödliche Idylle genießen? Ein kleines Kräutlein, der richtige Pilz oder auch ein lockerer Felsblock könnten Sie in Ihren Mordgelüsten unterstützen. Sie dürfen es sich aussuchen: Entweder Sie sind der Täter, Sie lassen sich selbst umbringen, oder Sie halten Ihren

Kopf als Hauptverdächtige hin. Durchaus spaßig, das verspreche ich Ihnen. Ich war so frei, Letzteres für Sie auszuprobieren.

Mit wütendem Schnauben schlug ich das Notebook zu. Was für ein Humbug! Aber wie, verdammt noch mal, sollte ich mit Kommissar Blümchen im Nacken ein Vorwort zur Schönheit und Ruhe des Schwarzwaldes schreiben? Wie sollte ich von kulinarischen Schwarzwaldschätzen schwärmen oder von raffinierten Wellnessanwendungen berichten, während dieser bescheuerte Elefantenbulle versuchte, die Schlinge um meinen Hals zuzuziehen? Der hatte sich doch nur auf Ellen und mich als mörderisches Duo eingeschossen, weil ihm nichts Besseres einfiel. Es war zum Verzweifeln. Würde er seine Arbeit vernünftig machen, wie ich es als steuerzahlende Bürgerin ja wohl erwarten durfte, dann käme er sicher bald darauf, dass die Fährte, die er da aufgenommen hatte, überhaupt nicht existierte.

Andererseits wollte ich nicht wissen, wie viele Menschen unschuldig hinter Gittern saßen. Musste ich nicht dankbar sein, dass ich mich im Schwarzwald befand und nicht in Amerika? Dort würde – mit etwas Pech – am Ende die Todesspritze auf uns Giftmörderinnen warten. Egal, wie sehr wir unsere Unschuld beteuern würden.

Nein, so durfte das nicht weitergehen. Schreibtag ade. Ich musste handeln. Und zwar jetzt! Entschlossen schnappte ich mein Notebook und machte mich auf zu Ellen. Wir mussten die Angelegenheit selbst in die Hand nehmen. Und am besten nicht blind nach irgendwelchen Spurenkörnern picken, sondern die Sache strategisch geschickt anpacken und dem unfähigen Hübchen am Ende den Mörder auf dem silbernen Tablett servieren.

Wenn du da mal nicht den Bock zum Gärtner machst.

Stimmchen wieder.

Ruhe! Halt deine Klappe!

Ich verstand die Anspielung sofort, aber das wollte ich nun wirklich nicht hören.

Ellen ist keine Mörderin. Wie oft muss ich das noch sagen?

Je mehr ich Ellen kennenlernte, umso unwahrscheinlicher schien mir der Gedanke, sie könnte etwas mit Lukas' Tod zu tun haben. Ellen war einfach rundum lieb und sympathisch, ein Mensch, den man gern um sich hatte.

Wir werden es sehen. Hoffen wir nur, dass deine letzten Gedanken nicht sein werden: Ich habe mich geirrt.

Stimmchen schaffte es, dass mein Magen wieder einmal Steine mit sich rumschleppte. Aber ganz abgesehen davon, dass ich von Ellens Unschuld überzeugt war; wenn ich dieses Misstrauen zuließe, wenn ich mir Zweifel an Ellen gestattete, dann hätte ich gar nichts mehr. Sie war diejenige, die Lukas am besten kannte. Nur mit ihrer Hilfe konnte ich sein Umfeld abchecken und rausfinden, wo ein Mordmotiv liegen könnte.

Ellen war das nicht!

Irgendwann würde auch Stimmchen das schlucken. Und so sehr konnte mich mein Bauchgefühl doch nicht täuschen.

Bauchgefühl? Meinst du das, das dir auch Pascal als Freund und Geliebten empfohlen hat?

Stimmchen konnte eine gewisse Häme im Ton nicht verbergen, doch so leicht kriegte man mich nicht in die Ecke.

Quatsch, das war kein Bauchgefühl, das waren Hormone. Und außerdem war Pascal nicht so, als ich ihn kennenlernte. Er hatte sich erst zum Arschloch entwickelt.

Hallo, Pauline. Na, bereit, mich zu Ellen zu bringen? Und vorher machen wir noch einen kleinen Abstecher.

Damit schnitt ich Stimmchen für den Moment das Wort ab. Ich war die Diskussion leid. Wir würden ja sehen. Am Ende würde die Wahrheit auf dem Tisch liegen. Das jedenfalls war sicher.

Ich lenkte Pauline zum Café Heck, dort lag immer noch mein Tuch, das ich bei meinem ersten Treffen mit Ellen vergessen hatte. Die freundliche Bedienung bat mich, kurz zu warten, und verschwand Richtung Küche. An die Theke gelehnt ließ ich meinen Blick schweifen – und blieb bei einem Pärchen hängen. Die Frau kam mir bekannt vor. Aber woher? Der Typ, der bei ihr war, redete auf sie ein. Er hatte gegelte Haare und trug einen protzigen Siegelring. Also was der Schwarzwald bisher so an Männern zu bieten hatte – da war noch deutlich Luft nach oben. Das Mädchen tat mir fast leid. Sie wirkte verunsichert und war ziemlich blass. Sie sah aus, als hätte sie geweint. Woher kannte ich sie nur? Bevor ich weiter drüber nachdenken konnte, war die Bedienung schon wieder da.

»Schauen Sie, ist das Ihres?«

»Wunderbar, das ist es. Endlich muss ich nicht mehr frieren. Vielen Dank! Übrigens, der Kuchen ist phantastisch! Ich komme ganz bestimmt wieder.«

Ich lächelte die Bedienung noch einmal herzlich an, warf einen letzten Blick auf die junge Frau, die mir so bekannt vorkam, und machte mich auf zu Ellen.

»Ich wollt dich scho anrufe«, begrüßte sie mich wenige Minuten später. »Aber ich hab mich ned traut, weil du doch gsagt hesch, dass du heut schreibe willsch.« Ellen kaute nervös auf ihrer Unterlippe.

Wir gaben uns ein Begrüßungsküsschen und setzten uns an ihren gemütlichen Holztisch im Essbereich. Ich stellte das Notebook vor mir ab, Ellen goss Tee auf.

»Was gibt es denn?«

»Er war scho wieda da.« Ellen schluchzte. »Er lässt mich einfach ned in Ruh. Sie habe des Büro durchsucht. Und sie wollte seinen Computer habe.«

»Und?«

Ellen schniefte, und ihre Schultern bebten. »Ich konnt ihnen ned helfe. Ich weiß ned, wo sein Computer isch. Er hat auch so en Notebook. Des kann er weiß Gott wo glasse habe.«

So kamen wir nicht weiter, da musste eine Linie rein. »Pass auf, Ellen. Setz dich her zu mir. Wir machen jetzt eine Liste, wer für den Mord in Frage käme. Wir notieren alles, was uns dazu einfällt, und dann ordnen wir, was wir zusammengetragen haben, und fangen an zu recherchieren.«

»Ja, aber, der Kommissar –«

»Hübchen ist felsenfest davon überzeugt, dass wir Lukas

umgebracht haben. Meiner Meinung nach sucht der nur Beweise, die er gegen uns verwenden kann. So findet er den Mörder nie.« Ich machte eine kurze Pause, dann setzte ich nach: »Oder?«

Oder?, echote Stimmchen. *Sag nur, du wirst doch noch vernünftig? Trau, schau, wem, sag ich nur.*

Ellen erschauerte. »Fangsch du jetzt auch noch an?« Tränen flossen. »Ich hab meinen Mann verlore. Isch des ned schlimm gnug?« Sie knetete das Taschentuch in ihrer Hand und schluchzte.

»Tut mir leid, Ellen. Hör auf, bitte.« Ich streichelte ihr über den Rücken und wartete, bis das Weinen etwas abebbte. Mein ausgesprochener Verdacht hatte sie wirklich getroffen, deshalb beschloss ich, das mit der Liste noch mal zu verschieben, damit Ellen Zeit hatte, sich zu beruhigen. Und du, Stimmchen, hältst jetzt die Klappe.

Wenn du meinst. Aber sag nachher nicht –

Ruhe!

»Was meinst du? Darf ich mir sein Büro auch einmal ansehen?«

Ellen nickte zögernd. »Aber die Beamte habe scho jedes Blatt umdreht. Glaubsch du, du findsch was, was die Profis übersehe habe?«

Profis! Ha, ha! Die hatten doch Scheuklappen auf. »Keine Ahnung. Aber vielleicht bekomme ich so einen Eindruck von Lukas. Ich würde mir gern ein Bild von ihm machen. Wie war er denn eigentlich so als Ehemann? Habt ihr euch geliebt? Wie lange wart ihr verheiratet?«

Endlich hörte Ellen mit der Heulerei auf. Während sie mich in Lukas' Arbeitszimmer führte, erzählte sie mir von ihm und von ihrer Ehe.

»Mir ham uns kennengelernt, da war ich noch in de Schul. Aber der Lukas wollt sich ned so gern feschtlege, deshalb ware mer ned zamme, nur so halb halt. Aber er war scho en toller Kerl. Wie der lachen konnt. Und küsse! Er isch weg, zum Studiere. Und wie er wieder da war, ham wir uns neu verliebt.

Und dann aber richtig. Achtzehn Jahr warn's letschten Monat. Gute Jahr, au wenn's ned immer einfach war.«

»Wow. Achtzehn Jahre? Das ist lang.« Ich beschloss, die Schwarzwaldkuh bei den Hörnern zu packen und mich nicht lang mit Höflichkeit aufzuhalten. »War er treu?«, fragte ich also ganz direkt.

Ellen wurde rot. »Du stellsch vielleicht Frage«, antwortete sie. Dabei schaute sie mich nicht an, sondern fing an, Papiere auf seinem Schreibtisch zu Stapeln aufeinanderzulegen. Ich entdeckte ein Foto. Ein lachendes Pärchen, Ellen und ...? Das Foto war schon ein paar Jahre älter, ich betrachtete den Mann genauer. Gar nicht so schlecht, ich konnte nachvollziehen, dass Ellen ihn sich geschnappt hatte.

Sie warf jetzt auch einen Blick auf das Foto, und ihr Ausdruck wurde ganz weich. »Teneriffa. Des war en halbes Jahr nach unserer Hochzeit. Da war ma noch so jung.«

»Eine schmucke Hecke, dein Liebster«, kommentierte ich. »Nach dem haben sich doch bestimmt die Damen umgedreht.« Ich legte den Arm um Ellen, drückte sie. Wenn wir dem Mörder auf die Spur kommen wollten, musste Ellen mit offenen Karten spielen. »Komm, da ist doch nichts dabei. Ich meine, hey, achtzehn Jahre ist Wahnsinn. Ich kann mir vorstellen, dass die wenigsten das ohne Ausrutscher schaffen.« Ich setzte mich auf den breiten ledernen Chefsessel und drehte mich ein bisschen hin und her. »Er war kein Kind von Traurigkeit, oder?«

Wieso er? Was, wenn sie die Genießerin war und von fremden Tellerchen naschte?

Stimmchen wieder. Alles, was recht war, aber das traute ich Ellen nicht zu.

»Jetzt spinnsch aber wirklich. Als ob ...«, kam es auch prompt von Ellen. Sie versuchte, ein empörtes Gesicht zu machen, dann sackte sie in sich zusammen. »Die Weiber hams ihm aber viel zu leicht gmacht«, flüsterte sie.

Genau das hatte ich wissen wollen. »Oft?«, fragte ich weiter.

Ellen kümmerte sich wieder um die Papiere auf dem Tisch. Exposés von Objekten, die zur Vermittlung standen.

Zumindest vermutete ich das. Ein Prachtanwesen lag obenauf. Lukas hatte mit rotem Stift ein Ausrufezeichen neben das Bild gemacht, registrierte ich aus den Augenwinkeln. Meine Aufmerksamkeit galt Ellen. Ihrer Körperhaltung nach hatte ich ein schmerzhaftes Thema angeschnitten. Und ja, ihre steife Haltung war Antwort genug. Oft. Sehr oft, dem Schmerz in ihrem Gesicht nach zu urteilen.

Ich ließ ihr einen Moment Luft, schließlich wollte ich sie nicht an die Wand drängen. Und nein, ich wollte nicht, wie Hübchen, direkt wieder in die sich andeutende Bresche hauen. Vielmehr grübelte ich, ob nicht vielleicht eine dieser Liebschaften – hey, vielleicht hatte er eine Dame abserviert, und sie war deswegen sauer gewesen? Also so richtig sauer. Mordssauer eben.

Oder deiner lieben Ellen ist der Kragen geplatzt. Der Ehemann geht so lange zur Geliebten, bis die Ehefrau ihm den Schädel spaltet oder so ähnlich. Kennt man doch.

Da ich Ellen sehr mochte und mir das nicht vorstellen konnte und wollte, ignorierte ich Stimmchens Einwurf und blieb bei meinem Ansatz. Während ich über diese Möglichkeit nachdachte, wanderte mein Blick über die Arbeitsfläche. Dieser Schreibtisch war wirklich riesig. Den hätte man als Tanzfläche nutzen können. Allerdings herrschte ein ziemliches Chaos. Gerade griff Ellen nach einigen Zeitungsausschnitten.

»Warte mal, lass mich mal sehen!« Ich nahm ihr die Blätter aus der Hand. Lauter Todesanzeigen, was mir einen Pfiff entlockte. »War dein Lukas etwa einer von denen, die schon auf der Beerdigung versuchen, die Erben abzugreifen? Wollte der, bevor die Leiche kalt ist, schon Geschäfte machen?« Ich hatte von solchen Typen gehört. Keine Immobilienmakler, eher wohl Immobilienhaie. Ganz üble Typen. Pietät war für diese Art Geschäftemacher ein Fremdwort. Bah. Wenn mir so einer vor den Fuß käme, könnte ich für sein intaktes Schienbein nicht garantieren. Ich schüttelte mich, und Ellen wurde blass.

Sie zog sich den Besuchersessel heran und ließ sich fallen.

»Clarissa, was du da andeutesch! Ich weiß ned, mein Lukas? Aber …« Sie schlug die Hände vors Gesicht und schwieg.

Wie gut kannte man einen Menschen, mit dem man achtzehn Jahre verheiratet war? Wie viele Geheimnisse konnte man in einer Jahrzehnte andauernden Ehe wohl voreinander haben?

Viele! Denk nur an Pascal und seine zwei Gesichter.

Stimmchen jetzt wieder. »Liste!«, kommandierte ich. Ich musste das aufs Papier bringen. »Darf ich?« Mein Finger zeigte auf einen Notizblock, und Ellen nickte.

Leute mit möglichen Mordmotiven.

Ich schaute kurz zu Ellen. »Bevor wir jetzt beginnen, die Leute aufzuzählen, kümmern wir uns erst um die möglichen Motive, okay? Und im Anschluss wird es dann konkret, dann müssen Namen auf den Tisch.« Der Stift schwebte ein paar Augenblicke über dem Papier, dann fing ich an zu schreiben.

1. Abservierte Geliebte
2. Unzufriedene Kunden
3. Saure Erben
4. Konkurrenz
5.

Ich stockte. »Ellen, es tut mir leid, bitte, fang jetzt nicht wieder mit der Heulerei an. Aber wenn wir objektiv an die Ermittlung gehen wollen, dann muss dieser fünfte Punkt auch auf die Liste. Aber natürlich nur, damit wir ihn entkräften können. Ich weiß, dass du nichts mit der Sache zu tun hast!«

Was man eben immer so meint zu wissen …

Ellens Unterlippe zitterte, aber sie schluckte und nickte.

5. Betrogene Ehefrau
6. Raubmord

Dieser letzte Punkt war mir gerade erst eingefallen. Über diese Möglichkeit hatte noch niemand auch nur ein Wort verloren. Dabei war das doch wichtig!

»Hatte Lukas Bargeld bei sich? Fehlen seine Kreditkarten? Hast du die Konten sperren lassen?« Die Aufregung schnappte nach mir, aber Ellen winkte ab.

»Kei Raubmord. Hübchen sagt, es war alles noch da, Uhr, Brieftasche, Bargeld, Handy. Und en Raubmörder tät sei Opfer sicher ned vergifte.«

Verflixt. Natürlich, das Handy. Das wusste ich doch. Hübchen hatte mir schließlich meine fünf Nachrichten unter die Nase gerieben. Ganz abgesehen davon, dass Ellen natürlich recht hatte – ein Raubmörder schlug zu, der vergiftete nicht. Okay. Ich strich Punkt sechs auf der Liste wieder durch. »Und jetzt, Butter bei die Fische! Wir brauchen Namen.«

Ellen tat sich schwer. Bei jedem Namen wand sie sich und druckste herum. Aber ich blieb hartnäckig, fragte so lange, bis sie ihr Wissen ausspuckte. Eine halbe Stunde später lehnte ich mich zufrieden zurück und betrachtete das Ergebnis.

1. *Abservierte Geliebte: Lavinia Beerens*
2. *Unzufriedene Kunden: ?*
3. *Saure Erben: Heribert Schoberer, Edeltraud Müller-Grieberer*
4. *Konkurrenz: Dirk Breitenberger*
5. *Betrogene Ehefrau: Ellen Schropf*

Da kam doch einiges zusammen, Lukas schien ein Talent gehabt zu haben, sich Feinde zu machen.

Ich tippte mit dem Stift aufs Papier. Ganz oben, direkt auf den ersten Namen. »Lass uns gleich hier anfangen. Was ist das mit Lavinia? Ist das die einzige Geliebte? Hat er sie gerade erst abserviert, oder wie kommst du auf sie?«

»Sie war die einzig, die länger bliebn isch wie nur e paar Wochn. Und sie isch die einzig, von der ich mehr weiß wie nur den Vornamen.« Ellen lief rot an, aber sie hielt sich aufrecht, ging aus dem Büro, kam kurz darauf mit einer dünnen Mappe zurück und drückte sie mir in die Hand.

»Was …?« Mein Blick ging von der Mappe zu Ellen und wieder zurück. Ellen nickte mir aufmunternd zu, und ich klappte den Deckel auf. Ein Konvolut aus Kurzberichten, längeren Notizen und Fotos präsentierte sich mir. Auf dem obersten Blatt waren die Fakten zusammengefasst: Name, Adresse, Beruf, Lebensgewohnheiten.

»Du hast einen Detektiv beauftragt?«, hauchte ich und musste diese Neuigkeit erst mal verarbeiten. Ellen! Und ich hatte gedacht, sie könne kein Wässerchen trüben.

Sag ich doch, jubelte Stimmchen. *Du und dein angebliches Wissen. Am Ende klüngelst du hier mit einer Schwarzen Witwe zusammen und lässt dich von ihr für ihre Zwecke einspannen.*

Stimmchen hüpfte wie ein wild gewordener Floh in meinem Ohr herum, aber ich ließ mich nicht auf Diskussionen ein. Es war ja wohl ein himmelweiter Unterschied zwischen dem Anheuern eines Detektivs und einem Mord. Und das Wissen über eine Verdächtige konnte uns enorm helfen.

Neugierig fing ich an zu lesen.

ZEHN

»Der letzte Bericht ist von Ende Februar«, stellte ich fest, nachdem ich mich durch die Papiere gearbeitet hatte. »Und dann?«

Ellen reagierte mit einem Schulterzucken. »Du siesch ja, der letschte Bericht sagt, sie ham Schluss gmacht. Öffentlich!« Sie senkte den Kopf. »Sie hat ihm eine hollywoodreife Szene gmacht. Des hätt ich scho gern gsehn. Der feine Herr hat sicher dumm aus der Wäsch gschaut, als sie ihm vor alle Leut den Ring vor die Füß gworfe hat.« Jetzt schnaubte sie wütend. »Ring! Stell dir des vor! Der Kerl isch mit mir verheiratet und kauft so 'nem Weib 'nen Ring. So ein, so ein …«

»Arschloch«, ergänzte ich trocken.

Ellen nickte. »Depp hätt ich gsagt, aber Arschloch passt au.«

»Hast du sie mal kennengelernt? Oder wenigstens gesehen? Hat der Detektiv keine Bilder gemacht?« Ganz sicher hätte ich mir was einfallen lassen, um die Geliebte meines Mannes persönlich unter die Lupe zu nehmen.

»Die Bilder hab ich verrisse. Aber kennengelernt?«, echote Ellen und schaute mich fassungslos an. »Ja, meinsch ich geh da einfach hin und sag: ›Guten Tag, ich bin die Frau von dem Mann, mit dem Sie schlafe‹?«

Ich kicherte. Auch eine nette Variante, das Gesicht würde ich gern sehen. Was tat man in so einem Fall als Geliebte? Die Gehörnte auf einen Kaffee einladen?

»Keine schlechte Idee. Ich hätte wohl eher so getan, als sei ich im Namen Jehovas unterwegs oder würde für die Waisenrobben an der Nordsee sammeln, für die Seenotrettung oder irgendwas in der Art.« Okay, Robben und Seenotrettung waren vom Schwarzwald etwas zu weit weg, um hier ein aktuelles Thema zu sein, aber sicher gab es in dieser Region ähnliche Probleme: Hilfe für verlassene Frischlinge, rettet das Bambi oder irgend so etwas eben.

»Ich wollt sie ned kennenlernen. Ich wollt, dass sie die

Finger von meinem Mann lässt, mehr ned. Und das hat sie ja dann gmacht.« Ellen schluckte, dann kam leise hinterher: »Vielleicht.«

Aha. Da steckte mehr dahinter, das konnte ich beinahe greifen. »Vielleicht?« Ich ließ sie nicht aus den Augen. »Was meinst du mit vielleicht? Hast du einen Verdacht? Haben sie doch wieder angebändelt? Oder gab es schon wieder eine andere?«

»Ach was. Nix mein ich. Gar nix.«

Ellen wischte meine Fragen weg und schob alles, was ich andeutete, von sich. Je mehr ich es versuchte, desto bockiger wurde sie. Sie rückte nicht mit der Wahrheit raus, egal, von welcher Richtung ich meine Fragen auf sie abfeuerte. Inzwischen war ich sehr sicher, dass sie etwas vor mir verheimlichte.

Das Motiv! Stimmchen krallte sich vor Aufregung in meinem Gehörgang fest. *Ich sag es doch schon die ganze Zeit. Diese Ellen hat es faustdick hinter ihrer Schwarzwälder Gemütlichkeit. Die führt dich an der Nase herum und manipuliert dich. Der Hübchen sagt doch auch: Ich glaube nicht an Zufälle. Wart's ab. Und sag am Ende nicht, ich hätte dich nicht gewarnt.*

Klar, dass Stimmchen keine Gelegenheit ausließ. Ich ignorierte den Einwand.

»Komm, ich mach uns jetzt erscht mal was zum Esse. 's isch ja schon nach zwölfe.«

Und ich hatte vor lauter Aufregung noch nicht mal mein übliches Obst gefrühstückt. Mein Magen nahm Ellens Anmerkung zum Anlass und meldete sich lautstark.

Also gut. Leibliches Wohl war wichtig. Aber so leicht ließ ich mich nicht abschütteln, das war klar.

Während Ellen Paprika putzte und mich Zwiebeln schneiden ließ, fragte ich sie weiter aus. »Warst du glücklich?« Mit dem Handrücken wischte ich die ersten Zwiebeltränen weg, schniefte und versuchte, möglichst flach zu atmen. Half nichts, die Tränen ließen sich nicht stoppen.

»Was heißt des scho?«, stellte sie die Gegenfrage.

Aber das ließ ich nicht gelten. »Weißt du, ich stelle mir vor, dass ich, sollte ich jemals heiraten, mir an jedem Hochzeitstag die Frage stellen möchte: Würdest du heute wieder Ja sagen? Und wenn ich das täte, dann wäre alles gut. Dann wäre ich sicher auch glücklich. Wobei, eh schon klar, das Glück hängt nicht allein von einem Mann ab. Aber wenn die Beziehung nicht passt, dann kann das doch auch ziemlich unglücklich machen. Das greift dann quasi auf das ganze Leben über. Weißt du, was ich meine?«

Ellen hatte Hackfleisch und Zwiebeln in eine Pfanne gegeben und ließ beides anbraten. Zwischendurch schaute sie zu mir rüber. »Du machsch dir aber schon ziemlich komplizierte Gedanken. Isch des bei Schriftstellern immer so? Kriegsch du da ned einen Knoten ins Hirn? Weisch, eigentlich war alles gut. Der Lukas hat mich gliebt und ich ihn. Und am liebschten war's mir, wenn ich gar nix mitkriegt hab von seine Eskapade. Leider war er halt ein echter Depp und zu blöd, was vor mir zu verheimlichen. Deshalb hab ich es halt meischtens doch gmerkt, wenn er wieder so ein dummes Küken gfunden hat. Und dann hab ich halt die Zähn zammebisse und gwartet, dass es vorbeiging. Aber ich hab ihn geliebt!«

Diese Frau war mir ein Rätsel. Wenn ein Kerl mich so behandeln würde, ich würde ihm beim Rauswurf die Tür ins Kreuz hauen. Und vorher würde ich ihm noch eine Szene machen, dass er denken würde, die Hölle hätte sich aufgetan. Einen Fremdgänger lieben? Immer wieder verzeihen? Nein, das käme für mich nicht in Frage.

Ja, ja, Clarissa Superwoman. Dem würdest du so die Hölle heißmachen wie jetzt dem Pascal. Ganz fürchterlich – huhuuuu!

Blödsinn. Stimmchen hatte keine Ahnung! Das mit Pascal ist was ganz anderes. Fremdgehen ist viel schlimmer. Damit käme mir kein Kerl durch!

Schlimmer, als dir die Polizei auf den Hals zu hetzen? Sicher? Oder doch eher: Ich träum, ich wär ein Superweib, im echten Leben bin ich feig?

Schon gut. Schon gut. Besser, ich lenkte ein, wenn Stimmchen jetzt schon anfing, schlecht zu reimen.

Okay, ich würde dem Kerl vielleicht nicht die Hölle heißmachen. Zufrieden? Ich wartete einen Moment, von Stimmchen kam keine Antwort mehr, was für ein Glück.

Ellen und ich setzten uns und ließen uns die Paprika-Hackfleisch-Pfanne schmecken. Ellen hatte reichlich Kräuter hineingegeben und servierte ein selbst gebackenes Walnussbrot dazu. Es war köstlich.

Aber in Sachen Liebschaften und Motive kamen wir kein Stück weiter. Ellen wand sich immer wieder geschickt aus der Schusslinie. Sie wollte einfach nicht sagen, was es mit Lavinia und Lukas und dem Ende, oder eben auch nicht Ende, dieser Affäre auf sich hatte.

»Weißt du was?«, fragte ich, nachdem ich einsehen musste, dass wir keinen Millimeter vom Fleck kamen. »Wir fahren hin.«

Damit hatte sie – dem Aufschrei nach – offensichtlich nicht gerechnet. Zu der verbalen Reaktion kam noch ein kräftiges Kopfschütteln. Ellens Locken flogen wie wild herum. Aber ich ließ keinen Widerstand zu.

»Versuch gar nicht erst, es mir auszureden. Wir müssen diese Frau kennenlernen. Ich will wissen, wie die tickt. Ich will wissen, ob sie mit deinem Lukas noch zusammen war, ob sie sauer auf ihn war, und wenn ja, wie sauer genau.« Entschlossen stand ich auf und räumte den Tisch ab. Eigentlich wäre jetzt ein Kaffee perfekt gewesen, aber das musste warten. »Komm schon, auf. Jetzt oder nie.«

»Dann nie«, kam es prompt von Ellen.

Aber ich stellte mich taub, schob sie zur Haustür hinaus und zu Pauline hin. »Wir müssen deine, nein, unsere Unschuld beweisen. Und ein Besuch bei der Geliebten oder Ex-Geliebten von Lukas ist sicher nicht der schlechteste Anfang dazu.«

»Ich will da ned hin. Kannsch du des ned allein mache? Ich will ned wisse, mit wellem Flittle der Lukas es triebe hat.«

Während der ganzen Fahrt jammerte Ellen vor sich hin und versuchte, die Sache auf mich abzuwälzen, aber ich blieb unerbittlich. Schließlich war der Tote Ellens Mann und nicht meiner. Und zu zweit waren wir auf jeden Fall stärker, wir konnten die Flamme in die Zange nehmen und auch das letzte Körnchen Wahrheit aus ihr herauspressen. Vielleicht sollten wir es so machen wie in den Filmen immer. Guter Cop, böser Cop. Ich wäre bestimmt ein prima böser Bulle!

Darf ich dich daran erinnern, dass ihr beide keine Bullen seid? Und wenn jemand in dieser Konstellation das Recht hätte, böse zu sein, dann ja wohl die gehörnte Ehefrau. Findest du nicht? Zumindest dann, wenn sie so unschuldig ist, wie du es gern glauben möchtest. Ich bin da nach wie vor nicht überzeugt. Nur zur Erinnerung.

Ja, ja, ja, schon gut. War ja auch nur eine Idee. Und lass die Unkerei jetzt mal stecken.

Pauline ratterte vergnügt über die Bundesstraße, ihr schienen die Schwarzwaldkurven Spaß zu machen, der Motor tuckerte unternehmungslustig. Lavinia lebte in einem Örtchen mit dem eigenartigen Namen Eisenbach. Als ob ein Bach Eisen statt Wasser mit sich führen würde. Oder war sein Bett aus Eisen? Ellen wusste auch nicht, woher der Name kam, aber wenigstens lenkte meine Frage sie für ein paar Minuten von ihrer Jammerei ab.

»Ankunft am Ziel auf der rechten Seite«, verkündete die Säuselstimme meines Navis. Ich lenkte Pauline an den Straßenrand und stellte den Motor ab. Hier waren wir also. Neugierig betrachtete ich das Haus. Würde es etwas über seine Bewohner verraten? Es war ein unscheinbares Mehrfamilienhaus, ohne besonderen Charakter.

»Bereit?«, fragte ich mit Blick auf Ellen, die nervös auf ihrer Unterlippe kaute.

Sie schmiss den Kopf hin und her. »Nein.« Ihre Finger hatte sie ineinandergeschlungen und hielt die Hände verkrampft auf dem Schoss. Sie sah aus, als gäbe es in ihrem ganzen Körper kein winziges weiches Stück Muskel mehr.

Ich lächelte aufmunternd zu ihr rüber und sagte: »Gut.« Dabei tat ich so, als würden wir zu einem Kaffeekränzchen gehen oder auf eine Dessous-Party. Auf jeden Fall zu etwas, was uns Freude bereitete. »Dann los!« Meine Stimme vibrierte vor Elan.

Weil Ellen nicht freiwillig ausstieg, ging ich um Pauline rum und half nach. »Komm schon. Sie frisst keine Ehefrauen. Im schlimmsten Fall bringt sie lediglich deren Männer um.«

»Woher weisch du des?«, konterte Ellen. Sie hatte anscheinend ihren Kampfgeist wiedergefunden. »Was, wenn sie die Glegenheit beim Schopf packt und uns au umbringt? Vielleicht isch sie verrückt? E durchgeknallte Massenmörderin?«

»Ja, gegen sie ist Jack the Ripper ein Schmusebärchen, schon klar. Kommst du jetzt?«

Dann hoff ich mal, dass Ellen unrecht hat und ihre Angst am Ende nicht eine dunkle Vorahnung war.

Ich stöhnte. Nicht auch noch Stimmchen! Ohne auf die Unkereien einzugehen, trat ich an die Haustür und studierte die Namensschilder von oben nach unten. Müller, Baldorf, Grumpfinger, Beerens, na also. Da hatten wir sie ja. Es dauerte zwei Minuten, dann summte es, und die Haustür ließ sich aufdrücken. Lavinia Beerens wohnte im Erdgeschoss.

»Ja, bitte?«, fragte sie, als ich an die Wohnungstür kam.

Als ich sie erblickte, fiel es mir wie Schuppen von den Augen. Das war das Mädchen, das ich im Café Heck bemerkt hatte, mit diesem schmierigen Typen! Und – der Groschen war gefallen – ich hatte sie vorher schon mal gesehen! An dem Tag, als ich mich mit Ellen das erste Mal getroffen hatte. Da war sie am Fenster des Cafés vorbeigelaufen. Arm in Arm mit einem Mann! Das alles schoss in Sekundenschnelle durch mich durch, ich hatte keine Zeit, die Informationen zu sortieren. Lavinia hatte Ellen entdeckt, die sich halb hinter mir versteckte. Sie riss die Augen auf und machte zwei Schritte rückwärts.

Das nahm ich als Einladung. Ellen dicht hinter mir, betraten wir die Wohnung.

Das Schweigen baute sich wie eine unbezwingbare Wand zwischen uns auf. Unschlüssig standen wir im Flur, und keine traute sich, den Anfang zu machen.

»Ellen«, flüsterte Lavinia dann endlich. Ellen fuhr zusammen. Lavinia korrigierte sich schnell. »Entschuldigung, Frau Schropf.« Sie starrte uns an. »Was … ich meine …« Dann riss sie sich zusammen, streckte Ellen die Hand hin und sagte: »Es tut mir so leid. Lukas …« Sie schluchzte auf, und Ellen schniefte ebenfalls. Fast sah es so aus, als wollten sich die beiden Frauen weinend in die Arme fallen. Ellens Schniefen hatte sich zu einer heftigen Heulattacke ausgedehnt, und Lavinia tat es ihr gleich. Stereo beheult zu werden hält auch das sonnigste Gemüt nicht aus, ich schluckte und merkte, wie sich das Wasser in meinen Augen sammelte. Zum Glück kriegte Ellen sich wieder ein.

»Tut mir leid, des war so ned geplant«, setzte sie zu einer Erklärung an, nachdem sie sich wieder beruhigt hatte. Sie wischte sich das Gesicht trocken und sah sich um. »Können wir uns irgendwo setzen? Mir müsse rede.«

Lavinia führte uns, immer noch schniefend und Nase putzend, in ihr Wohnzimmer. Die ganze Wohnung war ein einziger Traum in Rosa. Grauenhaft! Aber ein Alptraum ist ja schließlich auch ein Traum. Ellen setzte sich auf das Sofa und legte ein mit Rüschen umnähtes Kissen mit rosa Rosen zur Seite. Ich platzierte mich neben sie. Lavinia stand etwas unschlüssig da. Sie schien zu überlegen, was man in so einer Situation wohl machte. Sollte sie uns was zu trinken anbieten? Knabbereien auf den Tisch stellen?

»Setz dich bitte zu uns. Wir haben ein paar Fragen.« Fast schien sie erleichtert, dass ich ihr die Entscheidung abnahm.

Wieder waberte das Schweigen als dicke schwarze Wolke um uns herum. Ellen räusperte sich, knetete ihre Finger und holte ein paarmal tief Luft. Aber jedes Mal, wenn ich dachte, sie finge an zu reden, atmete sie wieder aus und knetete weiter ihre Finger.

»Lavinia – ich hoffe, es ist okay, wenn wir uns duzen, irgendwie hängen wir doch alle zusammen in der Sache, oder?«

Lavinia starrte mich an, und ich konnte an ihrer Stirn ablesen, wie sie versuchte, mich einzusortieren. Himmel, nein!

»Nein, nein, also jetzt denk bitte nichts Falsches! Ich kannte Lukas nicht, ich hatte nichts mit ihm. Er hat dich nicht auch noch betrogen.« Ich hielt inne, setzte nach: »Also zumindest nicht mit mir.« Wer konnte schon wissen, was dieser feine Herr so alles getrieben hatte? »Ich habe ihn gefunden. Und zufällig kenne ich Ellen. Deshalb versucht der Kommissar, uns als Mörderinnenduo zu überführen. Irgendwie scheint er sich in diese Vorstellung verbissen zu haben.«

»Nicht nur in diese«, kam es leise vom Sessel herüber. Lavinia war blass, und sie wirkte zerbrechlich, wie sie da so in sich gesunken saß und nervös zu Ellen und mir blinzelte. »Er war heute bei mir, hat mich verhört. Er hat meine Adresse im Handy gefunden, und ich glaube, er verdächtigt mich. Mich!« Ihre Stimme hatte während der letzten Worte an Kraft gewonnen. »Ausgerechnet.« Sie schüttelte den Kopf, die Fassungslosigkeit über den Irrsinn einer solchen Verdächtigung stand ihr ins Gesicht geschrieben.

Inzwischen hatten sich meine neuen Erkenntnisse gefestigt. Zu dem Bild von Lavinia, die vor dem Café-Fenster vorbeigegangen war, hatte sich der Mann gesellt, ihre Begleitung. Ich hatte ihn nur kurz und von hinten gesehen, aber er könnte es gewesen sein. Ich konzentrierte mich und versuchte mich an den Toten zu erinnern. Das Bild war unscharf, viel hatte ich ja dank Hübchen sowieso nicht gesehen. Außerdem stand ich unter Schock. Aber so langsam schoben sich die Bilder übereinander. Das Foto, das ich in Lukas' Arbeitszimmer betrachtet hatte, kam mir in den Sinn. Da lagen zwar etliche Jahre dazwischen, aber es half mir dennoch beim Abgleich. Das könnte hinkommen. Deshalb war Ellen so erschrocken!

Und genau deshalb hat sie ihn dann abgemurkst, sie war stinksauer!

»Ellen, bei unserem ersten Treffen, im Café – waren das …? Ich meine, das Pärchen, war das …?«

Prompt zuckte Ellen zusammen. Sie überlegte, dann gab sie sich einen Ruck: »Ich wollt's ned zugebe, ich hab Angscht, dass du mich au no verdächtigsch, wie der Kommissar«, kam die Antwort leise und zögerlich.

Ha, wieder ein passendes Puzzleteil gefunden! »Schon gut, Ellen. Alles in Ordnung, ich glaube dir wirklich, dass du es nicht warst.«

Naivität hat einen Namen: Clarissa. Du wachst schon noch auf, da bin ich sicher.

Tröstend tätschelte ich ihre Hand und schickte ein kleines Lächeln zu ihr hinüber. Dann wandte ich mich an Lavinia, die uns stumm beobachtet hatte und ihrem Gesichtsausdruck nach keinen Schimmer hatte, worum es eigentlich ging. »Warst du noch mit Lukas zusammen? Ich meine, wir wissen, dass du im Februar Schluss gemacht hast, aber irgendwie liegt wohl der Verdacht in der Luft, dass es nur ein kurzer Bruch war. Wenn mich nicht alles täuscht, bist du an seinem Todestag sogar noch Arm in Arm mit ihm in Titisee flaniert. Stimmt das?« Ich packte die Pfunde direkt und vollkommen unverblümt auf den Tisch.

Sie wand sich, streichelte ihren Bauch, druckste, dann nickte sie. »Wir hatten uns gestritten, aber ich konnte ihm nicht böse sein. Ich hab ihn doch geliebt.« Der Wasserstand in ihren Augen stieg wieder an. Neben mir hörte ich ein tonloses Keuchen. Ellen hatte die Fingerkneterei aufgegeben und krallte sich in das rosafarbene Rosenkissen, das sie vorher zur Seite gelegt hatte. Ich tätschelte beruhigend ihren Arm.

»Kannst du kochen? War Lukas an seinem Todestag zum Essen bei dir?«

»Nein!« Lavinia hob abwehrend beide Hände. »Ich kann nicht kochen, Lukas und ich sind immer essen gegangen. Er wollte nicht, dass ich unsere gemeinsame Zeit in der Küche verbringe.«

Ellen keuchte wieder. Sie feuerte das Kissen auf den Tisch und sprang auf. »Ich muss hier raus! Ich hör mir das nimmer an. Des isch doch …« Sie suchte nach Worten, dann schüttelte sie den Kopf. »Pfui Teufel, kann ich nur sagen. Schäm dich!«

Aber Lavinia sah nicht aus, als würde sie vor Scham versinken wollen. Im Gegenteil. Sie hatte sich ebenfalls erhoben und stellte sich Ellen, die aus dem Zimmer stürmen wollte, in den Weg. »Aber du wolltest ihn doch gar nicht mehr! Das hat er mir doch gesagt. Du hast ihn nicht geliebt, nur noch aus Gewohnheit geklammert. Er wollte sich scheiden lassen, aber er hat gesagt, er muss warten, bis es dir besser geht. Du bist doch in Therapie.«

»Therapie?« Ich las das Wort mehr von Ellens Lippen ab, als dass ich es hörte. Wieder schüttelte sie den Kopf.

Wenn Blümchen das rauskriegt, dann macht er glatt aus dem Mörderinnenduo ein Mörderinnentrio und verknackt euch alle.

Moment! Was, verdammt noch mal, hatte ich denn mit dem Schmierentheater zu tun?

»Er hatte mir versprochen, mit dir zu reden. Er wollte frei sein, wenn …« Wieder streichelte Lavinia über ihren Bauch und bekam einen rosa Schimmer auf ihre blassen Wangen, der gut zu dem rosa Zimmer passte.

Ellen dagegen wurde leichenblass. »Nein.« Tonlos wiederholte sie dieses Nein mehrere Male und ließ sich wieder auf das Sofa fallen. »Sag mir, dass des ned wahr isch.« Sie starrte auf Lavinias Bauch, der jetzt, wo sie die Sicht darauf freigab, eine deutliche Wölbung aufwies.

»Fünfter Monat. Lukas hat gesagt, er freut sich auf das Kind.« Ein Strahlen legte sich auf ihr Gesicht, ganz offensichtlich war sie glücklich über das neue Leben, das da in ihr heranwuchs.

»Dieser Schuft! Dieser elende Verräter. Ich sag euch: Wär er ned tot, ich würd ihn umbringen!«

Lavinia zögerte, dann sagte sie: »Ich hab sein Notebook gefunden. Er hat es hier vergessen. Ich hab es vorhin erst gefunden, sonst hätte ich es dem Kommissar gegeben. Willst du es mitnehmen?«

Geschickter Themenwechsel, Miss Barbie war wohl gar nicht so naiv und dumm, wie ihre Erscheinung vermuten ließ.

»Ein Baby«, murmelte Ellen und schüttelte immer wieder den Kopf. Man konnte sehen, wie sehr diese Nachricht sie getroffen hatte. Vielleicht war es wirklich besser, sie das erst mal ein bisschen verdauen zu lassen.

Ich stieg auf Lavinias Themenwechsel ein. »Ellen, darf ich mir das Notebook anschauen? Vielleicht finden wir Hinweise? Vielleicht hatte Lukas Streit? Mails, die uns weiterbringen …«

Fünf Minuten später saßen Lavinia und ich über den Bildschirm gebeugt am Tisch. Ellen wirkte immer noch wie auf einem anderen Stern.

Ich startete, gleich darauf kam ein Passwortfenster. »Mist!«, fluchte ich.

»Kleines«, sagte Lavinia.

Hä? Wollte sie mich etwa anmachen? Ich sog scharf die Luft ein, aber Lavinia grinste und tippte auf den Bildschirm. »Versuch mal. So hat er mich immer genannt.«

Na, an Selbstwertgefühl schien es ihr jedenfalls nicht zu mangeln. Ich nahm ihren Impuls auf und tippte. Drückte Return. Falsch.

»Und jetzt?«

»Millionenprojekt«, flüsterte Ellen von ihrem Stern aus.

Lavinia nickte. »Stimmt. Das war sein größter Traum. Davon redete er ständig.«

Bingo! Wir waren drin, genau wie vor hundert Jahren das Bobbele. Das Mailprogramm brachte wenig Neues hervor. Ein bisschen schlüpfriger Austausch mit seiner Kleinen – diese Mails machte ich gleich wieder zu. Ich wollte nicht, dass Ellen das las. Langsam klickte ich mich durch, lauter nichtssagende Geschäftsmails. Keine Drohungen, kein Streit.

»Wie hießen die sauren Erben? Vielleicht gibt es ja da was?« Ich schaute zu Ellen rüber, die wieder in ihre Gedankenwelt abgedriftet war. Himmel, ja, eine schwangere Geliebte war Mist, aber so schlimm doch auch wieder nicht. Ich würde sie mir später – ohne Lavinia als Zuhörerin – noch mal vorknöpfen. Es schien, als steckte da mehr dahinter. Jetzt brauchte ich allerdings ihre Mithilfe. »Ellen, reiß dich zusammen. Die Namen! Die sauren Erben!«

»Wie?« Ellen überlegte. »Den Schoberer meinsch? Und die Müller-Grieberer?« Sie winkte ab. »Von dem Schoberer findsch in dem Kaschtn nix. Grad, dass er schon en Farbfernseher hat, ansonsten will der nix mit Technik zu tun ham. Kei Handy, kei Mikrowelle, no ned mal en Elektroherd. So was wie en Computer käm dem ned ins Haus. Und er wüsst auch gar ned, was er dodemit afange sott. Der Kerle isch doch schon Mitte siebzig oder so.«

Als ob das was hieße! Meine Oma hatte mit zweiundsiebzig die Welt der Flirtforen für sich entdeckt und reihenweise junge Kerle unglücklich gemacht. Aber sie war wohl doch eher die Ausnahme, und ein sturer Schwarzwälder, der noch nicht mal ein Handy hatte ... Trotzdem gab ich den Namen ins Suchfeld ein. Fehlanzeige. Auch bei der Müller-Grieberer – nichts.

»Schau doch mal den Browserverlauf an«, schlug Lavinia vor.

Barbie hatte echt gute Ideen! Aber auch das brachte uns nicht weiter. Doch dann hatte ich einen Geistesblitz. Ich schlug mit der flachen Hand auf den Tisch. »Gif!«, schrie ich. »Natürlich! Das muss es sein!«

Barbie und Ellen waren bei meinem Ausbruch synchron zusammengefahren.

»Er hat doch ›Gif‹ in sein Handy getippt. Hübchen meinte, er wollte ›Gift‹ tippen und einen Hinweis auf den Mörder geben. Aber was, wenn das nicht stimmt? Was, wenn er damit eine Bilddatei meinte?« Während ich erklärte, klickte ich mich bereits durch die Bildergalerie. Beide schauten mich verständnislos an. »GIF ist doch eine Endung für gespeicherte Bilder«, sagte ich. »Vielleicht ist das Bild ein Hinweis auf den Mörder?«

Super Idee! Clarissa Holmes!

Ich überhörte Stimmchens Ironie und platzte fast vor Schnüfflerstolz. Leider nur ein paar Minuten, dann war das Feuer gelöscht. Keine einzige GIF-Datei auf der Festplatte. Lukas hatte eine innige Beziehung zu JPGs.

Lavinia war in die Küche gegangen und hatte einen Kaffee gekocht.

Wunderbar. Gierig nahm ich den ersten Schluck. »Jetzt noch ein Stück Kuchen, und ich bin im Schwarzwaldhimmel«, seufzte ich zufrieden. Im nächsten Moment schrie ich auf. »Die Schwarzwälder! Wie viel Uhr ist es?« Ein Blick auf mein Handy sagte: Höchste Eisenbahn! »Ich muss weg. Mensch, das hätte ich fast vergessen. Der Küchenchef meines Hotels hat mich zu einer Backorgie eingeladen. Er macht echte Schwarzwälder Kirschtorten, und ich darf das Rezept für mein Buch haben. Um halb fünf sind wir verabredet. In achtundzwanzig Minuten!« Aufgeregt sammelte ich meine Sachen zusammen, klappte das Notebook zu und scheuchte Ellen, die unschlüssig dastand. »Komm schon. Wir sausen zum Hotel, und du überlegst dir, ob du mitbacken oder lieber nach Hause fahren willst. Du kannst Pauline haben, kein Problem.« Wir verabschiedeten uns etwas überstürzt und versprachen, uns gegenseitig auf dem Laufenden zu halten.

Wirklich weitergebracht hatte uns der Besuch nicht. Abgesehen davon, dass die Verdachtsmomente gegen Ellen sich immer mehr verdichteten. Da war wohl ein besonders raffinierter Mörder zugange gewesen, der geschickt alle Wegweiser Richtung Witwe gestellt hatte.

Oder sie zeigen alle auf Ellen, ganz einfach weil sie es war.

Ellen saß still und in sich gekehrt neben mir. Ich hätte gern mit ihr gesprochen, herausgefunden, wieso die Neuigkeit der Schwangerschaft – falls es eine Neuigkeit gewesen war – sie so aus den Socken pustete. Aber dazu war keine Zeit. Pauline gab alles, und ich musste meine ganze Konzentration darauf verwenden, die Kurven richtig zu nehmen.

Mit zehn Minuten Verspätung keuchte ich zur Hotelküche hinein.

Betreff: SchwaKiTo
Datum: 04.05., 22.15 Uhr
Von: Clarissa <Clarisschen@netzwerk.de>
An: Sarah Brachtinger

Hey, hey, Sarah!

Ich kann dir sagen, hier ist die Hölle los! Statt mich um mein Buch und ein neues Zuhause zu kümmern, habe ich angefangen, selbst zu ermitteln. Und ganz ehrlich, ich glaube, ich mache das gar nicht schlecht. Erfolglos zwar, aber immerhin mit Plan und Verstand. Und vor allem bin ich im Gegensatz zu einem gewissen Elefantenkommissar für alle Richtungen offen und stürze mich nicht blind auf die erste vermeintliche Spur.

Heute habe ich die Geliebte von Lukas kennengelernt. Stell dir vor, sie kriegt ein Kind von ihm! Also die war es nicht. Nicht nur wegen des Kindes. Auch der Rest passt nicht. Hinzu kommt, dass Barbie vermutlich gar nicht weiß, wie Bärlauch und Herbstzeitlose aussehen – zumindest nicht in ungekochtem Zustand. Kochen gehört sicher nicht zu ihren Kernkompetenzen.

Von Pascal gibt es nichts Neues. Er hat sich beleidigt zurückgezogen und beobachtet mich sozusagen aus dem Off. Gerade mal sechs Nachrichten heute, ich glaube, er schwächelt. Wenn das so weitergeht, bin ich ihn wohl bald los. Oder wer weiß? Vielleicht trifft er ja ein süßes Schwarzwaldmädel und vergisst mich. Das wäre prima für mich, für das Mädel allerdings weniger gut. Oder meinst du, Pascal ist nur so ein Arsch, weil ich schlicht die Falsche war?

Ach, Schluss damit. Ich mach mir schon wieder viel zu viele Gedanken, und wenn ich nicht aufhöre, schaffe ich es noch, dass ich am Ende ein schlechtes Gewissen habe.

Also Themenwechsel. Kommen wir zu der leckeren Seite

des Schwarzwalds! Heute hatte Georg (hier wird er Schorsch genannt) zu einer Backsession in die Hotelbackstube eingeladen. Der Schorsch ist ein echter Knaller. Hier im Schwarzwald, mit den vielen Hängen, muss er echt aufpassen, dass er nicht ins Rollen kommt, denn sein Bauch ist kugelrund, die Arme und Beine im Verhältnis viel zu kurz. Einen Hals hat er wohl nicht, der Kopf sitzt direkt zwischen den Schultern. Der ganze Mensch besteht zu siebzig Prozent aus Bauch und dreißig Prozent Herz. Wenn er lacht, dann wackelt die dicke Kugel, dass dir vom Hinsehen schwindlig wird. Und dann kannst du gar nicht anders, du musst einfach mitlachen. Aber ich habe auch gemerkt, dass man sich nicht von dieser Knuddelhülle täuschen lassen darf. Wenn es ums Essen geht, hört für Schorsch der Spaß auf. Da ist er ein zweihundertprozentiger Perfektionist. Kein Wunder, dass man im zum Hotel gehörenden Restaurant den Tisch vier Wochen vorbestellen muss. Schorsch ist ein echtes Herzchen, er hat seine Küchenmannschaft mit ganz viel Freundlichkeit, aber auch mit klaren Ansagen fest im Griff.

Gestern musste seine rechte Hand den Abendservice übernehmen, weil Schorsch für eine Hochzeit sechs Schwarzwälder Kirschtorten backen musste. Und ich durfte dabei sein! Es war umwerfend!

Schorsch hat mir so viele Tricks gezeigt, dass ich dachte, mein Kopf platzt – vor lauter Input.

Nur einmal wurde er echt sauer.

Ich hab gefragt: »Könnte man in so einen Kuchen auch Herbstzeitlose reinschmuggeln, ohne dass man es später rausschmeckt?«

Einen Moment hab ich gedacht, ich flieg in hohem Bogen raus. Aber ich hab schnell reagiert und ihm erklärt, dass ich nur so durcheinander bin, weil ich doch den Toten gefunden habe und weil der Kommissar mir so viele Fragen stellt. Dass ich doch nur meine Bücher schreiben will und keiner Fliege was zuleide tun könnte. Und dann hab ich ihn schnell abgelenkt und ihn gefragt, wieso mir manchmal das Eiweiß nicht steif wird. Zack, war er wieder in seinem Element und hat mir die möglichen Erklärungen dazu präsentiert, nebst eventuellen Rettungsmöglichkeiten. Das schreib ich unten als kleines Extra - das kann auch ins Buch.

Die Schwakitos - so nennt Schorsch seine Kunstwerke aus Biskuit und Sahne - waren ein Traum.

Horst Lichter würde sagen: Diese Kalorien gehen nicht in die Blutbahn, die landen direkt auf der Hüfte.

Und jede einzelne davon war diese Sünde wert!

Tatsächlich hat Schorsch es sogar geschafft, mich zeitweise von der Schlinge abzulenken, die Hübchen mir um den Hals gelegt hat.

Küsschen
Clarissa <3

Wenn Eiweiß nicht steif wird …
… mögliche Ursachen:
- Fettrückstände an Schüssel oder Rührwerkzeug
- Etwas Eigelb ist mit in die Eiweißmasse gerutscht

… mögliche Rettung:
- Etwas Zitronensaft hinzugeben
- Eine Prise Salz reinrieseln lassen

Schwarzwälder Kirschtorte nach dem Rezept einer Schwarzwaldfamilie

Unterboden:
250 g Mehl
80 g gemahlene Walnüsse (oder Mandeln)
50 g Zucker
1 Packung Vanillezucker
100 g kalte Butter

1 Prise Salz
½ unbehandelte Zitrone (Saft und Zesten)
Fett für die Form
Springform 28 cm

Alle Zutaten außer der Butter in eine Schüssel geben, dann die Butter in Flocken dazutun und alles schnell zu einem festen Teig verkneten. Den Teig in Klarsichtfolie einpacken und mindestens eine halbe Stunde im Kühlschrank ruhen lassen.
Dann flach ohne Rand in eine gefettete Springform drücken, eng einstechen und backen.

Im vorgeheizten Backofen ca. 25 Min. bei 200 °C backen.

Tipp:
Wer den Unterboden dunkel möchte, gibt noch 2 EL Kakaopulver mit hinein.

Biskuit:
180 g Zucker
1 Packung Vanillezucker
2 Msp. Zimt
200 g Mehl
30 g Kakaopulver
½ Packung Backpulver
8 Eier
1 Prise Salz
Fett für die Form
Springform 28 cm

Zuerst die Eier trennen, das Eiweiß anschlagen, eine Prise Salz dazugeben, fertig steif schlagen und zur Seite stellen. Anschließend Eigelb, Zucker, Vanillezucker und Zimt gut verrühren, etwa 10 bis 15 Minuten. Wenn die Masse hell und schaumig geworden ist, ist es gut.

Jetzt den Eischnee vorsichtig unter die Eigelbmasse heben, nicht rühren.
Mehl, Kakaopulver und Backpulver mischen und unter die Masse heben. Achtung, auch hier gilt wieder: nicht rühren!
Den Teig in die gefettete Springform füllen.

Im vorgeheizten Backofen bei 175 °C ca. 30 Min. backen (Stäbchenprobe machen). Anschließend auskühlen lassen und zweimal durchschneiden.

Füllung und Verzierung:
2 Gläser Schattenmorellen
4 EL Zucker
8 EL Kartoffelstärke
8 EL Kirschwasser
5 Becher Sahne
6 EL Puderzucker

Die Schattenmorellen abgießen, den Saft auffangen. Etwas Kirschsaft zum Anrühren der Stärke in eine kleine Schüssel geben, den restlichen Saft mit Zucker und Kirschwasser aufkochen. Die Flüssigkeit mit dem angerührten Stärkemehl binden, sodass eine zähe Masse entsteht. Falls nötig, noch etwas mehr Stärke dazugeben.
12 Kirschen zum Dekorieren auf die Seite legen, die restlichen Kirschen in den angedickten Saft geben, unterrühren und abkühlen lassen.
Die Sahne mit dem Puderzucker aufschlagen, einen Teil für die Dekoration zur Seite stellen.

Tipp:
Sahne immer gut gekühlt verarbeiten, dann hält sie besser. Wer sichergehen will, kann auch Sahnesteif verwenden, braucht es aber eigentlich nicht.

Die Vollendung:
Kirschwasser zum Beträufeln der Böden
12 Deko-Kirschen (die vorher zur Seite gelegt wurden)
Schokoraspeln

Den gut abgekühlten Mürbeteigboden zuunterst auf die Tortenplatte geben. Darauf kommt eine Schicht Kirschen und auf die Kirschen eine Lage Sahne. Dabei darauf achten, dass Kirschen und Sahne sich nicht vermischen, die Sahne soll schön weiß bleiben.
Auf die Sahne den ersten der drei Biskuitböden legen. Den Boden je nach Geschmack mit etwas oder etwas mehr Kirschwasser beträufeln. Aber Achtung, er soll nicht ganz durchweicht sein. Auf den beträufelten Biskuit kommt nun wieder eine Schicht Kirschen, eine Schicht Sahne und der nächste Zwischenboden. Und das Ganze noch einmal.
Jetzt wird die Torte am Rand und oben mit Sahne bestrichen. Die Sahne, die vorher für die Dekoration zur Seite gestellt wurde, kommt in einen Spritzbeutel, und die Torte wird mit 12 Tupfen verziert. Auf jeden Sahnetupfen kommt eine Kirsche.
Zum Schluss die Torte oben und am Rand noch mit Schokoladenraspeln bestreuen.
Vor dem Anschneiden das Kunstwerk mindestens ein bis zwei Stunden kühlen.

ELF

14. März

Lukas hatte es sich in seinem Büro gemütlich gemacht. Ellen war auf Kräuterjagd und hatte zehn naive Touris im Schlepptau, obwohl es noch kaum was zu sehen gab. Das ganze Jahr über schlappten die Deppen blind durch die Welt, schauten nicht rechts und links, und das einzige Grün, das sie kannten, kam aus dem Supermarkt oder mit ein bisschen Glück aus dem Blumenladen. Und hier taten sie dann hochinteressiert und versuchten, in einer Woche Urlaub die Natur quer zu inhalieren. Jedes Gräschen und Pflänzchen wurde wie ein Weltwunder bestaunt. Ihm ging das alles auf den Sack. Wenn schon Touri-Geschäfte, dann doch lieber mit betuchten Leuten. Der Scheich, der letztes Jahr eine Wohnung für sein Schwarzwälder Gspusi gesucht hatte, das war schon eher seine Kragenweite. Leider kamen solche Anfragen viel zu selten. Den meisten Superreichen war der Schwarzwald zu popelig. Da musste es schon Kitzbühel sein oder Davos, so was in der Liga halt. Aber nicht mehr lang. Lukas würde dafür sorgen, dass der Titisee im Laufe der nächsten Jahre zum neuen Kitzbühel werden würde. Dann würden sich die Landeier umschauen, wenn hier das wirkliche Leben Einzug hielt. Das Leben der Superreichen!

Zufrieden mit seinen Gedankenwegen lehnte sich Lukas in seinem Chefsessel zurück und verschränkte die Hände im Nacken. Das Haus für sich zu haben hatte etwas für sich. Er genoss die Ruhe. Kein: »Schatz, was möchtsch heut esse?«, kein Staubsaugergeheule oder »Achtung, 's isch frisch putzt!« und auch keine neuen Kräuterkombinationen, die er unbedingt und sofort in Form eines widerlichen Tees verkosten sollte. Er liebte Ellen, zumindest so, wie man nach Jahrzehnten seine Ehefrau eben lieben konnte, aber hin und wieder war es doch sehr angenehm, auch mal seine Ruhe zu haben. Vor allen Weibsbildern. Lavinia war zwar komplett anders, jünger, bereitwilliger und oberflächlicher, aber auch sie konnte anstrengend sein. Besonders wenn wieder kam: »Wann redest du endlich mit deiner Frau?« Da könnte er kotzen. Wieso konnte sie nicht einfach mit dem zufrieden sein, was er ihr bot? Und das war weiß Gott nicht wenig! Zum Glück war sie nie lange eingeschnappt, und nie war es so schlimm, dass ein Griff in die Brieftasche – auch wenn der manchmal ziemlich tief sein musste – es nicht wieder richten konnte.

Na, jetzt hatte er jedenfalls endlich mal ein bisschen weiberfreie Zeit. Und die nutzte er, um Kraft zu tanken und sich auf den Coup seines Lebens einzustellen. Wenn er diesen Fisch schnappte, war alles andere völlig egal.

Er liebte diese Phase vor einem spannenden Termin. Die Energie, die sich langsam sammelte und seine Nerven vibrieren ließ. Erwartungsvolles Beben! Würde es klappen? Würde es einen dicken Fisch geben oder nur die abgenagte Gräte einer Titisee-Forelle? Er zog einige der neuen Exposés hervor, die er im Laufe der Woche reinbekommen hatte, blätterte sie durch, ohne sich wirklich dafür zu interessieren. Das waren doch nur ein paar magere Fischchen, der Fang des Jahrhunderts wartete woanders. Und er würde ihm in die Hände fallen. Mit etwas Glück …

Lukas grunzte ungeduldig und schaute auf sein Handy. Noch eine halbe Stunde. Heute würde er die Alte weichklopfen, ganz sicher. Er würde dem Glück auf die Sprünge helfen – das nötige Geschick hatte er, davon war er überzeugt. Und der Zeitpunkt schien perfekt!

Ihm war zu Ohren gekommen, dass sie sich Angebote von Pflegeheimen hatte schicken lassen. Die Christel von der Post – Himmel, wie konnte ein Mädel mit dem Namen (und dem Vorbau!) nur bei der Post anfangen, da waren die Scherze auf ihre Kosten doch vorprogrammiert –, na, jedenfalls die Christel hatte ihm erzählt, dass die Alte mehrere Prospekte in der Post hatte. Es hatte ihn ein Sterneessen in Baiersbronn gekostet und ein Wellnesswochenende, aber auf die Christel war Verlass. Sie führte sich auf, als sei sie Miss Marple persönlich. Seit er sie für sich eingespannt hatte, gab es täglich eine Liste mit Absendern der Briefe, die an die Alte gingen. Obendrauf beobachtete sie alles, was ihr neugieriger Blick zu fassen kriegte. So wusste er, dass der Sohn wohl ein Rumtreiber war, der oft erst aufstand, wenn die Mittagessensdüfte schon durchs Haus tanzten. Gut, das war jetzt nicht wirklich neu, weil der ganze Ort sich das Maul über den Tunichtgut verriss, aber so musste er sich nicht auf Gerüchte verlassen, sondern bekam die Informationen aus erster Hand. Auch, dass es mit der Alten abwärtsging. Einmal hatte sie ihre Zähne verloren, zumindest hatte sie das der Christel erzählt, als sie vor zwei Wochen die Post zahnlos entgegengenommen hatte. Christel vermutete eher, die Alte habe bloß vergessen, das Gebiss reinzutun. Ihrer Meinung nach baute sie deutlich ab und war auffallend vergesslich. Gestern hatte sie »Sabine« zur Christel gesagt. Und ständig lamentierte sie über tief fliegende Hubschrauber. Christel vermutete, dass das ein Überbleibsel aus Kriegszeiten war. Ne, ne, eins war klar: Das Hirn der Alten wurde langsam weich. Genau wie bei ihrem Vater, der wusste am Ende nicht mal mehr, wer er war.

Genug Gründe, um einen erneuten Vorstoß zu wagen. Dieses Anwesen, zusammen mit den freien Grundstücken, die ihr auch gehörten. Das wäre der Lotto-Jackpot! Er würde gar nicht alle vermitteln, sondern sich das Filetstück selbst unter den Nagel reißen. Er würde das edelste Hotel im Umkreis eröffnen und sich zur Ruhe setzen, während andere das Geld für ihn ranschafften. Und die ehemalige Privatklinik würde er umbauen lassen und einen Schönheitstempel daraus machen. Ganz sicher würde er einen Chirurgen finden, der an diesem Projekt interessiert wäre. Vielleicht als Teilhaber? Hotel und Klinik würden sich den Park teilen, und die Patienten, die nicht in der Klinik bleiben mussten, könnten im Hotel logieren. Schon sah er sich in feinstem Zwirn mit Promis auf der Terrasse sitzen und plaudern. Dieser Ort würde sich zu DER Adresse entwickeln, daran zweifelte er keine Sekunde. Zumal die Lage die beste war, die es überhaupt geben konnte. Da waren selbst die Läden an der Goldküste, wie die Leute hier die Einkaufsstraße direkt am See nannten, jämmerlich dagegen. Dort strömte der ganze Touripöbel durch, bei ihm wäre es nur die Elite. Sein Haus wäre weg vom Billigtourismus, allein schon wegen der Lage weit hinten am Titisee. Und dann natürlich auch durch das Angebot. Nur vom Besten! Sterneküche, Edelwellness, was das Herz gehobener Kunden eben begehrte. Und Diskretion! Bei der Auswahl des Personals musste er darauf besonders achten. Weder Madonna noch Lagerfeld würden zu Stammgästen werden, wenn der Schutz der Privatsphäre nicht garantiert wäre.

Das Telefonklingeln holte ihn unsanft aus seinen Tagträumen. Unbekannter Anrufer.

»Lukas Schropf, Schropf-Immobilien. Guten Tag.«

»Elender Betrüger, des Haus isch kein Haus, des isch eine Ruine. Ich will mein Geld zurück! Ich mach dich fertig!«

Lukas hielt den Hörer etwas vom Ohr weg. Er musste nicht lange überlegen, wer ihn da fertigmachen wollte. »Rudolf, was soll des? Gfallt dir dein Häusle nimmer?« Wie meistens, wenn er mit Einheimischen redete, schwenkte er auf Dialekt um.

»Du hasch mich übers Ohr ghauen! Du hasch von dem Wasserschaden und Schimmelbefall gwusst. Des koscht mich ein Vermögen. Ich wollt nächschte Woche einziehen, des kann ich vergesse.«

Papperlapapp! Immer dieses Gejammer. Rudolf war nicht der Erste, der es auf diese Tour versuchte. »Du hasch den Schuppen gekauft wie gesehen. Versteckte Schäden gibt es keine. Was kann ich denn dafür, dass du zu blöd warsch, richtig hinzuschauen? Jeder hätt gsehen, dass die Wand feucht isch. Aber hey, du warsch ja blind vor Gier! Du wolltscht des Schnäpple unbedingt mache. Und wer bin ich denn, dass ich mich deinem Glück in den Weg stell?« Lukas lachte dröhnend.

»Dreckskerl! Wart nur, du kriegsch dein Fett noch weg. Mit dir bin ich noch lang ned fertig!«

Immer diese haltlosen Drohungen. Nichts als heiße Luft. Schade um die Energie, die darauf verwendet wurde. An ihm prallte die Wut seiner enttäuschten Kunden jedenfalls ab. Da müsste schon ein anderes Kaliber daherkommen, dass er so eine Ansage ernst nehmen würde.

»Ich mag dich auch, Rudolf, kein Problem. Viel Spaß mit dem Häusle!« Damit unterbrach Lukas die Verbindung. Noch mehr verbalen Mist brauchte er sich nicht anhören. Der Rudolf war letztes Jahr nach Eisenbach gezogen. Erst zur Miete, und dann wollt er aber unbedingt ein eigenes Häuschen. Und er, Lukas, hatte ihm geholfen, diesen Traum wahr werden zu lassen. Kein schlechtes Geschäft, fürwahr. Die Verkäufer waren heilfroh gewesen, dass er so einen guten Preis rausgeschlagen hatte. Sie hätten es auch für hunderttausend Euro weniger hergegeben. Aber die Rechnung hatten sie ohne ihn gemacht. Er wusste ganz genau: Jeden Tag steht ein Depp auf, man muss ihn nur finden. Und vor zwei Monaten war eben der Rudolf der Depp des Tages gewesen und hatte Lukas zu einem breiten Grinsen und extrem guter Laune verholfen. Da war so ein bisschen Hinterherschimpfen völlig in Ordnung, das lief an ihm runter und störte ihn nicht weiter.

Und die Nummer mit der Tarnwand war schlicht genial! Das musste ihm erst mal jemand nachmachen. Drei Jahre hatte er getüftelt, bis sie endlich perfekt war. Die Wand war täuschend echt, und nach dem Verkauf musste er sich nur noch mal kurz Zutritt in das Objekt verschaffen – das ging immer problemlos. Meistens sagte er etwas wie »Ich hab Papiere drin vergessen« oder »Ach Mensch, mein Hut liegt noch im Wohnzimmer«, dann hechtete er rein, rollte die Tarnwand (eine Kombination aus raffiniertem Klappgestänge und behandelter Plastikplane, deren Oberfläche täuschend echt wie weiß gestrichener Rauputz aussah) zusammen und stellte sie durchs Fenster hinters Haus. Dort konnte er sie dann später, wenn niemand mehr da war, in aller Ruhe abholen. Basta. Mit diesem Trick hatte er schon so manche Schimmelstelle vor dem scharfen Käuferblick verborgen.

Als er sich an den Betrag erinnerte, den er für den Verkauf eingesackt hatte, war das Grinsen direkt wieder da. Zufrieden summend klappte Lukas das Notebook zu und griff nach Jacke, Schal und Mütze. Zeit für gute Geschäfte!

»Grüß Gott, gnädige Frau!«, sagte er und deutete eine Verbeugung an. Die Alte war gehobener Geschäftsadel, der Familie gehörte nicht umsonst der halbe Grund rund um den Titisee. Lukas wusste, dass sie es liebte, wenn man einen auf vornehm machte. Vor Jahren – so ging es im Ort rum – sollte sie sogar mal versucht haben, sich ein »von« zu kaufen, was dann aber dramatisch fehlgeschlagen war. Sie und ihr arroganter Gatte waren einem russischen Hochstapler auf den Leim gegangen. Zweihunderttausend sollte der Spaß sie gekostet haben, hieß es. Lukas fand das gleich doppelt genial, denn so wusste er um die elitären Anwandlungen der Möchtegern-feinen-Familie, und es zeigte ihm, dass sie blöd genug waren, um auf ein schlechtes Geschäft hereinzufallen. Aber erst einmal musste er jetzt mit der Alten überhaupt in ein Gespräch kommen. Seine gestelzte Begrüßung zeigte jedenfalls prompt die gewünschte Wirkung. Die Falten im Gesicht der Alten legten sich zu einem freundlichen Lächeln in Position.

»Sie wünschen?«

Oha! Da hatte Christel wohl nicht übertrieben. Dem fragenden Blick nach hatte die Alte keinen Schimmer, wer er war. Dabei war er seit dem Abgang ihres Gatten vor drei Monaten mindestens schon zehn Mal bei ihr gewesen, um sie zum Verkauf ihrer Immobilien und Grundstücke zu überreden. Was wollte so ein altes Weib denn mit diesem riesigen Anwesen, allein die Verwaltung des Besitzes ging doch weit über das hinaus, was sie noch leisten konnte.

»Lukas Schropf, gnädige Frau. Vielleicht erinnern Sie sich? Ich war vor einiger Zeit schon einmal bei Ihnen vorstellig. Wir wollten uns über Ihre Immobilien unterhalten.« Lukas redete nicht nur Hochdeutsch, sondern extra geschraubt. Alten Weibern Zucker in den Arsch zu blasen war seine Spezialität. Zu seinem Glück waren es oft die Männer, die sich als Erste in die ewigen Jagdgründe verabschiedeten.

Die Alte studierte sein Gesicht. Dann drehte sie sich von ihm weg. »Ich brauche keinen Staubsauger, mein Herr. Einen schönen Tag.«

Verdammt! Schnell stellte er einen Fuß so, dass die Tür, die die Alte gerade zumachen wollte, nicht ins Schloss schnappen konnte.

»Frau Gidlinger, warten Sie bitte. Das ist ein Missverständnis. Hören Sie doch!«

»Was wollen Sie denn? Die Hubschrauber kreisen schon den ganzen Vormittag über dem Park. Ich kann das auch nicht ändern.«

»Und gleich knallt dir einer auf den Schädel«, knurrte Lukas. Heiligescheißesakramentnochmal. Die hatte wirklich einen Sprung in der Schüssel. Und was für einen. Einen Moment war Lukas fassungslos, doch als er schon aufgeben und sich eine neue Strategie überlegen wollte, veränderte sich etwas. Die alte Dame atmete tief durch, lächelte ihn an und streckte ihm ihre Hand entgegen.

»Ach, Herr Schropf. Das ist ja nett, dass Sie mir die Ehre geben. Wie geht es Ihnen? Was macht Ihre Frau? Sie müssen ihr unbedingt herzliche Grüße von mir ausrichten. Ich habe gerade erst gestern die neue Teemischung probiert, ausgesprochen köstlich und überaus wohltuend. Was ist? Darf ich Sie auf ein Tässchen einladen?«

»Äh«, rutschte es ihm über die halb geöffneten Lippen. Da sollte ein Mensch noch hinterherkommen.

Aber die alte Dame bekam von seinem Zögern und Staunen nichts mit. Sie eilte voraus ins Haus und plapperte dabei ohne Pause. »Ich freue mich sehr, dass Sie mich besuchen. Uns alte Leute vergisst die Welt ja meistens. Wir werden abgeschoben, und niemand will mehr etwas von uns wissen. Ach, wir werden es uns gemütlich machen, ja? Ich habe sogar Gebäck im Haus, das ich zum Tee reichen kann. Kommen Sie, Herr Schropf, kommen Sie nur.«

Lukas war etwas zögerlich hinter ihr ins Haus gegangen. Jetzt schob sie ihn sehr energisch ins Esszimmer. Erstaunlich, wie viel Kraft diese schmächtige Person hatte. Lukas setzte sich und sah zu, wie die Dame des Hauses mit kleinen Schritten zwischen Schrank und Tisch hin- und hereilte. Im Nu stand das echte Meißner parat, und der Tee dampfte in den Tassen.

»Ach, wenn ich noch jünger wäre, ginge ich mit Ihrer Frau auf Kräuterwanderung. Kosten Sie nur, wie herrlich dieser Tee schmeckt. Wissen Sie, es ist ein Geschenk, so eine Expertin in der Nähe zu haben. Ihre Frau sagte, dieser Tee wird helfen, meine Blase zu stärken. Es ist doch sehr lästig, wenn man ständig rennen muss, weil die Blase schwächelt.« Sie kicherte verlegen wie ein kleines Mädchen. »Und wenn man dann manchmal nicht mehr schnell genug ist«, setzte sie noch einen obendrauf.

Himmelherrgottsakradori! Lukas setzte hastig die Tasse wieder ab, aus der er gerade einen Schluck hatte nehmen wollen. Ein Inkontinenztee. Pfui Deibel! Nein, das brauchte er nun wirklich nicht.

»Gnädige Frau, wenn Sie erlauben, komme ich zum Grund meines Besuchs. Es ist ja nun einige Zeit ins Land gegangen. Sicher konnten Sie inzwischen feststellen, wie viel Arbeit so ein großer Besitz macht. Wenn Sie erlauben, es wäre mir eine Ehre, Ihnen helfen zu dürfen. Ich bin ganz sicher, ich könnte einen sehr hohen Preis erzielen. Sie müssten sich um Ihre Zukunft keinerlei Gedanken machen. Es wäre mir eine Freude, Ihnen die Last abnehmen zu dürfen.«

Er legte sich voll ins Zeug, doch schon während er sprach, konnte er an ihrem Gesicht ablesen, dass die Gans nicht bereit war, sich rupfen zu lassen. Die Falten schienen plötzlich betoniert.

»Herr Schropf, wovon, um Himmels willen, sprechen Sie? Ich dachte, Ihre Frau schickt Sie, um mir neue Kräuter zu bringen. Ich wollte lediglich nett mit Ihnen plaudern, und Sie sind so unhöflich? Was erlauben Sie sich?« Bei den letzten Worten hatte ihre Stimme einen unangenehm kreischenden Ton angenommen.

»Aber nein, gnädige Frau, ich bitte Sie, das ist ein Missverständnis. Ich möchte Ihnen lediglich meine Hilfe –«

»Diese Hubschrauber«, fiel ihm die alte Dame ins Wort. Sie hielt sich die Hände an die Wangen und schüttelte den Kopf. »Wenn doch nur diese Hubschrauber aufhören würden, über dem Park zu kreisen.« Sie schaute ihn erstaunt an. »Guten Tag. Was kann ich für Sie tun?«

»Aber …« Lukas wusste nicht mehr weiter. Verdammt! Die Alte zog doch Nebenluft! So was von neben der Spur, mit der kam er nicht weiter. Er stand auf. »Ich glaube, ich komme ein andermal wieder. Vielen Dank für den Tee, gnädige Frau. Bleiben Sie sitzen, ich finde allein raus. Auf Wiedersehen.« Er deutete eine kleine Verbeugung an und beeilte sich, aus dem Zimmer zu kommen, bevor die Alte ihn noch bat, die Hubschrauber zu fangen.

Missmutig steckte er den Schlüssel ins Schloss seines Mercedes, als er Schritte hörte.

»Hey, warten Sie!« Ein Mann Anfang vierzig kam auf ihn zu. »Sie waren gerade im Haus. Was wollten Sie denn?«

»Ich wüsste nicht, was Sie das angeht«, gab Lukas schroff zurück. Wäre ja noch schöner, wenn er jedem Dahergelaufenen Rede und Antwort stünde.

Sein Gegenüber lehnte sich gegen das Auto und grinste. Es war ein Grinsen mit deutlich unverschämter Note. »Wenn meine Informationen stimmen – und davon gehe ich aus –, dann sind Sie Lukas Schropf.«

Lukas' Blick fiel auf die Werbung, die auf der Heckscheibe seines Wagens prangte. Aha, der Kerl glaubte wohl, besonders schlau zu sein. Aber eine innere Stimme warnte ihn, vielleicht wäre es besser, sich mit dem Typen gut zu stellen. »Und wenn es so wäre? Wer will das wissen?«

Das Grinsen intensivierte sich. »Der Mann, dem das alles«, er machte eine kleine Kopfbewegung Richtung Haus, »demnächst gehören wird. Mein Name ist Bernhard Gidlinger. Na? Immer noch so abweisend?«

»Ach, Herr Gidlinger!« Lukas' Hand schnellte nach vorn.

Er schaute seinem Gegenüber fest in die Augen, während die Hände sich schüttelten. Der Typ hatte eine ungesunde Gesichtsfarbe, und eine schwere Duftwolke umwaberte ihn. Lukas stutzte, wenn sein Riechkolben ihn nicht täuschte, dann lag da Shit in der Luft. »Sie liegen richtig, ich bin Lukas Schropf. Ich wollte gerade mit Ihrer Mutter über die Immobilien sprechen. Es ist doch nur Ballast für sie. Ich habe gehört, sie möchte vielleicht in ein Pflegeheim umziehen?«

»Woher ...?«, setzte Bernhard an, dann überlegte er es sich anders. »Passen Sie auf. Meine Mutter ist alt, und sie ist nicht mehr ganz fit im Oberstübchen. Noch hat sie den Daumen drauf, sie hat meinem Alten am Sterbebett versprochen, das Imperium zusammenzuhalten. Die alte Klinik, das Herrenhaus, die Grundstücke. Er wollte unbedingt, dass alles in Familienhand bleibt, und sie hat es ihm versichert. In dieser Richtung werden Sie sich also ganz sicher die Zähne ausbeißen. Aber ...« Der Imperiumschef in spe kratzte sich am Kinn und zuckte die Schultern. »Ich habe nichts versprochen. Und ich habe es auch nicht vor. Meine Pläne gehen eher Richtung Südsee. Wenn meine Mutter nicht so stur wäre, dann hätte ich längst mein Surfcamp. Aber kein Problem ist so schwierig, dass man es nicht lösen könnte. Glauben Sie mir, ich bin dran.«

Lukas hatte aufmerksam zugehört und alle Antennen auf Empfang gestellt. Er hatte aufs falsche Pferd gesetzt, so viel war ihm inzwischen klar. Der Zugang zu seinem Lottogewinn hieß nicht Magdalena, sondern Bernhard. Er kombinierte die Duftwolke mit den fahrigen Bewegungen seines Gegenübers und war sich seiner Sache ziemlich sicher. Ein Junkie. Shit und mit etwas Glück auch noch andere Drogen. Mit dem Kerl hätte er leichtes Spiel. »Wir sollten uns an einem etwas neutraleren Ort treffen«, schlug er vor. »Was halten Sie von einem Abendessen?«

Bernhard rieb sich die Hände. »Zumindest ist das ein Anfang. Ich bin sicher, Sie werden darauf achten, dass ich mich nicht langweile.«

Aha, da hüpfte der Hase in den Pfeffer. Lukas nickte.

»Darauf können Sie sich verlassen. Sagen wir nächsten Samstag? Ich werde Sie um neunzehn Uhr abholen.« Lukas öffnete die Autotür und wollte sich verabschieden. Das Geschäft hatte zwar nicht die erwartete Wendung genommen, aber alles in allem konnte er mit den Aussichten durchaus zufrieden sein.

»Einen Moment noch.« Bernhard beugte sich zu Lukas. »Da wäre noch eine Kleinigkeit. Selbstverständlich wird es nicht ganz leicht sein, meine Mutter von den Vorzügen eines Pflegeheims zu überzeugen. Und auch das mit der Entmündigung ist kein leichtes Unterfangen. Noch hat sie alle geschäftlichen Vollmachten. Sie verstehen?«

Lukas nickte. »Ja, durchaus. Es wird also noch ein Weilchen dauern, aber das ist ja kein Problem. So viel Zeit muss sein. Hauptsache ist doch, dass wir ins Geschäft kommen. Dann also bis –«

»Nein, nein. Sie verstehen nicht, was ich meine. Wenn ich sage, meine Mutter hat die Vollmachten, dann meine ich alle Vollmachten. Auch die für die Konten. Sie ist keine sehr großzügige Frau, müssen Sie wissen. Man könnte sie sogar als durchaus knausrig bezeichnen, selbst ihrem geliebten Sohn gegenüber.« Bei diesen Worten hielt er Lukas die zitternde Hand unter die Nase und rieb Daumen und Zeigefinger aneinander.

Ach daher kam der Kuhgestank! Okay, wer spielen wollte, musste eben auch einen Einsatz bringen. Lukas zog seine Brieftasche raus und griff rein.

Bernhard nahm den Zweihunderter, faltete ihn und sagte: »Es gibt natürlich durchaus auch noch andere Makler, die gern bei diesem Geschäft mitmischen würden. Das ist Ihnen natürlich bewusst.«

Lukas grunzte und griff abermals in die Brieftasche. Zu dem ersten Schein wanderten fünf weitere.

»Ich glaube, Ihre Chancen stehen nicht schlecht«, sagte Bernhard und klopfte zum Abschied auf das Autodach, dass es knallte.

»Das will ich dir aber auch geraten haben, Bürschchen«,

raunte Lukas Richtung Lenkrad. »Versuch ja nicht, mich zu verarschen!« Er hatte einen bitteren Geschmack im Mund. So einen ganz unguten. Mit diesem Junior würde es noch Ärger geben, das zumindest sagte seine Intuition. Aber wenn er sein Ziel erreichen wollte, musste er wohl oder übel das Spiel mitspielen. Vorläufig.

Er griff sein Handy und tippte.

»Hallo, Hasebärchen, wann kommst du, ich hab schon solche Sehnsucht«, säuselte es Sekunden später in sein Ohr.

»In einer halben Stunde bin ich bei dir, Kleines!« Voller Vorfreude legte er das Telefon in die Ablage. Kurz bevor er das Ziel seiner fleischlichen Begierde erreicht hatte, klingelte es. Ohne auf die Nummer zu schauen, nahm er das Gespräch über die Freisprecheinrichtung an.

»Na, Kleines, ungeduldig? Ich bin fast da und schon ziemlich heiß!«

»Oh, das ist schön, Süßer, ich kann es kaum erwarten!«, säuselte es mit verstellter Brummstimme durch das Wageninnere.

Verflixt. »Sie müssen sich verwählt haben.« Schnell unterbrach Lukas die Verbindung. Hoffentlich war das kein wichtiger Kunde! Andererseits, welcher Kunde würde so auf seinen Ausrutscher reagieren? Aber wer war es dann?

Das erneute Klingeln ersparte ihm weiteres Rätselraten.

»Schropf-Immobilien, Schropf am Apparat«, meldete er sich dieses Mal in der korrekten Form.

Dröhnendes Lachen antwortete. Lukas war schon drauf und dran, wieder aufzulegen, da keuchte es: »Deine erste Begrüßung hat mir aber deutlich besser gefallen, alter Kumpel.«

Dirk. Ausgerechnet. Was wollte der Idiot denn? »Was willst du?«

»Wieso so barsch? Ein bisschen plaudern, sonst nichts. Komm, jetzt sei nicht so abweisend, denk mal an die guten alten Zeiten.«

Scheiß auf die guten alten Zeiten, die gab es nicht. Seit er sich von seinem Geschäftspartner getrennt hatte, verging kein Tag, an dem er sich nicht zu diesem Entschluss gratulierte. Dieser windige Blindgänger wollte doch nur auf seiner Welle mitreiten. Ein Schmarotzer war das, sonst nichts. Gerade mal gut genug, um hin und wieder einen kleinen Verkauf zu tätigen, aber wenn es um die dicken Fische ging, wenn es darum ging, Visionen zu entwickeln und aus einem Häuschen eine Schatzkammer zu machen, versagte der Kerl. Der hätte besser Koch werden sollen, oft genug hatte er mit Ellen in der Küche gestanden, anstatt sich um die Kundschaft zu kümmern. Und kochen konnte er wenigstens, das wäre wirklich der bessere Beruf für ihn gewesen. Lukas' Magen knurrte beim Gedanken an das eine oder andere Festmahl, das sein Ex-Partner mit Ellen zusammen gezaubert hatten. Aber das war vorbei. »Wir haben nichts zu plaudern. Lass mir meine Ruhe.«

»Jetzt komm, Lukas. Stell dich nicht so bockig an. Ich hab gehört, du warst heute bei der alten Gidlinger. Dir ist schon klar, dass ich da auch ein Wörtchen mitreden werde, oder?«

»Mitreden? Du? Des wüsst ich aber!« Lukas spuckte die Worte Richtung Windschutzscheibe. Das wäre ja noch schöner. Aber auch absolut typisch. Kaum duftete es nach Käse, kamen die Ratten aus den Löchern gekrochen. Aber nicht mit ihm! Nicht mit Lukas Schropf!

»Lukas, wenn du glaubst, du könntest dir dieses Sahnestück allein unter den Nagel reißen, bist du ein Idiot. Nun weiß ich aber zufällig, dass du genau das nicht bist. Ein Arschloch zwar, aber kein Idiot. Also. Wann treffen wir uns? Ich will wissen, wie die Sache steht. Oder muss ich doch mal mit deiner Frau reden? Oder vielleicht mit dem Finanzamt? Natürlich könnt ich auch dem Rudolf ein bisschen was von einer gewissen Wand erzählen, die auftaucht und verschwindet.«

Lukas' Schläfe pochte, vor Wut schoss ihm das Blut in den Kopf. Sein Unterkiefer war so fest angespannt, dass die Kieferknochen knirschten. »Ich denk drüber nach«, quetschte er zwischen den zusammengebissenen Zähnen hervor. Dann unterbrach er die Verbindung und brüllte vor Wut auf wie ein wild gewordener Stier. Er würde diese elende Kakerlake zertreten! Er musste Dirk eine Falle stellen!

Entschlossen bremste er seinen Wagen mitten auf der Bundesstraße ab und wendete mit schnellen Zügen. Das wütende Hupen der anderen Autofahrer überhörte er einfach.

Lavinia musste warten, jetzt brauchte er erst mal Ruhe. Ruhe und einen Plan!

ZWÖLF

8. Mai

Ich warf das Handy auf den Tisch, streckte alle viere von mir und legte einen Moment den Kopf in den Nacken. Einmal durchatmen, kurz die Augen schließen und die Krächzstimme der letzten Gesprächspartnerin aus dem Ohr kriegen. Dann kam ich wieder in Sitzposition.

»Mensch, Ellen, meine Lippen fusseln schon. Wenn ich noch einmal höflich säuseln und mich nach der Zufriedenheit mit der gekauften Immobilie erkundigen muss, krieg ich einen Schreikrampf! Die denken doch alle, ich führe was im Schilde. Ich sage dir, die Menschen sind einfach schrecklich misstrauisch. Sagst du Guten Tag, schauen sie auf die Uhr und überzeugen sich, dass auch wirklich Tag ist und nicht schon Abend.«

Halt den Ball flach, du bist auch nicht besser!

Behaupte ich auch gar nicht. Aber mich rufe ich ja auch nicht an, also stehe ich überhaupt nicht zur Diskussion.

Ha, mein Konter war so schnell gekommen, dass Stimmchen verdutzt schwieg.

Ellen hielt eine Hand in die Höhe und starrte unbeirrt weiter in den Topf, in dem es leise siedete. »Wart, Moment … glei …« Dabei rührte sie langsam und bedächtig mit einem Holzlöffel in einer dunkelgelben Flüssigkeit.

Fehlt nur noch, dass sie irgendwelche Hexenformeln vor sich hin brabbelt.

Ach was, wenn, dann ist sie eine weiße Hexe, und die brabbeln nicht. Sie hat ja nicht mal eine Hexennase, und die Warze fehlt auch. Überhaupt, ihre ganze Erscheinung, die Figur, schlank, durchtrainiert und in Jeans, nein, das passt alles in kein Klischee.

Schon komisch. Sonst bist du immer misstrauisch, aber in dem Punkt legst du eine kaum zu fassende Leichtgläubigkeit an den Tag. Ich meine, deine neue Busenfreundin ist immer noch eine von den

Hauptverdächtigen. Schau doch nur, wie konzentriert sie umrührt. Das könnte genauso gut Gift sein. Ein tödlicher Cocktail.

So ein Quatsch. Sie strahlt so viel Herzensgüte aus, nie im Leben würde sie jemanden umbringen.

Ellen hatte von meinem inneren Dialog mit Stimmchen natürlich nichts mitbekommen und rührte unbeirrt weiter. »Es darf nur grad so brodeln, also so fascht koche, auf keinen Fall zviel, sonscht gehn die Arome weg und die Wirkstoffe«, erklärte sie mir, ohne auch nur eine Sekunde den Blick vom Herd zu lösen. »Ich … hab's … glei.«

Fasziniert beobachtete ich, wie sie da gebannt auf das Elixier starrte und in ihrer Kräuterküche werkelte.

»Was soll das überhaupt werden?«, fragte ich genau in der Sekunde, in der Ellen den Löffel weglegte.

»Sodele!« Mit Schwung hob sie den Topf vom Herd und stellte ihn an der Spüle ab. »Des wird e Frauenmantel-Ackerschachtelhalm-Essenz. Für gege Falte. Anti-Ätsching in Natur. Später mach ich do demit au no e Seife. Die isch besser wie des ganze teure Klump, des de überall kaufe kannsch, des kann ich dir sage.«

Das glaubte ich ihr aufs Wort. So viel hatte ich in den letzten Tagen mitbekommen: Ellen war wirklich eine Meisterin auf ihrem Gebiet! Damit ließe sich noch viel mehr machen als die paar Kräuterwanderungen und das bisschen regionaler Verkauf ihrer gesammelten Kräuter.

»Mensch, das klingt super. Und weißt du was? Ich finde, mit deinem Anti-Ätsching könntest du direkt eine eigene Marke starten. Schwarzwälder Anti-Ätsching. Das lässt du dir schützen und startest eine kleine Kosmetik-Manufaktur. Naturprodukte sind doch voll im Trend.« Ich war Feuer und Flamme. In meinem Kopf poppten bereits Bilder auf, erste Entwürfe für das Firmenlogo, Pressetexte …

Aber Ellen bremste mich mitten in der Beschleunigung ab. »Geh mer fort. Wenn ich nur dran denk, was ma da alles mache müsst. Die ganze Vorschrifte und Gesetze. Ned nur die deutschen Vorgaben, da kommt ja dann glei no des EU-Klump dezu. Nei, da bleib ich lieber bei dem, was ich hab. Falls ich ned demnächscht sowieso in dere Zell sitz und vor mich hin gammel. So als Schwarze Witwe.«

»Quatsch, wenn, dann bist du allerhöchstens eine Kräuterwitwe.« Ups. Das war nicht gut. Schnell beeilte ich mich, das zu verbessern. »Eine *Heil*kräuterwitwe selbstverständlich. Du bist schließlich der Kräuterschatz der Region. Das weiß doch jeder.«

»Nur die Kunde ned, die seit dem Tod vom Lukas nix mehr bei mir kaufe. Seit der Kommissar dauernd hier auftaucht, bin ich Klatschgespräch Nummer eins. Die tun so, als wollt ich alle vergifte.«

Die sind eben schlauer als eine gewisse Hamburgerin. Oder Neu-Schwarzwälderin – falls du wirklich hierbleiben willst.

»Ach was, Ellen. Das geht vorbei. Du weißt doch, wie die Leute sind. Heute kocht ein Gerücht hoch, und morgen ist es schon wieder vergessen. Und eh du dich versiehst, kommen sie alle wieder. Bestimmt kaufen sie dann sogar viel mehr als vorher, weil sie ein schlechtes Gewissen haben.«

Ellen tat mir ehrlich leid. Den Mann zu verlieren war doch schlimm genug, aber auch noch die Leute aus der Region gegen sich zu wissen, das war hart. Das schnelle Köpfezusammenstecken, wenn man in einen Laden kam, das zischelnde Flüstern, das einem hinterherflog, wenn man diesen Laden dann wieder verließ, und dazwischen die aufgesetzte Freundlichkeit der Leute, die kaum versteckte Neugier, die wie Pfeile auf einen abgefeuert wurde. Da halfen nur ein dickes Fell und eine gesunde Portion Galgenhumor.

Ich zwinkerte Ellen zu. »Vielleicht kriegen wir wenigstens eine Gemeinschaftszelle, wir zwei. Und Papier und Stifte. Dann verrätst du mir deine ganzen geheimen Wissensschätze, und wir schreiben einen Knastbestseller nach dem anderen.« Ich seufzte und kam wieder auf mein momentanes Problem zu sprechen. »Ehrlich, Ellen, ich komme kein Stück weiter. Ein paar der Kunden waren zwar nicht ganz zufrieden mit dem Service von deinem Lukas, aber keiner war wütend genug, um ihn umzubringen. Das heißt, doch, der Rudolf … ich hab vergessen, wie er mit Nachnamen heißt, egal, du weißt schon, der, der den Lukas wegen Betrug anzeigen wollte. Der ist immer noch stocksauer. Zumindest schließe ich das aus seiner Bemerkung. Wörtlich sagte er: ›Der Lukas soll von mir aus in der Hölle schmoren, der Drecksack, der elende.‹ Ja, doch, ich glaube wirklich, dass der noch sauer ist.«

Ellen war bei dem Drecksack zusammengezuckt, aber jetzt blitzten ihre Augen. »Aber dann könnt der des doch gwesen sein. Was meinsch, solle mer da mal hinfahre? Mal persönlich mit dem rede?«

»Nein, Ellen, das wird wohl leider nichts bringen. Ich war nämlich noch nicht fertig mit dem Bericht. Der Rudolf ist zurzeit in Kur. Er kann es nicht gewesen sein. Vor vier Wochen etwa hatte er einen Herzinfarkt und wurde operiert. Alles nur wegen deinem Lukas, wenn man dem Rudolf Glauben schenken mag.«

Muss schon ein echtes Herzchen gewesen sein, dieser Lukas.

Stimmchen hatte recht. Je mehr ich über den Toten in Erfahrung brachte, desto weniger mochte ich ihn. Ein Wunder, dass Ellen so einen Deppen wirklich hatte lieben können.

Liebe macht blind, das weißt du doch. Warst doch selbst, ähm, sagen wir mal: zumindest sehr kurzsichtig.

Das nun wieder. War ja klar, Stimmchen könnte langsam echt mal aufhören, mir meinen Ausrutscher mit Pascal bei jeder passenden und unpassenden Gelegenheit unter die Nase zu reiben. Ich hatte meine Sehfähigkeit immerhin wieder und war nicht in die Ehefalle getappt.

Ellen zeigte sich von Rudolfs Vorwürfen unbeeindruckt. Sie schüttelte heftig ihren Kopf. »Ach, geh mer weg. Von wegen, wege dem Lukas. Der Rudolf qualmt wie en Schornstein und isch viel zu dick. Fleischkäsweckle und Schweinebraten, dazu e kühles Bier, und von allem viel zu viel. Des isch sei Problem und ned der Lukas.«

Was auch immer sein Problem war, auf jeden Fall konnten wir ihn von der Liste der möglichen Verdächtigen streichen.

Missmutig ließ ich mich in einen der Korbstühle fallen und legte das Kinn in meine Hände. »Ich brauch eine Pause. Die letzten fünf können warten.«

Ellen war dazu übergegangen, ihre Kräuteressenz in kleine braune Fläschchen abzufüllen.

Ich ließ meine Gedanken ein bisschen spazieren gehen. Nie hätte ich gedacht, dass Ermittlungen so eine zähe Angelegenheit sein könnten. In den Krimis ging das immer alles Schlag auf Schlag, die Verdächtigen wurden einer nach dem anderen fein säuberlich auseinandergenommen und mit etwas Glück auch wieder zusammengesetzt, wenn klar wurde, dass sie unschuldig waren. Bei manchen fehlte dann zwar das ein oder andere Teil, aber das lief unter Kollateralschäden. Schließlich konnten Ermittler nicht auf jede Befindlichkeit Rücksicht nehmen, und wenn da bei Vernehmungen ein bisschen was zu Bruch ging – sei es der gute Ruf, die Arbeitsstelle oder das Seelenheil des Verdächtigen –, dann war das eben so.

Im echten Leben lag die Sache etwas anders. Zumindest für Ellen und mich. Der Elefantenkommissar passte schon eher ins Klischee, der benahm sich immer wieder wie sein grau berüsselter Beinahe-Namensvetter. Dabei machten Ellen und ich unsere Sache gar nicht mal schlecht. Wir gingen sehr systematisch und wohldurchdacht an die Ermittlungen heran. Nachdem wir mit Lavinia keine würdige Mordverdächtige gefunden hatten, hatten wir uns einen neuen Plan überlegt.

Wir arbeiteten uns streng durch die Liste mit den möglichen Verdächtigen. Demnach waren unzufriedene Kunden und verärgerte Erben an der Reihe. Das allerdings war genau das Problem. Da Lukas nicht viel mit Ellen über seine Arbeit gesprochen hatte, mussten wir uns wohl oder übel die Kundenkartei vornehmen. Namen für Namen. Die Adressen hatte sich Hübchen allerdings bei der Hausdurchsuchung unter den Nagel gerissen. Ohne das Notebook wären wir an diesem Punkt bereits gescheitert. Aber in diesem Fall war das Glück auf unserer Seite. Das Glück und meine Intuition. Denn natürlich hatten wir das Notebook brav dem Kommissar ausgehändigt, wir wollten uns ja nicht der Behinderung strafbar machen. Ganz sicher waren wir zwar nicht, aber wir tippten darauf, dass das Zurückhalten von Beweisen höchstwahrscheinlich einen Straftatbestand darstellte. Und Hübchen hatte uns ja ohnehin auf dem Kieker.

Andererseits stand sicher nirgendwo im Gesetz, dass man nicht noch schnell wichtige Daten auf einen USB-Stick ziehen durfte, bevor man das Notebook eines Ermordeten der Polizei aushändigte. Und voilà – genau das hatten wir getan! An diesem Punkt meiner Überlegungen lächelte ich stolz vor mich hin. Ohne mich hätte Ellen das Notebook einfach so weggegeben, und alle Daten wären für uns futsch gewesen.

Himmel, ja, das war eine pfiffige Idee. Aber hey, was willst du denn? Einen Orden?

Schon gut, schon gut. Man wird sich ja wohl mal selbst loben dürfen.

Mal wäre in Ordnung, aber es war jetzt das achte Mal, dass du das getan hast.

So weit war es also schon. Stimmchen zählte meine Gedanken.

Ich konzentrierte mich wieder auf die Gegenwart und beschloss, das Thema zu wechseln. »Du, Ellen, wieso ging dir das eigentlich so nah?«, fragte ich, während ich meine neue Freundin nicht aus den Augen ließ.

»Wie? Was meinsch?«

Doch am Zucken ihres Augenlids erkannte ich, dass sie sehr wohl wusste, worauf ich anspielte. Eine Schauspielerin war an Ellen jedenfalls nicht verloren gegangen.

Das Klingeln an der Haustür verschaffte ihr noch mal eine kurze Schonfrist. Aber ich würde nachher wieder fragen. Ich musste unbedingt wissen, was da los war. Nach Möglichkeit, bevor Hübchen dahinterkam. Nur so konnten wir uns Strategien überlegen und liefen dem Hübchen nicht direkt in die Handschellen, die er nur zu gern um unsere Handgelenke legen würde.

Ich hörte Ellen an der Haustür sprechen. Eine Männerstimme gesellte sich dazu. Sie bat ihn herein. Höflich zwar, aber sie klang nicht besonders herzlich.

»Liebe Ellen, wie geht es dir. Es ist einfach schrecklich. Wenn ich dir irgendwie helfen kann, ich wollte gleich kommen, als ich es gehört habe, aber dann dachte ich, du brauchst vielleicht auch etwas Zeit für dich. Und dann die Gerüchte. Stimmt es, dass du verdächtigt wirst? Das muss doch ein Irrtum sein!«

Bah, der Typ war ja die Pest auf Beinen! Ich konnte augenblicklich nachvollziehen, wieso Ellen ein Gesicht machte, als hätte sie in eine saure Zitrone gebissen.

»Gnug gschwätzt«, fuhr sie in den auf sie niederströmenden Redeplatzregen. »Was willsch?«

Ich sog scharf die Luft ein. Nicht, weil Ellen so unerwartet scharf reagierte, sondern weil ich den Kerl erkannte. Er hatte mit Lavinia zusammen im Café Heck gesessen, als ich meinen Schal dort abgeholt hatte.

An mich schien sich der Typ aber nicht zu erinnern. Er nickte mir nur kurz zu – und da Ellen uns nicht vorstellte und auch nicht den Eindruck machte, als lege sie Wert auf die Gesellschaft dieses Besuchers, nickte ich ebenso knapp zurück und beobachtete das Geschehen interessiert.

Jetzt hob der unwillkommene Gast in einer theatralischen Geste die Hände. »Ich will dir mein Beileid aussprechen. Und meine Hilfe anbieten. So, wie es sich unter Freunden gehört.«

»Papperlapapp. Mir sin keine Freund mehr. Und dein Beileid kannsch wieder mitnehme, des brauch ich ned. Du hasch doch den Lukas ghasst, seit er dich zum Teufel gjagt hat. Tu jetzt ned so betroffe, du Heuchler!«

Oha, unwillkürlich musste ich an Franziska Wollschläger denken, die Freundlichkeit in Person, die bei Bedarf zum Drachen werden konnte. Genauso präsentierte sich jetzt Ellen. War das eine regionale Spezialität? Herzlichkeit und fletschende Zähne, ganz nah beieinander?

»'s isch besser, wenn du jetzt gehsch. Ich hab kei Zeit.«

Der sehr deutlich abservierte Besucher ließ sich nichts anmerken. Er lächelte genauso breit wie vor dem Rausschmiss. »Ich merke schon: Ich komme wohl wirklich ungelegen. Was ist, dürfte ich wohl noch eben zur Toilette? Ich hab gleich eine Besichtigung, und dort ist das Wasser abgestellt wegen Baumaßnahmen.«

Ellen kniff die Augen zusammen und musterte ihr Gegenüber finster. Dann nickte sie beinahe unmerklich. Der ungebetene Gast verschwand. Ellen ging zur Spülmaschine und räumte sie laut scheppernd aus, ich traute mich nicht, sie anzusprechen. Nach einer gefühlten Ewigkeit fluchte sie und wollte gerade los, um nachzuschauen, wo der Kerl blieb.

Da stand er wieder in der Küche, zupfte noch sein Hemd zurecht und lächelte Ellen an. »Ellen, glaub mir, ich weiß, was du durchmachst. Und ich verstehe auch, dass deine Nerven blank liegen. Mach dir keine Gedanken. Wenn du mich brauchst, dann ruf an. Ich bin für dich da. Und das mit dem Lukas und mir, das war doch Schnee von gestern. Wir haben uns doch längst wieder vertragen. Wir sind doch erwachsene Leute, und der Markt ist wirklich groß genug. Durch seinen Tod habe ich jetzt sogar ein Problem, ich kann doch nicht alle seine Kunden übernehmen, da müsst ich ja das Büro vergrößern und jemanden einstellen.«

Jetzt klatschte Ellen mit der flachen Hand auf die Arbeitsfläche. »Ich hab's doch gwusst. Du elender Gierschlund. Deshalb bisch du komme. Du willsch die Kundekartei vom Lukas! Des dät dir so passe. Nix kriegsch. Und jetzt verschwind!« Energisch schnappte sie ihn am Arm, zerrte ihn den Flur entlang und zur Haustür hinaus. »Und komm ja ned noch mal auf die Idee, hier was abstaube zu wolle. Du, du …«

Die Tür knallte mit Wucht ins Schloss, und Ellen schnaubte zur Küche hinein. Fast erwartete ich, dass dunkler Rauch aus ihren Nasenlöchern qualmte.

Ich betrachtete sie fasziniert. »Was um aller Kräuterhexen willen war denn das? Du machst ja einer wilden Drachin – oder wie immer die weibliche Form für Drachen ist – Konkurrenz.« Natürlich wollte ich alles genau wissen. Ich wollte jedes schmutzige Detail hören, und so wie es aussah, gab es da ein paar.

Aber Ellen schüttelte den Kopf. »Bießzang heißt des. Und ich will jetzt ned da drüber rede. Vergiss des einfach. Bitte. Der Kerl isch keinen Gedanken wert.« Sie atmete tief durch. »Weisch du was? Ich brauch frische Luft! Was meinsch? Geh ma e bissel spaziere? Ich könnt dir e paar Kräuter zeige und schöne Plätzle.«

Was für eine wunderbare Idee. Das würde mir guttun, und Ellen sowieso. Sie sah geschafft aus. »Ellen, du bist genial. Genau das ist es, was wir jetzt brauchen. Frische Luft und ein bisschen Bewegung, dann läuft es hinterher bestimmt wieder besser. Aber was meinst du mit Bießzang?« Den Zusammenhang hatte ich auf die Schnelle nicht kapiert.

»Na, de weibliche Drache isch bei uns e Bießzang. Beißzange uff Hochdütsch.« Ellen klatschte in die Hände. »Alla, dann auf.«

Die ersten Kilometer nahm Ellen im Turboschritt. Und das, obwohl es bergauf ging. Es dauerte keine fünf Minuten, da fing ich auch schon an zu keuchen. Schweiß strömte an meinem Körper hinunter, lief mir übers Gesicht und brannte in den Augen. Meine Beinmuskeln ächzten.

Da keucht die Flachlandente, was?

Keine dummen Sprüche jetzt. Ich brauche meine Kraft!

Gewöhn dich dran; wenn du hier leben willst, gehören die Steigungen dazu.

Ja, ja, ja. Ruhe jetzt!

Ich versuchte, mich auf meine Atmung zu konzentrieren und die Atemzüge mit den Schritten zu koordinieren. So konnte ich Stimmchen zwar zum Schweigen bringen, mehr Luft bekam ich deshalb leider trotzdem nicht. Sauerstoff. Ich brauchte unbedingt Sauerstoff!

Ellen schien keinerlei Anstrengung zu merken. Sie marschierte mit festen Schritten auch die schwierigsten Anstiege hinauf. Wenn sie ihre Kräuterwanderungen in diesem Tempo durchzog, sollte wohl ein Warnhinweis an Interessierte rausgehen: Nur für Hochleistungssportler!

Dann erreichten wir ein Plateau, und endlich verlangsamte sie ihr Tempo. Einen Moment überlegte ich, ob ich mich einfach hinwerfen und in aller Ruhe sterben sollte. Aber da zeigte Ellen auf eine kleine violette Blüte.

»Des isch e Kucheschelle«, erklärte sie mir. »Steht unter Naturschutz und isch giftig. Aber in de Homöopathie isch se enorm wichtig. Kennsch vielleicht, da heißt se Pulsatilla.«

Pulsatilla hatte ich tatsächlich schon gehört. Aber Kuchenschelle? »Woher kommt denn der Name?«, fragte ich und bewunderte die gelb-violette Blüte. »Hat das was mit Kuchen zu tun?«

Ellen lachte. »Du denksch au immer ans Esse, wie? Nei, des kommt von Küchenschelle, aber des hat sich erscht so entwickelt. Eigentlich kommt der Name nämlich von Kuhschelle. Siehsch? Die sieht aus wie die Kuhglocken von unsere Küh. Und da hätt ma dann Kühchenschelle draus gmacht, weil's halt kleine Blümle sin, und aus dene Kühchen isch dann irgendwann die Küchenschelle gworde. Ganz einfach.«

Mir schwirrte der Kopf vor lauter Küchen und Kühchen. Aber der Ausflug hatte sich auf jeden Fall jetzt schon gelohnt, in mehrfacher Hinsicht. Ellen entspannte sich mit jedem Schritt, ich konnte sehen, wie der Druck von ihr abfiel, wie ihr Gesicht wieder die weichen, liebenswerten Züge bekam. Und ich hatte eine nette Geschichte für mein Buch.

Lächelnd strich ich der Kuh-Küchen-Schelle über die Blüte und die gefiederten Blätter. Hübsch war sie auf jeden Fall, die Kleine. Ein Hingucker.

»Gugg. Da isch der Frauemantel.« Ellen war schon ein Stück weitergegangen und strich über einen kleinen Pflanzenteppich. »Des isch mei Liebling. Ein richtigs Olraundtalent isch des. Aber den lasse mer noch stehn, der fangt in de nächschte Tag erscht 's Blühe an. Und außerdem hab ich au no en reichliche Vorrat. Grad weil er so toll isch, im Tee, in de Seife, im Badezusatz und in Salbe. Ich hab's dir ja vorhin scho gsagt, en Anti-Ätschingkraut isch des.«

Ich bewunderte den Frauenmantelteppich ausgiebig und

staunte wieder einmal über Ellens reichen Wissensfundus. »Weißt du was, Ellen? Mit dir würde ich gern ein Buch über Heilkräuter machen, mit Koch- und Gesundheitsrezepten. So viel, wie du weißt. Ich finde, das ist wirklich einen Gedanken wert. Der Verlag wäre bestimmt begeistert.«

Ellen zuckte die Schultern. »Solang du schreibsch und ich nur erzähle muss, wär des scho in Ordnung.«

Ich hakte mich bei ihr unter. »Und dann fahren wir zusammen nach Frankfurt, auf die Buchmesse.« Vor meinem inneren Auge sah ich uns schon, umringt von interessierten Lesern und natürlich reichlich Presse. Aber Ellen pikte in meine Seifenblase und ließ sie platzen.

»Des machsch dann lieber allein. Dort wachst ja nix, was soll ich dann da?«

Na, darüber würden wir zu gegebener Zeit noch mal diskutieren. So ein Schwarzwald-Landei, wie sie gern vorgab zu sein, war Ellen nämlich meiner Vermutung nach gar nicht. Sie hatte das im Laufe der Jahre nur vergessen und musste mal wieder daran erinnert werden, dass das Leben überall auf der Welt tanzte, nicht nur auf der Kräuterwiese. Und ich würde ihr das Stück für Stück wieder beibringen. So viel stand fest. In Gedanken begann ich bereits mit einer Liste: Demnächst würde ich sie mit nach Freiburg nehmen, ein bisschen Theater, Kino, Stadtbummeln … Und wenn sich das so entwickelte, wie meine Hirnwindungen es gerade austüftelten, dann ginge die nächste Fahrt nach Köln, zum Verlag. Von der Verkäuflichkeit des Themas war ich fest überzeugt!

»Da, schau her. Herbstzeitlose.« Ellen war stehen geblieben und starrte die kleine Pflanze an. Ihre Lippen bebten, sie drückte den Rücken durch und wandte sich ab. »Gema weiter.« Und im gleichen Moment startete sie mit großen Schritten durch.

Ich hatte Mühe, hinterherzukommen. »Warte mal. Langsam, Ellen. Wir sind doch nicht auf der Flucht.« Als ich endlich zu ihr aufschließen konnte, wischte sich Ellen mit einem Taschentuch übers Gesicht. Ich legte den Arm um sie. »Wir kriegen das hin, Ellen. Deinen Lukas können wir nicht mehr zurückbringen. Aber wir werden dafür sorgen, dass sein Mörder gefasst wird. Das verspreche ich dir.«

Hört, hört! Du reißt die Klappe ja ziemlich weit auf! Und was, wenn deine liebe Ellen die Mörderin ist? Dann hast du ihr jetzt gerade versprochen, sie hinter Gitter zu bringen. Na Prost. Wollen wir mal hoffen, dass sie dich nicht ernst nimmt, sonst bist du das nächste Opfer.

»Ich hab des Gfühl, mein ganzes Leben isch auf den Kopf gstellt«, sagte Ellen und lehnte sich ein bisschen an mich.

»Irgendwie geht es mir auch gerade so«, stimmte ich ihr zu. »Weißt du, es ist bestimmt kein Zufall, dass wir uns genau jetzt begegnet sind. Wir helfen uns einfach gegenseitig dabei, alles neu zu sortieren.«

Krise als Chance, ging es mir durch den Kopf. Das war es doch, was die ganzen Positivdenker und Lebenshelfer immer predigten. Wozu hatte ich rund ein Dutzend solcher Seminare besucht? Und ich war fest entschlossen, Ellen ihre Chance schmackhaft zu machen, und streckte Stimmchen in Gedanken die Zunge raus. »Komm, jetzt gehen wir zu dir und nehmen uns die letzten Namen noch vor. Entweder wir landen einen Treffer, oder wir können unter das Thema Kunden einen Strich ziehen. Dann müssen wir halt weiter überlegen.«

Der Heimweg war ein Kinderspiel, das war der Lohn, wenn man sich einen Berg hinaufgequält hatte, irgendwann bekam man – dank Erdanziehung – im übertragenen Sinne Rückenwind.

»Bevor mir wieder schaffe, gibt's aber erscht was zum Beiße. Wie wär's mit Kräuterkäsespätzle und Salat?«

Was für eine Frage? Mochte das Krümelmonster Kekse? Eben. Schon bei der Vorstellung veranstaltete mein Magen ein Konzert, und er gab auch während der gesamten Kochzeit keine Ruhe mehr.

Ich durfte Hilfsdienste leisten, Salat waschen und sogar – unter Ellens Kontrollblick – eine Salatsoße anrühren. Ellen schlug mit einem Holzlöffel den Spätzleteig und zauberte im Nu herrlich duftende Käsespätzle.

Nach dem Essen gönnten wir uns eine Tasse Milchkaffee.

Ich nahm einen Schluck und schnappte mir das Handy. »Zeit, wieder an die Arbeit zu gehen, sonst leg ich mich gleich hier unter den Tisch und mach ein Mittagsschläfchen.«

Ellen lachte. »Wenn du magsch, ich könnt dir auch des Sofa anbiete, musch ned untern Tisch.«

Aber ich lehnte ab. Erst die Arbeit, dann das Schläfchen!

Bevor ich jedoch wählen konnte, kam ein Anruf rein. Unbekannt. Vielleicht war das der Kunde, dem ich vorher auf den Anrufbeantworter gesprochen hatte. Ich hatte um Rückruf gebeten. »Clarissa Kleinschmidt, guten Tag«, meldete ich mich fröhlich zwitschernd. Ich wollte ja schließlich was von dem Anrufer und nicht umgekehrt. Zumindest dachte ich das.

»Clarissa, ich bin es. Hör mal, du musst mir helfen. Ich –«

Mir riss die Hutschnur! Jetzt unterdrückte dieser Kerl sogar schon seine Nummer, nur damit ich ranging. Genug war genug! »Pascal. Verdammt noch mal. Wann kapierst du endlich, dass ich nichts mehr von dir will? Es ist vorbei. Hör zu, ich hab jetzt echt die Nase voll. Ich hab sowieso schon viel mehr Geduld gehabt, als jede andere Frau in so einer Situation gehabt hätte. Echt jetzt. Und jetzt sag ich dir was: Wenn du mich nicht ab sofort in Ruhe lässt, dann werde ich andere Saiten aufziehen.«

Hoho, da versucht wohl jemand, sich ein Beispiel an den liebenswerten Schwarzwälder Drachenfrauen zu nehmen!

Ich ignorierte Stimmchen und redete unbeirrt weiter. »Wie du vielleicht weißt, beschäftige ich mich gerade intensiv mit dem Thema Kräuter. Man muss nicht besonders hell sein, um zu wissen, dass das nicht nur Gesundheitskräutlein sind. Ich weiß nicht, wer es formuliert hat, aber treffend heißt es ja: Die Dosis macht das Gift. Also, mein Lieber. Wenn dir dein Leben und deine Gesundheit lieb sind, dann LASS MICH IN RUHE!« Während ich tief Luft holte, wartete ich, ob meine Botschaft jetzt endlich angekommen war. Es war längst überfällig, dass ich mich zur Wehr setzte. Wozu trennte man sich denn, wenn man sich dennoch weiter tyrannisieren ließ? Dann hätte ich ebenso gut Ja sagen können.

Das Schweigen dehnte sich aus.

»Hallo?«, fragte ich vorsichtig. »Pascal? Hast du mich gehört?«

Jetzt hörte ich ein Räuspern. Dann endlich redete Pascal. »Clarissa, ja, ich habe dich gehört. Und, ähm, ich hatte das Telefon auf Freisprechen gestellt, weil ich eigentlich wollte, dass du etwas zu meiner Entlastung sagst. Also, es tut mir leid, aber der Kommissar hat dich auch gehört.«

Ich ließ das Telefon sinken. Ohne ein weiteres Wort drückte ich die rote Taste.

Da hat wohl jemand gerade ein klassisches Eigentor geschossen.

Danke, Stimmchen. Das hab ich auch schon gemerkt.

Zu Ellen gewandt sagte ich: »Ich glaube, ich brauche eine gute Creme für meine Handgelenke.«

Sie hob fragend die Augenbrauen.

»Na, wenn die Handschellen klicken. Der Hübchen hat meine Ausführungen über Giftkräuter mit angehört.«

Ellens Mund öffnete sich, ich konnte das »Oh« von ihren Lippen ablesen.

Fahrig packte ich meine Sachen zusammen. »Ellen, ich geh jetzt besser. Vielleicht ist der Hübchen im Hotel. Ich muss mit ihm sprechen. Retten, was zu retten ist.«

»Ich komm mit! Des mit dene Kräuter geht mich ja schließlich au ebbes an. Und außerdem wollt ich zur Franziska, mal mit ihr wege der Schaummassage schwätze. Des hemmer bis jetzt immer wieder verschobe, aber du mit deiner Gschäftsidee hasch mich wieda dran erinnert.« Während sie redete, hatte sie verschiedene Sachen in einen Korb gepackt und schaute jetzt auffordernd zu mir. »Was isch, gema?«

DREIZEHN

Hey, Liebchen. Schön, dass du da bist.

Ich versuchte es mir auf dem Cordsessel so bequem wie möglich zu machen und locker zu wirken. Das war allerdings gar nicht so leicht, denn die Energien, die hier vorherrschten, machten dem sibirischen Winter Konkurrenz. Ohne mich dagegen wehren zu können, verkrampftc ich total – innerlich und äußerlich. Am liebsten hätte ich Ellen an meiner Seite gehabt, aber die hatte sich gleich nach unserer Ankunft samt Korb mit Franziska in deren Büro verzogen. Und auch wenn mir das gar nicht passte, konnte ich es ihr doch nicht verübeln. Wenn es sich hätte vermeiden lassen, hätte ich auch gut auf die Begegnung mit dem Elefantenauge des Gesetzes verzichten können.

»Clarissa, das ist alles nur deine Schuld. Jetzt sag dem Kommissar endlich, dass ich nichts mit dem Mord zu tun hab.«

Ich saß noch nicht richtig, da bestürmte Pascal mich auch schon. Aber bevor ich auch nur Luft holen konnte, um zu antworten, warf sich Hübchen dazwischen.

»Herr Kissbrauch, halten Sie sich zurück. Ich hatte es Ihnen doch erklärt: Ich werde mit Frau Kleinschmidt sprechen. Und danach reden wir beide weiter. Wir sind noch nicht fertig. Sollten Sie sich nicht zusammenreißen können, können Sie auch in Begleitung eines Beamten auf Ihrem Zimmer warten. Also?«

Wie ein schmollender Junge verschränkte Pascal die Arme vor der Brust und schob die Unterlippe leicht nach vorn. Aber er wagte es nicht, gegen die Polizeigewalt aufzubegehren.

Hübchen brummte zufrieden, guckte kurz zu mir rüber und blätterte dann in seinem Notizbuch.

Der wollte es wohl spannend machen. Aber nicht mit mir! Ich packte den Elefanten beim Rüssel. »Herr Hübchen, es ist Ihnen schon klar, dass ich besonders dämlich sein müsste, wenn ich tatsächlich die Mörderin wäre und dann so ein Telefonat führen würde. Es ist doch ganz offensichtlich, dass ich …«

Ich überlegte, wie ich dem naiven Hübchen seine eigene Dummheit klarmachen könnte, ohne ihn allzu sehr vorzuführen. Männer waren im Allgemeinen ja sehr empfindlich auf diesem Fuß. Und einen gereizten Elefantenbullen sollte man nie unterschätzen, weder einen vierbeinigen noch einen zweibeinigen.

Vielleicht könntest du die Situation ja ein bisschen für deine Zwecke ausnutzen?

Hm?

Na, du weißt natürlich, dass Pascal es nicht war – zumindest ist es sehr, sehr unwahrscheinlich. Aber andererseits könnte es Pascal nicht schaden, wenn er mal ein bisschen zur Ordnung gerufen werden würde. So ein klitzekleiner Schrecken … komm, du weißt schon, was ich meine.

Hey, du Teufelchen!

Manchmal war so ein Stimmchen doch durchaus nützlich. Ich atmete tief ein und redete mit einer minimalen Richtungsänderung weiter. »Was, wenn ich das am Telefon nur gesagt hätte, um Pascal aus der Reserve zu locken?« Pascals entsetztes Luftholen ignorierte ich und hielt dem eisigen Blick von Hübchen stand. »Es hätte doch sein können, dass meine vermeintliche Drohung Pascal – so er der Mörder wäre – aus der Reserve gelockt hätte.« Sehr zufrieden mit meiner etwas verqueren Logik lehnte ich mich in die Polster zurück.

Na, wie findest du mich? Keine ganz schlechte Finte, oder? Ich zwinkerte Stimmchen in Gedanken zu. In echt zu zwinkern traute ich mich nicht, weil Hübchen mich nicht aus den Augen ließ. Ich konnte sehen, wie er versuchte, meinen gedanklichen Haken zu folgen.

Doch dann schüttelte er den Kopf. »Netter Versuch, aber das ist Quatsch. Hätten Sie Ihrem ehemaligen Verlobten eine Falle stellen wollen, hätten Sie ihn angerufen und nicht darauf gewartet, dass er auf die Idee kommt, Sie mit unterdrückter Nummer zu kontaktieren. Seine Anrufe mit angezeigter Nummer haben Sie ja, soweit ich informiert bin, alle abgelehnt.«

Sapperlot! Rüsseltierchen konnte es beim gedanklichen Hakenschlagen tatsächlich mit mir aufnehmen. Alle Achtung.

Da hat wohl eine ihren Meister gefunden.

Na, Stimmchen, so weit würde ich dann doch nicht gehen. Gegner vielleicht, Meister noch lange nicht!

»Auch wenn Ihre Kräuterdrohung natürlich sehr gut in das Bild passt, ich kann Sie trösten. Für mich war es eher das Indiz, dass Sie vielleicht – und ich betone, wirklich nur vielleicht – doch nichts mit der Mordsache zu tun haben. Ein so offener und – verzeihen Sie mir meine Direktheit – sehr naiver Vorstoß, nein, ich glaube, dafür sind Sie zu intelligent. Aber wir werden sehen. Die Ermittlungen nehmen ihren Lauf und sind noch lange nicht abgeschlossen.«

Zack. Da saß ich wie ein begossener Pudel und sortierte diesen kriminalistischen Platzregen. Hatte jetzt ich diese Schlacht gewonnen oder er? Aber Rüsselchen ließ mir gar keine Zeit, weiter drüber nachzudenken.

»Und jetzt lassen wir die Mätzchen. Ich brauche ein paar Fakten von Ihnen. Wann hatten Sie das erste Mal mit Herrn Schropf Kontakt?«

Jetzt zeigt er dir aber, wer der Boss ist.

Aus jeder Silbe tropfte Schadenfreude auf mich runter. Stimmchen hatte Spaß.

Brauchst du Popcorn?

Och, jetzt sei nicht eingeschnappt. Gönn mir doch das Vergnügen. Mal sehen, worauf dein Kommissar hinauswill.

Hey! Das ist nicht mein Kommissar. Spinnst du?

»Frau Kleinschmidt, ich warte. So schwierig ist die Frage doch nun wirklich nicht.«

Ups. Vor lauter Stimmchen hatte ich glatt vergessen zu antworten. »An dem Nachmittag bevor ich ihn treffen wollte.«

»Hm.« Hübchen studierte seine Notizen. »Und wie?«

»Wie? Wie wie? Ich verstehe nicht …?«

»Na, Mail, SMS, Telefon …?« Seine Stimme hatte einen ungeduldigen Unterton.

»Ach so. Telefon.«

Jetzt trommelte er mit den Fingerspitzen auf seinem Block herum, während er mich erwartungsvoll musterte. Irgendwann holte er zischend Luft. »Jetzt stellen Sie sich doch nicht so bockig an. Ich will Ihnen nicht jede Information einzeln aus der Nase ziehen. Weiter. Von wo aus haben Sie telefoniert? Haben Sie seinen Namen genannt? Den Treffpunkt? Konnte jemand …« Sein Blick huschte schnell zu Pascal, dann wieder zu mir. »Hätte Herr Kissbrauch Sie belauschen können?«

Ach daher wehte das Lüftchen. Schlagartig verwandelte sich das Brett vor meinem Kopf in Sägemehl und rieselte vor mir zu Boden.

Pascal starrte mich an.

Bitte, Clarissa. Lass mich nicht hängen!, las ich in seinen Augen. Ich fixierte ihn.

Er wirkte deutlich angeschlagen. Sein rechtes Augenlid zuckte, und seine Pupille flackerte.

Lässt du mich ab sofort in Ruhe? Verschwindest du aus meinem Leben?, fragte ich ebenso stumm zurück.

Er senkte die Lider. War das jetzt ein Ja oder wenigstens ein Vielleicht? Oder hatte er die Forderung gar nicht kapiert?

»Ich höre!«, zischte Hübchen.

»Ich denke nach!«, schoss ich zurück. Jetzt hatte ich langsam, aber sicher die Faxen dicke. Es genügte, dass ich überhaupt in die Sache reingezogen worden war. Immerhin war ich eine harmlose Schwarzwald-Besucherin, nicht mehr und nicht weniger. Wenn er schon glaubte, mich verhören zu müssen wie eine Schwerverbrecherin, dann sollte er sich verdammt noch mal gefälligst an einen freundlichen Ton halten und hier nicht den Oberbullen raushängen.

Und jetzt überlegte ich wirklich. Hatte ich den Namen genannt? Hätte Pascal es hören können? »Also, ja«, antwortete ich etwas zögerlich. »Pascal, tut mir leid, ich will dich da wirklich nicht reinreiten, aber wenn ich lüge, wird das alles doch auch nicht besser. Ja, Herr Hübchen, ich habe hier auf dem Sofa gesessen, während ich telefonierte, und soweit ich mich erinnern kann, habe ich Namen und Treffpunkt genannt. Aber hören Sie, selbst wenn Pascal es gehört hat, selbst wenn er eifersüchtig geworden wäre – wieso hätte er den Nebenbuhler direkt ermorden sollen? Und wie hätte er ihm das giftige Essen verabreichen sollen? Woher hätte er Bärlauch und Herbstzeitlose überhaupt nehmen sollen?« Ich hatte die Fragen im Stakkato auf Hübchen abgefeuert, bevor er mich stoppen konnte.

Jetzt saß er da und grinste mich unverschämt an. »Und Sie sind sicher, dass diese Geschichte hier …«, er ließ den Blick zwischen Pascal und mir hin und her pendeln, »tatsächlich beendet ist?« Er machte sich ein paar Notizen, dann redete er – immer noch mit diesem abscheulichen Grinsen im Gesicht – weiter: »Sie legen sich ja mächtig ins Zeug für Ihren Ex-Verlobten.«

Wo er recht hat, hat er recht, feixte Stimmchen.

Ich starrte Hübchen an, merkte, dass mein Mund offen stand, und klappte ihn schnell zu. Tatsächlich war ich so fassungslos, dass mir keine einzige Antwort einfiel. Erst nach endlos langen Sekunden fand ich die Sprache wieder. »Sie sind ja verrückt.«

Das war nicht der beste Konter, aber meine gesamte Fassungslosigkeit lag in diesem kurzen Satz. Im Augenwinkel hatte ich beobachtet, wie Pascals Körperhaltung sich verändert hatte, wie seine ganze Ausstrahlung sich verändert hatte.

»Herr Kommissar, ich bitte Sie, Sie sehen doch, dass meine Verlobte sehr mitgenommen ist. Sie braucht etwas Ruhe. Es ist durchaus nervenaufreibend für einen normalen Menschen, eine Leiche zu finden, unter Mordverdacht zu geraten –«

»Halt die Klappe!«, fauchte ich in seine Richtung. »Und merk dir endlich: EX-Verlobte. Ich habe mich nicht für dich ins Zeug gelegt, sondern versuche lediglich, Herrn Hübchen zu unterstützen, damit er dem Mörder auf die Spur kommt. Denn der bist du meiner Meinung nach nicht. Ein Arschloch, ja, aber kein Mörder.«

Wieder kritzelte Hübchen vor sich hin. Er schien Gefallen daran zu haben, wie sich alles entwickelte. Er hob den Blick. »Danke. Das war durchaus interessant. Und jetzt, Frau Kleinschmidt, möchte ich Sie bitten, Herrn Kissbrauch und mich zu entschuldigen. Ich habe da noch ein paar Fragen.«

Etwas benommen erhob ich mich und ging grußlos davon. In dem kleinen Raum hinter der Rezeption saßen Franziska und Ellen. Als sie mich sahen, standen sie auf und kamen zu mir.

»Wir haben zwar nicht verstanden, was gesprochen wurde, aber es sah ziemlich anstrengend aus. Tut mir leid, meine Liebe. Hoffentlich wird der Mörder bald geschnappt, damit dieses Theater ein Ende hat.« Franziska legte ihre Hand auf meinen Arm. »Geht es dir gut?«

Ich wischte mir über die Augen und atmete durch. Dann nickte ich. »Ja, danke. Es geht schon. Aber jetzt brauch ich einen Moment Ruhe, um mich zu sortieren.«

»Und ich weiß au scho, wo du die Ruhe finde wirsch.« Ellen lachte und wartete einen Moment, bevor sie weitersprach. Sie hatte offensichtlich eine Überraschung im Ärmel.

Fragend hob ich meine Augenbrauen.

»Im Massageraum!«

Normalerweise hätte ich sofort Ja gesagt, aber dieser Blümchen und Pascal hatten mich echt geschafft. »Ach, ich weiß nicht. Ich bin gerade so reizüberflutet …«

»Nix da, Ausrede gibt es ned. Ich hab der Franziska e spezielle Seife mitbracht. Eine, mit der man Schaummassage mache kann. Und ich sag dir, des wird der Hit. Dein ganzer Schtress wird sich in Luft auflöse. Der zerplatzt wie die Bläsle von dere Seif. Und weisch was? Franziska und ich, mir komme au mit. Mir mache en flotte Dreier!«

»Ein Frauen-Wellness-Nachmittag«, erklärte Franziska. »Das wird uns allen guttun.«

Frauenpower, unkte Stimmchen.

»Aber nur, wenn ich einen Milchkaffee bekomme. Und ein Glas Sekt.«

»Steht alles schon bereit.«

Franziska und Ellen hakten mich rechts und links unter, und zu dritt marschierten wir durch die Empfangshalle Richtung Wellnessbereich. Als wir in Bademäntel gehüllt in den Massageraum traten, kam eine Angestellte. Sandra, die junge Frau, die mich bei meiner Anreise in Empfang genommen hatte.

»Frau Wollschläger, es tut mir sehr leid. Wirklich. Aber ich brauche Ihre Hilfe. Ich weiß auch nicht, aber es gibt ein Belegungsproblem. Ein Gast will einchecken, er hat auch die Buchungsbestätigung, aber ich finde ihn nicht im System, und ich habe kein Zimmer. Ich würde ihn ja woanders unterbringen, aber er will nicht. Ich …« Ihre Augen schimmerten feucht, sie war sichtlich überfordert mit dem tobenden Gast.

Franziska seufzte. »Mädels, so ist das Leben. Ich wünsch euch viel Spaß mit den Seifenblasen. Wenn alles klappt, komme ich gleich nach. Erst mal muss ich sehen, was da los ist.«

Fünf Minuten später schwebte ich bereits im Seifenblasenhimmel. Es war wunderbar. Das sanfte Kribbeln des Schaums, dazwischen die kräftigen Hände des Masseurs und der zarte Kräuterduft. Sie hatten zwei Liegen in einen Raum gestellt und massierten uns stereo. Ich hörte Ellen neben mir genüsslich seufzen.

Ganz langsam kam die Entspannung bei mir an, Stück für Stück. Mit jedem Atemzug ließ ich ein bisschen Stress los, und wie von allein fingen meine Gedanken an, sich zu sortieren.

»So, Sie dürfen sich jetzt in den Bademantel hüllen und im Ruhebereich hinlegen.« Die Stimme des Masseurs kämpfte sich durch Schaumberge zu mir durch.

Mühsam kletterte ich von der Liege runter, torkelte etwas und wankte mit Ellen zusammen Richtung Ruheraum. Wir legten uns an die breite Fensterfront und genossen die Wärme der Sonnenstrahlen, die uns liebkosten.

Schon ein bisschen albern, hier einen auf Entspannung und Wellness machen, während der Mörder immer noch frei rumläuft.

Ich grunzte unwillig und versuchte, Stimmchen zu ignorieren und mich auf das Wohlgefühl zu konzentrieren.

Vielleicht rennt er aber auch gar nicht rum, sondern liegt hier genau neben dir, setzte Stimmchen nach ein paar Minuten wieder an. *Ich finde, du solltest mal mit dem Kommissar sprechen, wie weit er mit seinen Ermittlungen ist und ob es Hinweise auf Ellen gibt. Ich bin immer noch sicher, dass sie dir die Unschuld vom Lande nur vorspielt.*

Okay. Schon gut. Du hast es geschafft. Mir ist die Lust auf faules Rumliegen vergangen. Vielen Dank, Stimmchen. Ganz prima, wirklich.

Dank Stimmchens Intervention wollten meine Gedanken – jetzt wieder ordentlich in Reih und Glied – nicht mehr über duftende Blumenwiesen tanzen und mit sausenden Wolken durch die Lüfte fliegen. Es war Zeit, nach vorn zu denken, ein paar ungeklärte Fragen zu stellen und Stimmchen endlich zu beweisen, dass sie sich irrte. Also hoffentlich.

»Ellen, schläfst du?«, fragte ich vorsichtig. Zu meinem Glück hatten wir den Raum für uns allein, es würde also niemanden stören, wenn wir uns unterhielten. Ich griff nach dem Sektglas, das ein freundlicher Helfer auf dem Tischchen zwischen Ellen und mir abgestellt hatte, und nahm einen Schluck.

Ellen reckte sich und machte ein Auge auf.

Ich bekam ein schlechtes Gewissen. Sie hatte echt genug Stress, ich sollte ihr die Ruhe gönnen.

Vergiss dein schlechtes Gewissen. Wir wissen, dass Ellen Stress hatte. Aber du vielleicht nicht? Eben. Und es ist Zeit, dass wir die Ursache an der Wurzel packen. Dazu brauchen wir Informationen. Du behauptest, sie ist unschuldig? Dann los. Ich bin ganz Ohr.

»Sag mal, Ellen. Als wir bei Lavinia waren, als sie, ich meine, als du …« Wie konnte ich Lavinias Schwangerschaft ansprechen, ohne dass Ellen das Gefühl bekäme, ich würde einen Eiskübel über ihr auskippen. Unsicher knabberte ich an meiner Unterlippe.

Ellen machte jetzt beide Augen auf und schaute zu mir rüber. Sie nickte. »Ich hab mir scho denkt, dass du kei Ruh gibsch«, stellte sie fest und nahm sich ebenfalls Sekt. »Du willsch wisse, wieso ich so nebe de Schuh war, wege dem Baby, gell?«

Ich nickte und stellte wieder einmal fest, dass ich Ellen nicht unterschätzen durfte. Die hatte ein verdammt gutes Gespür und bekam viel mehr mit als nur das, was gesprochen wurde.

»Der Lukas und ich, mir hätte au gern e Kind gwollt. Ach was, gern, verruckt war ich, ich hab jahrelang nix andres mehr denke könne. Alles hemmer versucht. Ich bin dem Lukas schrecklich auf d Nerve gange demit. Des hab ich scho gmerkt. Aber ich konnt ned andersch. Ich wollt ums verrecke e eigenes Zwergle. Und des meischte hat er au mitgmacht, der Lukas. Irgendwann war Schluss. Ich glaub, des hat ihn mächtig an seiner männliche Ehre packt, dass er keinen Erben hätt zeuge könne, au wenn gar ned klar war, dass es sei Schuld gwese isch. Medizinisch war bei uns beide alles in Ordnung.« Ellen leerte ihr Glas und griff nach der Sektflasche, um sich nachzuschenken.

Ich sagte nichts, erstens, weil ich gar nicht gewusst hätte, was, und zweitens, weil ich das Gefühl hatte, dass Ellen noch weiterreden würde. Nach dem zweiten Nachfüllen war es dann auch so weit.

»Ich hätt ihn verlorn. Wenn er Vater gworde wär, hätt ich ihn endgültig verlorn. Keine Frau der Welt, kein noch so schönes Zuhaus kann des aufwiege, was e Kind de Eltre an Lieb entgegebringt. Des isch mir klar gworde, als ich des mit der Schwangerschaft mitkriegt hab. Wär der Lukas ned gstorben, hätt ich ihn trotzdem verloren.« Die Tränen liefen ihr übers Gesicht. Sie schluchzte nicht, schniefte nicht. Sie weinte lautlos vor sich hin, in Gedanken wahrscheinlich bei dem Kind, das ihr vom Schicksal nicht vergönnt gewesen war und das nun eine andere Frau unter ihrem Herzen trug.

Mein Hals war wie zugeschnürt. Es brach mir das Herz, Ellen so verzweifelt zu sehen.

Stimmchen war plötzlich lauter denn je: *Sie hat es gewusst! Wetten? Hey, das ist das perfekte Mordmotiv. Was für Fakten willst du denn noch?*

Genau das würde Hübchen denken, wenn er von dieser Geschichte erfahren würde. Aber ich bin nicht der Kommissar.

Also halt gefälligst die Klappe. Wie viele Motive sie auch haben mag, Ellen hat ihren Lukas geliebt und nicht getötet. Diese Ermittlungsrichtung ist falsch.

Wir schwiegen gemeinsam, und ich spürte, dass es Ellen guttat. Nicht nur das Schweigen. Auch, dass sie mir die Geschichte erzählt hatte. Dass sie mir ihre verletzliche Seite geöffnet hatte. Wir mussten das nicht artikulieren. Sie wusste, ich würde Hübchen nichts davon sagen. Sie wusste, ich war auf ihrer Seite und von ihrer Unschuld überzeugt.

Weil du eine Idiotin bist, fauchte Stimmchen. *Wenn sie dich umbringt, mach mich nicht dafür verantwortlich. Alles klar?*

Meine Gedanken wanderten zu der schwangeren Lavinia. Ich sah sie vor mir, und im nächsten Moment fiel mir etwas ein, das mich elektrisierte. »Lavinia und dieser komische Dirk waren zusammen im Café«, sagte ich unvermittelt in die Stille hinein.

»Was?« Mein Satz hatte Ellen aus ihrer Gedankenwelt gerissen.

»Dieser Dirk, der Typ, der vorhin bei dir aufgetaucht ist und einen auf verständnisvollen Freund gemacht hat, der war mit Lavinia im Café, als ich dort meinen Schal abgeholt habe. Wer ist der Kerl?« Ellen verschloss sich, ich konnte es an ihrem Gesicht ablesen. Aber damit kam sie jetzt nicht mehr durch. Mein Bauchgefühl sagte mir, das ich dranbleiben musste. »Ja, ich weiß, du wolltest nicht über ihn sprechen, aber du musst, Ellen. Wirklich. Oder findest du es nicht komisch, dass die beiden zusammen klüngeln? Komm, gib dir einen Ruck. Ich glaube, es ist an der Zeit, dein Schweigen zu beenden.«

»Dirk und Lukas warn Gschäftspartner. Er war en gute Freund der Familie. Mir ham oft zsamme gekocht und neue Rezepte ausprobiert, während der Lukas uns von seine hochtrabende Plän erzählt hat. Er war immer ein Träumer, mein Lukas. Und der Dirk hat ihn bewundert.«

Pause.

Aha. Damit stand der Typ doch direkt auf der Liste. Das hieß, Moment, da stand er doch sowieso. Ich klatschte mir die

Hand auf die Stirn. »Die Konkurrenz! Sein Name steht auf der Liste unserer möglichen Verdächtigen. Mensch, Ellen, wieso sagst du denn nichts? Wir hätten ihn gleich in die Mangel nehmen können.«

Aber Ellen winkte ab. »Es war scho Blödsinn, dass ich dir den Name überhaupt gsagt hab. Hätt ich eh ned, wenn du ned so gebohrt hättsch. Sie ham sich vor ned ganz einem Jahr getrennt. Und seither: Funkstille. Die ham nix mehr miteinander zu schaffe. Und deshalb isch er au ned verdächtig.«

Da will sich jemand aber flott aus der Affäre ziehen. Da steckt doch mehr dahinter.

Das sah ich genauso. »Und du findest es nicht komisch, dass ausgerechnet der ehemalige Geschäftspartner mit der Geliebten zusammen im Café sitzt? Woher kennen die sich denn? Wieso haben sich die Männer getrennt? Gab es Streit?« Meine Gedanken überschlugen sich. Was, wenn Lavinia ein falsches Spiel spielte? Was, wenn sie gar nicht wirklich die Geliebte von Lukas gewesen war, vielleicht nur so getan hatte? Hatte Dirk sie auf seinen Ex-Partner angesetzt? War sie am Ende gar nicht von Lukas schwanger, sondern von Dirk? Damit hätte sie dann vielleicht doch ein Mordmotiv gehabt.

»Es ging um Geld. Um viel Geld. Mehr weiß ich ned. Der Lukas hat nix erzählt. Aber er war stocksacknärrisch auf den Dirk.«

»Wir müssen da hin.« Ich hatte mich schon hochgeschwungen, schnappte nach Ellens Hand und zog sie ebenfalls in die Höhe. »Auf. Wir fahren zu Lavinia. Ich glaube, die Barbie ist uns noch ein paar Antworten schuldig.«

Als wir das Hotel verlassen wollten, stand Franziska immer noch an der Rezeption und versuchte Ordnung in ihr Buchungschaos zu bringen.

»Ihr wollt schon gehen? Ich dachte, wir könnten es uns später noch gemütlich machen. Vielleicht gemeinsam Abend essen, nachdem es mit der Massage ja leider nichts geworden ist.« Sie warf einen verzweifelten Blick auf ihren Bildschirm.

»Aber wenn ich das nicht hinkriege, dann hab ich wohl sowieso keinen Appetit, dann brauchen wir auch nicht gemeinsam essen. Ich würde euch nur mit meiner schlechten Laune den Abend verderben.«

»Was gibt es denn für Probleme? Können wir helfen?«

»Wenn ihr ein zusätzliches Zimmer herbeizaubern könnt, seid ihr herzlich eingeladen. Ansonsten kann mir wohl niemand helfen. Der Herr besteht auf seinem Recht, und ich weiß nicht, was ich mit ihm machen soll. Verärgerte Gäste sind nicht wirklich das, was ich mir wünsche.«

»Und wenn die Clarissa zu mir zieht?«, fragte Ellen unvermittelt. »Ich mein, ich hab doch Platz, und du hättsch des Zimmer, des dir fehlt.«

Franziska, die verzweifelt auf ihre Tastatur eingehackt hatte, hielt inne.

Ich überlegte kurz, aber wieso eigentlich nicht? »Von mir aus wäre das in Ordnung.«

»Mensch, Clarissa, Ellen, euch schickt der liebe Gott!« Sie kam um den Tresen herum und umarmte uns nacheinander. »Seid ihr sicher?«

Ellen und ich tauschten einen kurzen Blick aus, dann nickten wir synchron.

»Aber dann müsst ihr nachher wirklich zum Essen kommen. Versprochen?«

Auch das war kein Problem. Im Nu waren meine Sachen gepackt und in Paulines Kofferraum verstaut.

»Wir bringen den Kram später zu dir«, erklärte ich Ellen. »Erst einmal müssen wir zu Lavinia.« Wir fuhren ein paar Kilometer, dann kam ich auf Ellens merkwürdiges Verhalten zurück. »Sag mal, Ellen. Wieso wolltest du eigentlich nichts von diesem Dirk erzählen? Da steckt doch was dahinter.«

»Du gibsch kei Ruh, wenn du was willsch, oder?« Ellen schüttelte den Kopf. »Du dätsch fascht als Schwarzwälder Sturschädel durchgehe. Ehrlich.«

Ich grinste. »Na, dann ist ja gut, dann pass ich ja wohl hierher. Also?«

»Der hat was von mir wolle. Der Lukas hat ihn erwischt, wie er versucht hat, mich zu küsse.«

»Ellen, du Schlimme!«

»Wie, ich Schlimme? Ich hab nix gmacht. Der Kerl hat mich total überrumpelt. Und bevor ich mich wehre konnt, isch der Lukas scho ums Eck komme. Was glaubsch du denn?«

Ich lachte. »Was ich glaube? Na, dass du ein heißer Feger bist, was denn sonst?«

Ellen gab einen undefinierbaren Laut von sich.

Ich schaute zu ihr rüber und sah, dass sie rot geworden war. Süß. Auf jeden Fall war ich gespannt, was für Tiefen und Untiefen bei diesem Dirk noch zum Vorschein kommen würden. Er schien ein ziemliches Früchtchen zu sein.

Betreff: Frauenmantel-Schaummassage und Kräuterkäsespätzle
Datum: 08.05., 23.01 Uhr
Von: Clarissa <Clarisschen@netzwerk.de>
An: Sarah Brachtinger

Hey, hey, Sarah!

Süße, tut mir echt leid, dass ich mich erst jetzt melde. Aber immerhin piep ich zwischendurch ja immer per SMS durch, dass alles okay ist.

Also, Stand jetzt: Ich lebe noch, und ich wurde auch noch nicht verhaftet!

Du, ich kann dir sagen, hier ist so viel los, dass mir schon ganz schwindlig ist. Von wegen Schwarzwälder Ruhe und hier gehen die Uhren langsamer als anderswo. Wer erzählt nur so einen Mist?

Suchst du Action, dann geh in den Schwarzwald! Das wäre der passende Slogan für die Fremdenverkehrsvereine.

Also, jetzt aber mal der Reihe nach. Den letzten Bericht hast du gestern Abend ja am Telefon bekommen. Dann geht es hier mit heute weiter. Das reicht auch. Kaum zu glauben, was an Ereignissen alles in einen einzigen Tag passt.

Am Morgen begann es noch harmlos. Besuch bei Ellen, Telefonrecherche mit dem Ergebnis: Keiner der unzufriedenen Kunden oder Erben kommt als Mörder in Betracht. So weit, so schlecht. Dann tauchte ein Typ hier auf: Dirk Breitenberger. Auf den komm ich gleich zurück. Ellen hat ihn ziemlich schroff abserviert und ist danach mit mir zu einem Kräuterspaziergang aufgebrochen. Anmerkung: Ich muss dringend was für meine Kondition tun!

Danach hab ich mich versehentlich fast ans Kripo-Messer geliefert – nein, das willst du nicht wissen.

Oder besser. Nein, das will ich dir nicht erzählen, ich sage nur: Mein Mundwerk ist eindeutig zu lose, und Pascal treibt mich in den Wahnsinn!

Jedenfalls musste ich das wieder geraderücken und bin deshalb ins Hotel, wo – und jetzt kommts! Wo der Kommissar gerade Pascal in der Mangel hatte.

Ja, lach nur. Ich schreib die Wahrheit. Der Elefantenbulle hatte tatsächlich die Idee, mein Ex-Verlobter könnte in den Mord verwickelt sein. Was natürlich Schwachsinn ist, aber ich gebe zu, es war ganz nett, Pascal ein bisschen schwitzen zu sehen.

Nachdem ich die Ermittlungswogen etwas glätten konnte – das war nicht der rühmlichste meiner Auftritte –, gab es eine Schaummassage der Extraklasse! Mit einer Kräuterseife aus Ellens Produktion. Ich sage dir, diese Frau ist ein Genie!

Während der Nachruhe fiel mir plötzlich ein, dass ich diesen Dirk schon mal gesehen hatte – mit der Geliebten von Lukas. Ellen und ich also nichts wie hin, wir wollten die Kleine zur Rede stellen. Aber leider war sie nicht da, deshalb haben wir das auf morgen verschoben.

Wir werden gleich nach dem Frühstück noch mal hinfahren. Ist auch kein Problem, denn ich wohne jetzt bei Ellen. Im Hotel gab es ein Zimmerproblem, und weil Ellen Platz hat und die Hotelchefin in der Klemme steckte, haben wir das jetzt so arrangiert. Für mich ist es ganz nett, Ellens Gästezimmer ist hübsch, das Bett bequem – auch wenn ich vermutlich wieder ein paar Nächte brauche, bis ich mich warmgelegen habe – du kennst mich ja.

Heute habe ich das Rezept für Kräuterkäsespätzle für dich.

Die Schaummassage kommt auch als Empfehlung ins Buch, aber nicht zum Selbstmachen, sondern um sie vor Ort zu genießen. Deshalb kannst du das auch nicht ausprobieren – jetzt noch nicht, das machst du dann bei deinem ersten Schwarzwaldurlaub, falls ich wirklich hier sesshaft werde.

Das war es für den Moment. Die Einzelheiten erzähle ich dir lieber selbst, sonst könnt ich gleich einen Roman schreiben: Tod auf dem Titisee oder so ähnlich.

Küsschen
Clarissa <3

Kräuterkäsespätzle mit Wildkräutersalat (für zwei Personen)

Für den Spätzleteig:
250 g Weizenmehl
3 Eier
etwas Salz
etwas Muskat

Alle Zutaten in eine Schüssel geben und mit einem Holzlöffel gut durcharbeiten. Der Teig muss eine zähe, klebrige Konsistenz haben.

In einem großen Topf Wasser zum Kochen bringen, salzen und die Spätzle hineingeben.
Hierfür gibt es mehrere Möglichkeiten. Entweder man schabt den Teig, dafür braucht man ein Holzbrett, ein Messer und etwas Geschick.
Man kann den Teig aber auch in eine Spätzlepresse geben. (Deine liegt in der Schublade unter deinem Backofen!)
Eine dritte Variante wäre der Spätzlehobel, wobei das dann eher Knöpfle werden. Wenn man diese Variante wählt, muss man ein zusätzliches Ei oder etwas kaltes Wasser in den Teig geben, denn hierfür muss er flüssiger sein.

Die Spätzle müssen nur einmal aufkochen und werden dann mit einer Schaumkelle aus dem Wasser gehoben.

Die Fertigstellung:
Frische Kräuter nach Wahl, etwa eine Handvoll.
Ellen empfiehlt entweder Thymian (den etwas dezenter einsetzen) oder Sauerampfer und Schnittlauch (da kann man in die Vollen gehen und reichlich dazugeben).
Die Kräuter werden fein gehackt, der Käse, der dieses Gericht abrundet, wird gerieben.
Jetzt die Spätzle schichtweise mit geriebenem Bergkäse oder Emmentaler (die Käsemenge richtet sich nach dem persönlichen Geschmack) und den Kräutern in eine Auflaufform geben.

Normalerweise genügt die Hitze der aus dem kochenden Wasser gehobenen Nudeln. Sollte der Käse nicht ganz geschmolzen sein, kann man die Spätzle für ein paar Minuten in den heißen Backofen (180 °C) stellen.

Über die Kräuterkäsespätzle kommen geschmelzte Zwiebeln und ein paar der frischen Kräuter. Fertig.

Geschmelzte Zwiebeln:
Eine große Gemüsezwiebel schälen, halbieren und in Ringe schneiden. In etwas Öl goldbraun andünsten. Etwas salzen. Fertig.

Für den Wildkräutersalat kann man nehmen, was Natur und Wiese (oder im Notfall der Feinkosthändler) so hergeben. Aber Achtung! Das ist so ähnlich wie bei den Eskimos. Die lernen auch als Erstes: *Don't eat yellow snow!*
Beim Kräutersammeln sollte man tunlichst darauf achten, nicht gerade die Hundewiese als Sammelort zu wählen.

Ellens Salat bestand aus Löwenzahn, Rauke, Gänseblümchen, Sauerampfer, Borretsch, Schnittlauch und einem Hauch Zitronenmelisse.

VIERZEHN

9. Mai

»Ja doch, jaa, ich komm ja scho!« Ellen rannte die Treppe hinunter und hechtete an die Haustür, wo es Sturm klingelte. Vor der Tür blieb sie kurz stehen und knöpfte ihre Jeans noch zu, der frühe Besucher hatte uns etwas überrumpelt. Ein kurzes Durchwuscheln durch die Haare, dann öffnete sie. Der Gruß blieb ihr allerdings im Hals stecken, sie öffnete nur ihren Mund, ohne dass ein Ton rauskam.

Ich war gerade aus dem Bad gekommen und auf dem Weg in die Küche, um einen Kaffee zu kochen, und erkannte den Grund für ihre Reaktion sofort. Rüsselchen.

Ein Bulle am Morgen bringt ganz sicher Sorgen.

Ob die neue Reimlust von Stimmchen an der Schwarzwaldluft lag?

Oder: Ein Bulle am Morgen bringt Frauen zum Morden.

Ha! Das schon eher. So wie Blümchen-Hübchen mir auf die Nerven ging, könnte ich schon die eine oder andere Mordphantasie entwickeln. Ich nahm zwei Stufen und behielt den Eingang im Auge.

»Guten Morgen, Frau Schropf. Darf ich reinkommen?« Schon stand Hübchen im Flur und riss erstaunt die Augen auf, als er mich auf der Treppe sah.

»Guten Morgen, Herr Kommissar«, grüßte ich höflich, nahm die letzten Stufen und streckte ihm die Hand hin. »Sie sind aber früh dran.«

»Äh.« Er packte meine Hand und wirkte eindeutig verwirrt. »Wohnen Sie hier?«

Fragt er das deine Brüste oder dich?

Rüsselchens Blick saugte sich gerade wieder an meiner Oberweite fest. Ich zog die Seitenteile meiner Strickjacke demonstrativ enger.

Statt ihm zu antworten, schlängelte ich mich an ihm vorbei und ging Richtung Küche. »Kaffee? Ich wollte gerade einen kochen. Vor der ersten Tasse bin ich einfach nicht sehr kommunikativ. Sie verstehen?«

»Äh.«

Dein Elefantentierchen scheint auch noch Wortfindungsstörungen zu haben.

Ich musste lachen. Ja, er klang wirklich nicht sehr geistreich.

Inzwischen waren Hübchen und auch Ellen hinter mir hergekommen.

»Setze Se sich. Der Kaffee kommt glei«, kommandierte Ellen den unerwarteten – und durchaus nicht sehr willkommenen – Besucher zum Esstisch.

Rüsselchen hatte sich inzwischen von seinem Schock erholt und seine arrogante Miene wieder aufgesetzt. »Gar nicht schlecht, dass ich Sie gerade beide hier habe. Wo waren Sie vor etwa einer halben Stunde?«

»Mir?« Ellen schaute sehr verdutzt aus der Wäsche.

»Wieso? Haben Sie einen neuen Toten und brauchen ein paar Verdächtige?« Mist. Meine Zunge war eindeutig wacher als mein Verstand.

Nicht den Kommissar ärgern! Hörst du wohl? Umbringen von mir aus, aber NICHT ärgern!

Ich erntete auch prompt einen strengen Blick. »Und? Wo?«, wollte er wissen.

»Na hier«, antwortete ich. »Um genau zu sein: Ellen stand unter der Dusche, und ich habe gewartet, bis sie fertig war, um dann ebenfalls drunterzusteigen.«

Das hast du fein gesagt. Jetzt weiß er auch gleich, dass Ellen und du kein Pärchen seid.

Wieso? Dürfen Pärchen etwa nicht getrennt duschen?

Nicht, wenn sie frisch verliebt sind, konterte Stimmchen.

Da war was dran. Aber da dieser gesamte Gedankengang ohnehin komplett unsinnig war, kümmerte ich mich lieber um die Tassen und stellte sie voller Vorfreude neben die blubbernde Kaffeemaschine. Gleich war es so weit.

Koffein am Morgen vertreibt alle Sorgen.

Ach du je, jetzt war Stimmchen wohl endgültig unter die

Dichter gegangen. Drei Reime vor dem ersten Schluck Kaffee, das musste echte Leidenschaft sein. Im wahrsten Sinne des Wortes: Es schaffte Leiden, denn es machte mir Kopfschmerzen.

»Gibt es Zeugen? Ich meine, natürlich bestätigen Sie sich gegenseitig, aber gibt es sonst jemanden? Ein Nachbar, der Sie gesehen haben könnte?«

»Wo? Unter der Dusche?« Ich konnte mir ein kurzes Feixen nicht verkneifen.

Ja, ja, ich weiß: Nicht den Kommissar ärgern. Aber dann soll er aufhören, so bescheuerte Fragen zu stellen!

»Was isch denn überhaupt los? Wieso wolle Sie des wisse?«

Super, Ellen. Sie ließ sich nicht durch Blödsinnigkeit ablenken, sondern kam auf den Punkt.

»Was sagt Ihnen der Name Dirk Breitenberger?«

»Der Schnösel? Wieso? Hat er sich den Hals gebrochen, nachdem er gegangen ist?« Ups. Verflixt. Jetzt war aber gut! Hastig zog ich die Glaskanne unter dem Filter weg und schenkte Kaffee ein. Es zischte und brodelte, als die letzten Tropfen auf die Heizplatte trafen, aber das war mir jetzt egal. Ich konnte nicht mehr warten. Offensichtlich war ich nicht zurechnungsfähig!

»Weggegangen?« Die Reaktion kam prompt, und am liebsten hätte ich mir selbst vors Schienbein getreten für meine Dummheit. »Das ist interessant. Ich stelle also fest: Sie kannten den Herrn.«

Ich hob abwehrend eine Hand und schüttelte den Kopf, während ich gleichzeitig versuchte, den ersten Schluck des heißen schwarzen Goldes zu nehmen. Der Unfall war vorprogrammiert, hätte ich nicht so neben mir gestanden, wär mir klar gewesen, dass es so nicht funktionieren konnte. »Autsch!« Hastig stellte ich den Becher ab und leckte über meine Hand. Dann putzte ich die kleine Pfütze von der Arbeitsfläche und platzierte die Tassen auf dem Tisch – eine vor Ellen, eine vor Hübchen. Dann erst setzte ich mich in aller Seelenruhe zu den beiden.

Wenn du es eilig hast, dann gehe langsam, sagten schon Konfuzius, Buddha oder der Papst. So genau wusste ich das gerade nicht, war aber auch egal. Entschleunigung war mein Zauberwort.

Ich gab einen Schluck Milch in meinen Kaffee, rührte um, nahm den Becher mit beiden Händen und konzentrierte mich voller Hingabe auf diesen Moment. Das Aroma stieg in meine Nase und löste wohliges Kribbeln aus. Meine Lebensgeister streckten sich und gähnten. Meine Lippen legten sich um den Porzellanrand. Ganz genüsslich und in aller Ruhe nahm ich einen Schluck, spürte nach, wie er meine Speiseröhre durchfloss und sich warm und stark in meinem Bauch ausbreitete. Nach dem zweiten Schluck öffnete ich meine Augen, die ich zwecks Erhöhung meines Genusses geschlossen hatte, und atmete durch.

»So. Jetzt fangen wir doch einfach noch mal in aller Ruhe an. Ich hatte Ihnen ja gesagt, dass ich vor dem ersten Kaffee nicht zurechnungsfähig bin. Also. Dirk Breitenberger war gestern kurz hier, um Ellen sein Beileid auszusprechen. Ich kannte ihn nicht und habe ihn auch gestern nicht wirklich kennengelernt.«

Hübchen machte wieder seine obligatorischen Notizen. Dann schaute er auffordernd zu Ellen.

Die zuckte die Schultern. »Ich kenn den Dirk natürlich. Aber des wisse Sie doch sowieso längscht. Der war doch der Gschäftspartner von meinem Lukas. Und außerdem isch der Ort ned so groß, die Einheimische kenne sich halt.«

»Auf Dirk Breitenberger wurde heute Morgen ein Attentat verübt. Wie es aussieht, ein Mordanschlag. Jemand hat versucht, den Herrn eiskalt über den Haufen zu fahren. Und meine Damen, ich rede nicht lange drum rum, Sie stehen auf meiner Liste möglicher Täter ganz oben.«

Ich schnappte nach Luft. »Hören Sie mir eigentlich überhaupt zu? Ich sagte doch: Ich kenne den Mann nicht!«

Hübchen grinste und nickte. »Ich höre sehr wohl, was Sie sagen, Frau Kleinschmidt. Aber ich sehe eben auch, was Sie tun. Und finden Sie es nicht merkwürdig, dass immer, wenn es einem Mann an den Kragen geht, Sie irgendwie in der vordersten Reihe stehen? Wie ich schon einmal erwähnte: Ich glaube nicht an Zufälle. Und meine Ermittlernase riecht es eindeutig: Hier stinkt etwas ganz gewaltig. Eines verspreche ich Ihnen, ich werde diesen Fall aufklären, ebenso wie den Mord an Lukas Schropf. Und dann wird sich ja zeigen, ob Sie wirklich so unschuldig sind, wie Sie tun.« Er überlegte, schien seinen Vortrag noch fortsetzen zu wollen, doch das Klingeln seines Handys erlöste uns.

Der hat dir aber gut eingeschenkt. Da bist du baff, was?

Baff? Nein, ich war nicht baff, ich war fassungslos.

Der hat doch nicht alle Latten am Zaun! Während er unschuldige Frauen in die Zange nimmt, lacht sich da draußen ein Mörder ins Fäustchen.

»Und er ist sich absolut sicher? Keine Verwirrung aufgrund einer Gehirnerschütterung oder eines Schocks?« Hübchen trommelte mit seinen Fingern auf den Tisch, während er den Ausführungen des Anrufers lauschte. »Gut. Wir treffen uns dort.« Er steckte sein Handy weg und erhob sich. »Wie es aussieht, haben wir die Verbindung zu Ihnen aufgedeckt. Der Geschädigte ist aufgewacht und hat den Fahrer des Wagens identifiziert. Es war Pascal Kissbrauch. Die Kollegen sind bereits vor Ort, Sie können sich eine Warnung also sparen, für eine Flucht ist es zu spät. Und eines verspreche ich Ihnen, wenn das Vögelchen erst einmal singt, dann wird es ganz sicher auch Ihren Namen pfeifen, sollten Sie, in welcher Form auch immer, Ihre Finger in diesem dreckigen Spiel haben.« Er ging bis zur Küchentür und drehte sich noch mal um: »Ich finde allein raus, schönen Tag, die Damen.«

Wie bitte? Erst riss er hier die Erde auf und ließ uns einen Blick ins Höllenfeuer werfen, und dann verschwand er einfach so – zack – ohne Erklärung, ohne Entschuldigung? Ich starrte ihm fassungslos hinterher.

Für mich klang das eher wie eine Drohung, fiepte Stimmchen.

Ellen schüttelte den Kopf. »Der lauft au ganz schö nebe der

Schpur, der Kerle.« Dann erhob sie sich und fing an, Frühstück zu machen.

»Und gleich fahren wir zu Lavinia«, sagte ich, während ich ein Holundergeleebrot kaute. »Ich weiß nicht, was das für eine Geschichte ist mit dem Mordanschlag und Pascal, aber ganz sicher weiß ich, dass es Quatsch ist. Der Hübchen verrennt sich. Ich kenne diesen Dirk nicht, und Pascal kennt ihn noch weniger. Da versucht jemand ein ganz gemeines Spiel zu spielen.«

»Ein Mord und ein versuchter Mord, innerhalb von eh paar Tag. Und beide waren Immobilienmakler. Und beide ham die Lavinia gekannt. Scho en merkwürdige Zufall, wenn de mich fragsch.«

»Eben. Und wie sagt Hübchen: Es gibt keine Zufälle.«

Eine halbe Stunde später klingelten wir an Lavinias Tür. Sie öffnete prompt und schaute uns erstaunt an. »Ihr? Gibt es was Neues? Haben sie den Mörder geschnappt?«

»Wohl eher: Der Mörder hat wieder zugeschlagen. Guten Morgen, Lavinia. Dürfen wir reinkommen?«

»Morge«, nuschelte Ellen neben mir.

»Ja, aber klar. Kommt rein. Und dann erklär mir bitte, was das für ein Spruch sein soll: Der Mörder hat wieder zugeschlagen? Willst du mir sagen, hier geht ein Serienkiller um? Sind wir in Gefahr?« Unwillkürlich schnellte ihr Blick von links nach rechts, und sie duckte sich etwas, als wolle sie in Deckung gehen.

Erbärmliches Schauspiel, meine Liebe. »Wenn du kein Immobilienmakler bist, bist du wohl nicht in Gefahr. Warst du heute schon draußen?«

Lavinia war vorausgegangen in ihr Puppenwohnzimmer. Sie goss uns ganz selbstverständlich Kaffee ein und stellte auch Wasser und Gläser auf den Tisch.

»Wie?« Meine Frage schien sie zu verwirren. Sie überlegte kurz. Dann nickte sie. »Ja, vor etwa einer Stunde. Brötchen holen.«

»Zu Fuß?«

»Nein, mit dem Auto. Ich fahr immer nach Titisee rein, dort gibt es den besten Bäcker.«

»Und dabei ist dir nicht zufällig – ganz versehentlich natürlich – ein Makler vors Auto gehüpft?«

»Sag mal?« Lavinia starrte mich mit weit aufgerissenen Augen an. »Was sind das denn für Fragen?« Dann stockte sie. »Moment, da war ein Unfall. Ich musste einen Umweg fahren, weil die Straße gesperrt war. Aber was soll das bedeuten? Was hat das mit mir zu tun?«

»Woher kennst du Dirk Breitenberger?«

Ellen, die bis hierhin nur schweigend dagesessen hatte, mischte sich jetzt auch ein. »Und was hasch mit dem zu schaffe? Wieso sitsch du mit so einem im Café?«

Lavinia lachte, es klang etwas unsicher. »Sagt mal, beschattet ihr mich etwa? Woher wisst ihr –«

Aber ich würgte sie ab. Das hatte ich mir bei Hübchen abgeguckt. Keine Gegenfragen zulassen! »Lenk jetzt nicht ab. Woher kennst du Dirk Breitenberger?«

Lavinia streichelte sich gedankenverloren über ihren Bauch, was Ellen sichtlich irritierte. Sie schaute sehr interessiert auf den Ständer mit den Zeitschriften und schien die Titelseiten zu studieren.

»Eigentlich kenn ich den gar nicht. Lukas und ich haben ihn einmal getroffen, als wir essen waren. Das war ganz merkwürdig. Die Männer waren sich nicht besonders grün. Ich glaube, er hat sogar indirekt damit gedroht, Ellen von uns zu erzählen. Und dann, nachdem Lukas tot war, hat er sich plötzlich bei mir gemeldet – ich weiß gar nicht, woher der meine Nummer hatte – und hat mich auf einen Kaffee eingeladen. Und weil ich so durcheinander war und Dirk echt nett, bin ich eben mit ihm ins Café Heck.«

Sehr eigenartig. Ich versuchte, Lavinia zu durchleuchten, zu lesen, was hinter ihrer Stirn vorging, aber so ganz schlau wurde ich nicht aus ihr. Sie war so eine Mischung aus naiv und verrucht. Aber wieso sollte sie reihenweise Männer abmurksen? »Wollte er was von dir? Ich meine, hat er versucht, dich anzubaggern?«

»Nein. Das nicht. Er hat gesagt, er wolle mein Freund sein, er wollte mir beistehen, weil ich doch jetzt ohne Vater für das Kind auskommen muss. Er hatte das mit der Schwangerschaft mitbekommen, damals, als Lukas und ich ihn im Restaurant getroffen haben.«

Von wegen, Freund. Ganz schön dreist, das schmierige Bürschchen, was?

Aber wieso sollte ein Mann sich auf eine schwangere Frau stürzen? Normalerweise war es doch eher andersrum. Die Typen nahmen Reißaus, wenn es an die Verantwortung ging. An der Geschichte stimmte was nicht. Und überhaupt: Wo war das Mordmotiv? Und wie hing Pascal in der Nummer drin? Wieso behauptete dieser Dirk, er hätte ihn gesehen?

Vielleicht hat Dirk sie in sein Testament aufgenommen? Und sie hat sich an Pascal rangeschmissen, damit der ihn umnietet.

Stimmchen hatte eindeutig zu viel Phantasie. Wieso sollte Dirk das tun? Und wieso Pascal? Lavinia und er kannten sich nicht. Oder doch?

»Und er hat nicht versucht, sich an dich ranzumachen?« Lavinia verneinte. »Und das kam dir nicht komisch vor? Ein fremder Mann, der sich um eine schwangere Frau kümmern will? Über was habt ihr gesprochen?«

»Also jetzt, wo du danach fragst. Ein bisschen komisch war er schon drauf. Er hat andauernd von Lukas geredet. Von den Geschäften. Er hat mich gefragt, ob ich auch manchmal bei Besichtigungen dabei gewesen wäre. Ob ich die Termine kannte. Ob Lukas Unterlagen bei mir gelassen hätte. Es ging eigentlich mehr ums Geschäft als um mich.«

»Und?«

»Nichts und. Ich hatte mit seinem Geschäft doch nichts zu schaffen. Und das habe ich diesem Dirk gesagt. Und dass ich ihm nicht weiterhelfen kann. Nur das eine Großprojekt hab ich mal kurz erwähnt, aber da ging es ja weniger ums Maklern. Lukas wollte mit Geschäftspartnern zusammen was ganz Besonderes aufziehen. Viel wusste ich nicht davon, das hab ich dem Dirk dann auch gesagt.«

»Hat er dir geglaubt?«

»Wieso denn nicht? Das ist doch die Wahrheit. Nach unserem Treffen hat er sich auch nicht mehr –«

»Jesses Maria und Josef! Die Bilder!« Ellen hatte sich von den Titelseiten losgerissen und beide Hände vors Gesicht geschlagen.

Was war denn jetzt wieder los? Was für Bilder? »Ellen?«

»Lavinia hat grad erzählt, dass der Dirk mir was sage wollt. Und ich hab vor e paar Monat Bilder im Briefkaschte gfunde. Von Lukas und …« Der Blick, den sie Lavinia zuschoss, sagte alles.

»Du hast einen anonymen Hinweis bekommen?«

Ellen nickte. Sie knetete verzweifelt ihre Finger. »Wenn der Kommissar des rauskriegt, dann nimmt er mich hops. Dann isch alles vorbei.«

»Das war ich«, kam es leise von gegenüber.

Ellen zuckte zusammen. »Was?«

»Ich. Ich habe die Fotos machen lassen. Und ich habe die Bilder bei dir in den Briefkasten gesteckt. Ich wollte, dass Lukas endlich reinen Tisch macht. Ich hab gedacht, dass er, wenn ich ihn vor vollendete Tatsachen stelle, den nächsten Schritt macht. Sich endlich zu mir bekennt.«

»Er hat mir versproche, dass Schluss isch. Damals. Er hat gsagt, des sei nur eine Affäre gwesen, nicht von Bedeutung. Der Feigling!«

»Und ich war so enttäuscht. Aber der Lukas hat mir erzählt, du würdest dich umbringen, wenn er sich trennt. Er hat sogar geweint und mich um Geduld gebeten. Ganz fest hat er mich in den Arm genommen und mir gesagt, dass er nur mich liebt, aber halt auch die Verantwortung für dich hat. Und dass es noch ein bisschen Zeit bräuchte, bis du ihn gehen lässt. Und ich hab ihm geglaubt. Oder besser: Ich wollt ihm glauben, sonst hätte ich mich ja trennen müssen, und das konnt ich nicht. Ich konnt einfach nicht.«

Na prima. Da hatte es ja wirklich ein nettes Früchtchen erwischt. Aber so wie die Frauen hier saßen und von der großen Liebe erzählten, war es keine von beiden. Da war ich sicherer denn je.

Ja, ja, du bist sicher. Nur fürs Protokoll: Ich bin mir da nicht so sicher.

Betreff: Sauerbraten mit Klößen
Datum: 09.05., 13.58 Uhr
Von: Clarissa <Clarisschen@netzwerk.de>
An: Sarah Brachtinger

Hey, hey, Sarah!

Du, stell dir vor, ich sitze gerade mit Ellen hier in Lavinias Wohnung. Wenn das der Kommissar wüsste: Drei Mordverdächtige schmieden gefährliche Pläne.

Und es kommt noch besser! Also nein. Ich wollte natürlich schreiben: Es kommt noch schlimmer! Heute Morgen hat jemand versucht, den ehemaligen Geschäftspartner von Lukas umzubringen. Er wurde auf offener Straße einfach umgefahren.

Aber er hatte Glück, er lebt.

Prompt stand der Hübchen auf der Matte und wollte uns das anhängen. Ich glaube, er war kurz davor, uns zu verhaften, da kam ein rettender Anruf.

Dirk behauptet zu wissen, wer es war. Halt dich fest: Er beschuldigt Pascal!

Aber das ist natürlich totaler Quatsch. Pascal kennt ihn nicht mal - es sei denn, er hat mich beschattet, was ich natürlich nicht ausschließen kann.

Aber ich glaube eher, dieser Dirk lügt. Allerdings habe ich keine Ahnung, wieso.

Er hat sich nach dem Tod von Lukas an Lavinia rangemacht. Und bei Ellen ist er auch aufgetaucht und hat einen auf hilfsbereiten Freund gemimt. In meiner letzten Mail hab ich ihn kurz erwähnt und dann ganz vergessen, noch mal darauf zurückzukommen. Irgendetwas stimmt mit dem Kerl nicht.

Wir werden ihn nachher besuchen. Lavinia hat im Krankenhaus angerufen, da hieß es, wir könnten um drei kommen, vorher sei er noch beim Röntgen und bei anderen Untersuchungen.

Und deshalb sitzen wir jetzt hier, und es ist eine etwas eigenartige Situation. Ehefrau und Geliebte im Mordverdacht verbündet.

Mit unseren Mutmaßungen und Lösungsansätzen kommen wir nicht richtig weiter. Wir müssen abwarten, was Dirk nachher zu sagen hat.

Aber was soll man sonst miteinander sprechen? Ich hab schon von meiner Arbeit erzählt, von den Talkshows und Recherchereisen. Aber so richtig interessant ist das nicht, wenn man die Handschellen im Hintergrund klicken hört. Deshalb hab ich mir gedacht, ich überbrücke die Zeit, indem ich Ellen eins ihrer Rezepte entlocke und direkt an dich schicke. Damit sind wir beide beschäftigt (und du später auch). Lavinia war so lieb, mir ihr Notebook zur Verfügung zu stellen. Sie hat sich ins Bad verzogen und will noch duschen, bevor wir gleich ins Krankenhaus fahren (ich würde ja eher hinterher duschen, um mir die Krankheiten wieder abzuwaschen).

Also, Süße, halt die Ohren steif und drück mir die Daumen, dass wir diesen Sturm bald überstanden haben!

Küsschen
Clarissa <3

Sauerbraten mit Klößen (für vier Personen)
Für den Sauerbraten:
1 kg Rinderbraten
2 l Rotwein
200 ml Rotweinessig
4 Lorbeerblätter
4 Pimentkörner
6 Pfefferkörner

2 Nelken
3 Wacholderbeeren
1 Stück Sellerie (etwa so viel wie die Karotten)
2 Karotten
1 Gemüsezwiebel
3 Knoblauchzehen
1 Stück Ingwer (etwa so viel wie die Knoblauchzehen)

Das Fleisch in eine Schüssel legen, Sellerie, Karotten, Zwiebel, Knoblauch und Ingwer grob zerkleinern und um das Fleisch herum verteilen.
Rotwein, Essig und alle Gewürze erhitzen, einmal kurz aufkochen lassen und heiß über das Fleisch gießen. Das eingelegte Fleisch nach dem Abkühlen des Suds zugedeckt in den Kühlschrank stellen und drei bis vier Tage ziehen lassen.

Das marinierte Fleisch aus dem Sud nehmen, trocken tupfen und in Fett rundherum anbraten. Mit etwas Marinade ablöschen und etwa eine Stunde schmoren lassen. Die eingelegten Gewürze und Gemüse können mitgeschmort werden, das gibt eine gute Soße.
Während der ganzen Zeit immer wieder etwas Sud nachgießen. Nach einer Stunde die restliche Marinade in den Topf geben und darin das Fleisch noch leise köcheln lassen, bis es butterzart ist. Dann das Fleisch rausnehmen, die Soße passieren und mit etwas Stärke leicht abziehen. Hierfür einfach zwei bis drei Löffel Kartoffelstärke in kaltem Wasser anrühren und schlückchenweise in die Soße geben, bis die gewünschte Bindung erreicht ist.
Mit Salz, Paprika und Pfeffer abschmecken.

Für die Klöße:
500 g Kartoffeln (mehlig kochend)
80 g Stärke
1 Ei

50 g Butter
Salz
Muskat

Die Kartoffeln schälen, klein schneiden und in Salzwasser weich kochen. Das Wasser abschütten und die Kartoffeln kurz ausdämpfen lassen. Dann durch eine Presse drücken.
Die restlichen Zutaten unter die etwas abgekühlte Kartoffelmasse arbeiten, mit Salz und Muskat würzen.
Mit feuchten Händen Klöße formen.
Um sicherzugehen, sollte man einen Probekloß in siedendem Wasser garen. Bleibt er zusammen, können die anderen Klöße zubereitet werden. Zerfällt er, muss man noch etwas mehr Stärke in den Teig einarbeiten.
Die Klöße müssen je nach Größe 15 bis 20 Minuten im siedenden Wasser ziehen.

Tipp:
Wenn die Klöße an der Oberfläche schwimmen, heißt das nicht zwangsläufig auch, dass sie gar sind. Darauf sollte man sich nicht verlassen.

FÜNFZEHN

»Freundlich sein, vergesst das nicht!« Mit einem letzten mahnenden Blick zu Ellen und Lavinia ließ ich meinen Fingerknöchel gegen die Tür tocken.

Ich hielt den Atem an und lauschte. War das ein »Herein«? Oder nur ein Huster? War es überhaupt irgendwas oder nur eine akustische Täuschung? Immer das Gleiche. An Krankenhaustüren wusste ich nie, wie ich mich verhalten sollte. Was, wenn der Patient gerade schlief? Oder gar nicht im Zimmer war? Laut Auskunft der Schwester sollten die Untersuchungen zwar um fünfzehn Uhr abgeschlossen sein, und jetzt war schon kurz vor vier, aber so genau konnte man das doch nie vorhersagen. Ein Notfall, und schon war der ganze Ablaufplan im Eimer. So ein Kliniktag ließ sich normalerweise nicht planen – das war ein Grund, wieso ich mit meinem zweiten Freund, dem Klaus, Schluss gemacht hatte. Die chaotischen Arbeitseinsätze hatten mir den letzten Nerv geraubt. Klaus war Arzt im Praktikum gewesen, damals vor etwa zehn Jahren. Dazu kamen seine diversen Ticks. Ich schüttelte den Kopf, um den kurzen Flashback zu stoppen. Das war doch wirklich vorbei und vergessen. Es musste an der Krankenhausluft liegen, dass ich überhaupt an ihn dachte.

Wärst du mal bei dem geblieben. Dann hättest du jetzt nicht den Pascal an der Backe.

Und vermutlich säße ich als braves Arztfrauchen zu Hause und würde mich voller Hingabe um unsere drei Kinder und diverse Charity-Projekte kümmern. Nein danke, dann doch lieber so, wie es ist. Etwas ruhiger und weniger chaotisch dürfte es zwar sein, aber grundsätzlich war ich mit der Entwicklung meines Lebens durchaus zufrieden. Und für Mann und Kinder blieb immer noch Zeit. Die hatte ich erst ab achtunddreißig eingeplant, falls ich mich bis dahin von der Pascal-Sache erholt hatte, vorher wollte ich ohnehin noch diverse Buchbabys auf den Weg bringen.

Ich klopfte noch mal. Wieder keine Reaktion. Okay, dann eben die direkte Tour. Ich drückte die Klinke runter –

Denk jetzt nicht dran, wie viele Keime an so einer Klinke hängen! Denk ja nicht dran!

Stimmchen ließ mich kurz zurückschrecken, aber jetzt war es sowieso schon zu spät.

Danke, Stimmchen, ohne dich hätte ich da wirklich nicht dran gedacht!

Gern geschehen. Man weiß ja, was in Krankenhäusern so abgeht. Ich sage nur MRSA. Wer gesund bleiben will, sollte sich von Krankenhäusern fernhalten.

Stimmchen und ich hatten eindeutig zu viele Krankenhausreportagen gesehen. Die waren ab sofort gestrichen.

»Herr Breitenberger?«, flüsterte ich in den stillen Raum hinein. Ich hatte die Tür einen großen Spaltbreit geöffnet. Das Erste, was ich sah, war ein in die Luft gestrecktes Gipsbein. Es hing in einer Art wattierter Schlaufe.

Von hinten drückte Ellen mir ihre Hand in den Rücken und schob mich in das Zimmer hinein.

Dirk Breitenberger lag da wie ein Schluck Milch in der Kurve. Ein stellenweise sehr bunter Schluck Milch allerdings, besonders um das rechte Auge herum.

»Grüß dich, Dirk. Mir ham dacht, mir schaun mal, was mit dir los isch.« Ellen klang resolut. Sie bemühte sich um einen freundlichen Ton, aber mich fröstelte dennoch. Es schwang deutlich mit, dass sie den Herrn nicht sonderlich schätzte.

Endlich machte er die Augen auf, also eher eineinhalb Augen, und schaute etwas verwirrt auf uns drei Grazien, die an seinem Bett herumstanden. »Hallo. D-das ist a-aber eine Überraschung.« Es war nicht ganz klar, ob er vor Freude oder vor Schreck stotterte. Sein Blick huschte an mir vorbei zu Lavinia, zu Ellen und wieder zurück zu Lavinia. »I-ihr kennt euch?« Vor Überraschung versuchte er, sich etwas aufzurichten, was allerdings zu sofortigem lautstarkem Stöhnen und dem unmittelbaren Abbruch des Versuchs führte. Dirk Breitenberger biss die Zähne zusammen. Ich beobachtete, wie sich Schweißtropfen auf seiner Stirn sammelten, zwei, fünf, acht. Seine Gesichtsfarbe war von Milch zu Molke gewechselt.

»Sollen wir eine Schwester rufen?« Nicht dass der Kerl während unseres Besuchs den Löffel abgab. Dann hätten wir endgültig bei Hübchen verloren. Er würde uns nie glauben, dass wir nicht die Finger im Spiel hatten. Und wir waren weder so schön noch so abgrundtief hässlich, dass sich ein Abdanken allein durch unseren Anblick irgendwie erklären lassen würde.

Dann drück ich mal die Daumen, dass den Typen jetzt nicht der Schlag trifft.

»Hat es dich sehr erwischt?« Lavinia musterte ihn ebenfalls besorgt, so wie sie schaute, schien sie ähnliche Gedanken zu haben wie ich.

Es dauerte ein paar Sekunden, bis Dirk sich wieder gesammelt hatte. Vermutlich half ihm das stetige Tropfen aus der Infusionsflasche dabei, mit dem Schmerz fertigzuwerden. Ich studierte das Schild, das in Augenhöhe vor meinem Gesicht baumelte. Wenn mein bisschen Wissen das richtig zusammenbrachte, waren in dem Cocktail ordentlich heftige Schmerzmittel. Der Kerl musste bis in die Haarspitzen high sein.

Er redete weiter: »Ach, Unkraut vergeht nicht so schnell, das weiß man ja. Ein gebrochenes Bein, drei gebrochene Rippen und ein ordentliches Veilchen. Nichts, was etwas Zeit und gute Pflege nicht wieder heilen könnten.«

Mit dem ordentlichen Veilchen hatte er allerdings nicht übertrieben. Sein rechtes Auge war fast komplett zugeschwollen, und der Riss, der sich über seine Wange zog, würde als Schmiss durchgehen. Damit konnte er demnächst angeben.

»Sag mal, und dich hat einfach jemand übern Haufe gfahre?« Ellen wollte anscheinend nicht viel Zeit mit Small Talk vertrödeln. »Und du hasch den Kerl gsehe, der in dem Auto gsesse isch?«

Die Schweißperlen bekamen Nachschub. Dirks Blick hechtete zu mir, dann zu der Aufhängung, die sein Bein hielt. »Wieso fragst du? Ich hab das alles der Polizei gesagt. Die macht schon ihre Arbeit.«

Aha. Da hatte jemand keine Lust, mit uns zu reden.

Aber Ellen ließ sich nicht in Bockshorn jagen. Sie wechselte ganz geschmeidig das Thema. »Sag mal, wieso wolltscht du eigentlich unbedingt der Lavinia in ihrer Situation helfe? Und bei mir hasch's au versucht. Des hasch doch bstimmt ned gmacht, weil du so ein guter Mensch bisch, oder?«

»Was soll die Fragerei, Ellen? Ist das dein Dank? Da will man helfen, und dann wird man ins Kreuzverhör genommen? Falls es dir entgangen sein sollte: Auf mich wurde ein hinterhältiger Anschlag verübt. Ich fürchte um mein Leben!«

Mann oder Memme?

Er spielte seine Empörung ziemlich gut, aber sein flackernder Blick und die Schweißperlen, die inzwischen über seine Schläfe Richtung Ohr rannen, sprachen eine andere Sprache. Ich sah blanke Panik in seinen Augen. Aber erst, seit das Gespräch so eine für ihn offensichtlich unangenehme Wendung genommen hatte. Die Angst um sein Leben nahm ich ihm nicht ab, dazu hatte er es zu theatralisch hervorgebracht.

Wie würdest du es denn sagen?

Ich versuchte, mich in die Situation hineinzufühlen, aber wirklich weiter brachte mich das nicht. Trotzdem blieb ich dabei: Das, was Dirk da abzog, war Theater. »Könnte es nicht ein Unfall gewesen sein? Ich meine, Sie stehen sicher unter Schock. Da verzerren sich die Eindrücke schon mal. Wie ist es denn genau passiert?«

Dirks gesundes Auge verschmälerte sich, er schoss einen wütenden Blick auf mich ab. »Es war kein Unfall. Alles andere hab ich der Polizei gesagt. Die kümmert sich schon um das Nötige.«

Würde man nicht über die Ereignisse reden wollen, wenn man so etwas erlebt hatte? Oder verdrängte er es, weil er wirklich unter Schock stand?

»Du hast schon arg nach dem Lukas seinen Geschäften

gefragt. Das kam mir auch komisch vor«, mischte sich jetzt Lavinia ein und gab dem Gespräch einen neuen Impuls.

»Ich hab mir nur Sorgen gemacht. Seine Kunden hängen jetzt in der Luft. Die können doch nichts dafür, dass Lukas gestorben ist. Immerhin geht es da für einige um die Existenz, so eine Immobilie kauft man sich ja nicht gerade aus der Portokasse. Ich wollt nur helfen.«

»En Gutmensch? Und des solle mer glaube? Was gibt's denn so Interessantes in dem Lukas seiner Kartei, dass du so hinterher bisch?«

»Und mich würde interessieren, woher Sie Pascal überhaupt kennen«, setzte ich obendrauf.

Jetzt haben sie dich, Freundchen. Du bist umzingelt!

Dirks Hände krampften sich in seine Decke. Er atmete keuchend. »Es geht mir nicht gut. Ich habe Schmerzen. Ich glaube, das ist zu viel. Ich muss schlafen.« Gesagt, getan. Er machte seine Augen zu und reagierte einfach nicht mehr auf uns.

Wir versuchten es noch mit ein paar Fragen, ohne Erfolg. Der Fisch war durch die Maschen des Netzes geschlüpft.

Irgendwann kam die Schwester ins Zimmer. »Ach, der Herr Breitenberger hat Besuch. Drei Damen, und dann auch noch so nette. Na, das wird uns bestimmt helfen, da werden wir ja ruck, zuck wieder auf die Beine kommen.«

Bäh. Ich mochte keine Krankenhäuser, es kostete mich immer Überwindung, dort reinzugehen, und in diesem Moment wurde mir schlagartig klar, was das Allerschlimmste an diesen Häusern war: der ekelhaft joviale und komplett übergriffige Ton mancher Schwestern.

Ohne es verhindern zu können, marschierten meine Beine zum Zimmer hinaus und nahmen mich mit. Im Laufschritt jagte ich durch die Gänge und konnte erst stoppen, als hinter mir die Ausgangstür zuging. Gierig sog ich die frische Luft in meine Lungen, versorgte meine Blutkörperchen mit Sauerstoff.

Wir stellen uns aber auch manchmal ganz schön an, meine Liebe.

Stimmchen äffte den Ton der Schwester nach.

Untersteh dich! Ich mach viele Scherze mit, aber wenn du das noch mal machst, singe ich in Gedanken ohne Pause – über Stunden. Ich werde alles auspacken, was dir widerstrebt. Und sei sicher, ich habe einen langen Atem.

Schon gut, schon gut, lenkte Stimmchen schnell ein. *War nur ein kleiner Scherz. Krieg dich wieder ein.*

»Du heschs aber eilig ghabt«, sagte Ellen, die jetzt mit Lavinia im Schlepptau neben mich trat.

»Tut mir leid. Diese Schwester hat mich in die Flucht getrieben. Hat er noch was gesagt?«

»Keinen Ton. Echt ein komischer Kauz«, sagte Lavinia.

Damit hatte sie allerdings recht. »Eins sag ich euch: Dieser Dirk ist nicht ganz koscher.«

Wir gingen vom Krankenhaus weg Richtung Parkplatz.

»En Schmierlaps isch des. Sonscht nix. Wie der sich gwunde hat. Einen uff gute Freund mache, sich sorge um Witwe und zruckbliebene Geliebte. Ha! Wenn de mich fragsch, wollt der sich ins gmachte Nescht setze. Einfach die Fraue vom tote Konkurrent übernehme und dem dademit noch im Tod en Schnipple schlage. Der spinnt doch, der Kerle. Als ob ich so einen wot. Ich weiß gar nimmer, wie der mal de Freund von uns hät sei könne.« Ellen schüttelte sich, als würde allein der Gedanke ihr Ekel verursachen.

»Na, ich will ihn jedenfalls auch nicht.« Lavinia trippelte neben Ellen her. »Aber hört mal, ich glaube, der will gar nichts von uns. Also ich meine, nichts von uns als Frauen. Oder fandet ihr es nicht komisch, dass er gesagt hat, er hätte sich Sorgen um die Kunden gemacht? Die würden doch jetzt in der Luft hängen. Ich sage euch, der wollt seinen Reibach machen, das ist alles.«

Barbie mit Hirn, eine neue Welt tut sich auf.

Mich konnte Lavinia allerdings nicht überraschen. Erstens war mir die ganze Zeit klar gewesen, dass sie mehr zu bieten hatte als nur Barbie-Fassade, und zweitens sprach sie genau das aus, was mir auch durch den Kopf gegangen war. Dirk hatte so getan, als wäre er erfreut über den unerwarteten Besuch. Aber er wirkte auch nervös, stellenweise sogar panisch.

Du wärst auch nervös, wenn dich jemand gerade erst vor ein paar Stunden hätte umnieten wollen.

Ja schon, aber nein – wenn du weißt, was ich meine, Stimmchen. Er wirkte nicht verängstigt nervös, nicht so, als fürchtete er, jeden Moment dem nächsten Anschlag zum Opfer zu fallen. Eher so, als wären ihm unsere Fragen lästig. Als hätte er Angst, seine Geschichte würde zu sehr hinterfragt werden. Und als es ihm zu schwierig wurde, gab er vor, müde zu sein, und hat einen auf armes krankes Opfer gespielt.

»Wo hat Dirk denn sein Büro?«, fragte ich.

»Gar ned weit von hier. Zehn Minute zum Laufe. Wieso?«

»Ich weiß nicht, es ist nur so ein Bauchgefühl. Ich gäbe was drum, wenn ich mal einen Blick dort reinwerfen könnte. Vielleicht würde das Licht in das Ermittlungsdunkel bringen?«

»Und?« Ellen lächelte mich an. »Was gäbsch drum?«

Ich blieb mitten im Schritt stehen. »Wie? Du weißt, wie wir reinkommen können?«

»Ned verzage, Ellen frage«, reimte sie.

Hatten sich Stimmchen und Ellen etwa gegen mich verbündet? Aber mir blieb keine Zeit, weiter darüber nachzudenken, dazu war ich viel zu aufgeregt. »Wie? Warum? Ich meine …?«

»Jetzt fahrma erscht mal zu mir heim. Da gibt's Kuche und en Kräutertee, und dann seh ma weiter.«

Wie sehr ich auch versuchte, mehr Informationen aus Ellen rauszubekommen, sie grinste in sich hinein und schwieg, während wir zu Pauline gingen.

Gleich darauf stand Lavinia etwas unentschlossen an ihrem Wagen, den sie genau neben Pauline geparkt hatte. »Ja, also. Ich wünsch euch dann mal viel Erfolg. Ich meine, passt auf euch auf, ich weiß ja nicht, was ihr vorhabt …«

Ellen und ich schauten uns an. Ich zuckte beinahe unmerklich die Schultern. Mir war es egal, Lavinia war schließlich nicht die Geliebte von meinem toten Mann.

»Magsch mitkomme?«, fragte Ellen, wobei ich beobachten konnte, dass es sie reichlich Überwindung kostete.

Lavinias Gesicht leuchtete auf, trotzdem hielt sie sich zurück. »Bist du sicher?«

»Wenn du so fragsch. Nein. Aber des isch egal. Jetzt kommsch einfach mit.«

Im Auto herrschte erst Schweigen, dann sagte Ellen: »Am End isch es doch immer des Gleiche. Die Kerle baue Mischt, und mir Fraue müsse es ausbade. Da isch es scho besser, wemer zammehalte. Meinsch ned?«

Mist bauen ist eine nette Umschreibung für »sich umbringen lassen«, aber ansonsten hat sie schon recht, deine Ellen.

»Und was ist jetzt mit dem Büro von Dirk?«

»Lass mich nur mache und sei ned so neugierig. Jetzt könne mer dort sowieso ned rein. Da würd uns ja glei jeder sehe.«

Ich kämpfte mühsam gegen meine Neugier an und steuerte Pauline nach Hause. Lavinia parkte hinter mir. Ellen ging zu ihr und hakte sie unter.

Ich beobachtete die beiden, und meine Bewunderung für Ellen wuchs. Ob ich in so einer Situation diese Größe hätte, wagte ich zu bezweifeln. Andererseits hatte Lukas ja ein falsches Spiel gespielt und nicht Lavinia.

»Was willsch eigentlich in dem Büro? Glaubsch, dort findsch e Notiz, wer der Mörder isch?«

Wir hatten es uns gemütlich gemacht. Weil der Tag sich von der kalten Maiseite zeigte, prasselte ein Feuer im Kaminofen, und wohlige Wärme legte sich um uns herum. Das wäre ein perfekter Tag, um die Seele baumeln zu lassen, zu lesen, Musik zu hören und einfach nur stundenlang rumzulungern. Aber so viel Zeit hatten wir nicht. Und trotz der Gemütlichkeit und wohligen Wärme lag eine gewisse Nervosität im Raum. Ich fühlte mich wie ein Verbrecher, kurz bevor er zu einem Beutezug aufbrach.

»Das vielleicht nicht, aber ein Hinweis auf das Motiv wäre ja auch schon sehr hilfreich. Im Moment tappen wir doch komplett im Dunkeln. Wobei, eine Idee habe ich schon.«

Ich ließ den letzten Satz ein bisschen nachschwingen, wartete ab, bis Ellen und Lavinia mir ihre volle Aufmerksamkeit schenkten. Dann redete ich weiter. »Also, wir haben zwei Immobilienmakler, einer davon ist tot. Was, wenn es dabei um Geschäfte ging? Ich meine, es ist doch schon auffällig, wie sehr Dirk an Lukas' Kunden interessiert ist. Was, wenn mit einem Geschäft nicht alles sauber lief? Haben die beiden vielleicht doch gemeinsame Sache gemacht, einen Scheich über den Tisch gezogen oder einen reichen Russen? Und der dankt es ihnen jetzt auf seine Art?«

Die nächsten dreißig Sekunden herrschte Stille. Lavinia nickte leise vor sich hin, Ellen zögerte, dann schüttelte sie sehr bestimmt den Kopf.

»Die Idee isch ned schlecht, aber du kennsch die beide Kerle ned. Die ham so einen Hass aufeinand ghabt – nie und nimmer hätt mei Lukas sich auf ein Gschäft mit dem Dirk eiglasse. Da hätt er lieber verzichtet, au wenn er immer hinter 'nem gute Abschluss her war.«

Jetzt hatte Lavinia ihr Nicken eingestellt. »Ellen hat recht. Die beiden sind sich bei der Begegnung im Restaurant fast an die Gurgel gegangen. Obwohl deine Theorie gut klingt.«

Mist. Okay, dann anders. »Und was, wenn Dirk wusste, dass Lukas an einem großen Deal dran war und jetzt die Sahne abschöpfen will?«

»Selbst wenn. Was hat das dann mit dem Mord zu tun?«, fragte Lavinia.

»Des mit dere Sahne, des kommt scho hin. Des passt genau zum Dirk seinem Benehme. Und der Lukas war immer der Visionär in dere Partnerschaft, der Dirk hat eher e kleine Geischt, der isch im Lukas seiner Erfolgsspur gschwomme. Aber mit dem Mordmotiv komme ma deshalb trotzdem ned weida. Des sin zwei Paar Schuh.«

Los komm schon, denk nach. Da ist noch was, du hast noch eine Idee, die will raus.

Stimmchen lag richtig, da war noch was. Ich versuchte, mich zu konzentrieren. Die Puzzlestückchen so zu schieben, dass ein Bild draus wurde. Lukas war tot, Dirk sollte tot sein. Geschäfte. Neid. Habgier … ich schnappte nach dem roten Faden. »Was, wenn Dirk einen Mörder beauftragt hat, um Lukas aus dem Weg zu räumen? Und dann kam es zum Streit. Der Mörder wollte plötzlich mehr Geld als vereinbart, hat angefangen, Dirk zu erpressen. Dirk hat sich geweigert zu zahlen, hat dem Mörder gedroht, ihn an die Polizei zu verraten …«

»Und sich dodemit selbscht ans Messer zu liefern?«, vollendete Ellen meine Ausführungen. »Nei, Clarissa, des stimmt von vorne bis hinte ned. Wenn des so gwese wär, dann hätt höchschtens der Dirk versucht, den Mörder umzubringe.«

Im ersten Moment war ich in mich zusammengesackt, aber Ellens letzter Satz brachte wieder Leben in mich. »Das ist es doch, Ellen. Du bringst es auf den Punkt! Dirk wollte den Auftragsmörder umbringen, weil er das Geld nicht zahlen wollte oder weil sie sonst wie in Streit geraten sind. Nur dass Dirk zwar habgierig sein mag, aber in Sachen Mord hat er nicht viel auf dem Kasten. Der Mörder hat den Spieß umgedreht und Dirk umgenietet.«

»Hm«, kam es stereo von Ellen und Lavinia.

Ich schob mir zufrieden mit meiner Logik das letzte Stück von Ellens unglaublich leckerem Karottenkuchen zwischen die Lippen und verdrehte vor Genuss die Augen. »Ellen, wenn ich das Rezept auch noch bekomme, dann werden die Leser uns das Buch aus der Hand reißen und dir hier die Tür einrennen, um eins deiner Seminare zu besuchen.«

»Des Rezept kriegsch. Und dann hab ich noch des hier, schau!« Sie hielt ihre Hand vor mein Gesicht, und zwischen ihren Fingern baumelte ein Schlüssel.

Ich schnappte nach Luft! »Ist das etwa – woher hast du den denn?« Ich hatte ihr wirklich viel zugetraut, aber das haute mich jetzt doch aus den Socken.

»Lukas hat sich en Späßle draus gmacht, den Dirk zu ärgern. Der wollt nämlich seinen Schlüssel zrück, nachdem sie sich gstritte hän. Aber der Lukas hat dauernd e neue Ausrede gfunde. Er hat ihn vergesse, er kann ihn grad ned finde, und zum Schluss hat er behauptet, er hätt ihn verlore. Das hat er gsagt, damit der Dirk aufhört znerve und ned auf die Idee kommt, des Schloss auszwechsle. Zu mir hat der Lukas gsagt, ma weiß nie, wozu der mal gut sein wird. Und jetze isch er gut. Sehr gut sogar, tät ich sage.«

Betreff: Karotten-Nuss-Kuchen
Datum: 09.05., 18.15 Uhr
Von: Clarissa <Clarisschen@netzwerk.de>
An: Sarah Brachtinger

Hey, hey, Sarah!

Die Wellen schlagen immer höher! Wir waren im Krankenhaus, und wenn einer Dreck am Stecken hat, dann dieser merkwürdige Dirk Breitenberger. Das ist so sicher wie Ebbe und Flut!

Aber so früh kann der gar nicht aufstehen, um uns abzuhängen. Wir sind ihm auf der Spur.

Wir werden nachher –

Ups. Auweia. Nein, sorry, Süße, aber das schreibe ich dir jetzt nicht. Man weiß ja nie, wer mitliest. Und ich habe keine Lust, nachher unerwarteten Besuch bei unserer Unternehmung zu bekommen.

Aber so viel kann ich dir verraten: Wir haben den Schlüssel!

Ob es sich lediglich um den Schlüssel zu einer Tür oder vielleicht sogar um den Schlüssel zur Lösung des Falls handelt, das wissen wir in ein paar Stunden. Also: hab Geduld! Bald erfährst du alles.

Im Moment schlagen wir schon wieder Zeit tot. Irgendwie müssen wir heute dauernd warten.

Aber weißt du was? Das Tolle ist, trotz der ganzen Aufregung und Ablenkung wächst und gedeiht mein Skript. Ellen hat eine wunderbare Art, mich an die Tasten zu bringen und dabei aufs Feinste zu versorgen. Ich werde mich wohl demnächst im Fitnessstudio anmelden müssen, sonst darfst du in ein paar Wochen Kugelblitz zu mir sagen.

Sie hatte auch noch eine tolle Idee für das Buch. Sie

verrät mir ein paar Schwarzwald-Kräutertouren mit Wegbeschreibung und was man wann dort finden kann. Sie ist echt ein Schatz. Aber, ach, auch wenn ich hier wirklich tolle Menschen kennengelernt habe, du fehlst mir sehr. Ich hätte dich so gern an meiner Seite.

Pass auf: Wir telefonieren später, dann erzähle ich dir alles haarklein, und wenn du es einrichten kannst, dann setzt du dich in den Zug und kommst zu uns. Ellen sagt, sie hat genug Platz und möchte dich gern kennenlernen. Was meinst du? Rocken wir den Schwarzwald? Überleg es dir.

Und jetzt halt dich fest: Hier kommt das weltbeste Karottenkuchenrezept, das du je nachbacken durftest!

Küsschen
Clarissa <3

Ellens weltbester Karottenkuchen

Zutaten für den Kuchenteig:
7 Eigelb
7 Eiweiß
1 Prise Salz
230 g Agavendicksaft (oder Rohrohrzucker)
300 g Karotten
Zesten einer Zitrone
1 TL Zimt
½ TL Kardamom
1 TL frischer geriebener Ingwer
300 g gemahlene Mandeln
50 g gehackte Walnüsse
60 g Dinkel-Vollkornmehl

Weitere Zutaten:
Fett für die Form

2 EL Amaretto (wenn Kinder mitessen, stattdessen Zitronensaft verwenden)
4-5 gehäufte EL Puderzucker
Marzipanrohmasse und Lebensmittelfarbe (grün/orange) oder Marzipan-Deko-Karotten

Das Eigelb gut schaumig rühren, den Agavendicksaft (oder Zucker) hineingeben und weiterrühren, bis die Masse wirklich sehr schaumig ist. Das dauert 10 bis 15 Minuten.
Die Karotten schälen, grob raspeln und zusammen mit den Zitronenzesten, Zimt, Kardamom, Ingwer, Mandeln, Walnüssen und Stärke in den Eier-Zuckerschaum geben.
Das Eiweiß mit der Prise Salz steif schlagen und unter die Teigmasse heben.
Den Teig in eine gefettete Springform geben. Im vorgeheizten Backofen bei 180 °C Ober-/Unterhitze etwa 50-60 Minuten backen. Nach 40 Minuten bei Bedarf mit Alufolie abdecken, damit der Kuchen nicht zu dunkel wird.
Den Kuchen auf einem Rost auskühlen lassen. Aus Amaretto und Puderzucker eine Glasur anrühren und den Karottenkuchen damit bestreichen.
Zur Deko kann man aus Marzipanrohmasse und Lebensmittelfarbe selbst kleine Karotten gestalten oder Marzipan-Deko-Karotten kaufen und den Kuchen damit dekorieren.

Tipp: Wenn man den Kuchen am Vortag backt, hat er genug Zeit, um durchzuziehen und das Aroma voll zu entfalten.

SECHZEHN

Wir saßen zu dritt in Pauline, Lavinia hatte sich auf die Rückbank gequetscht und streckte den Kopf zwischen den beiden Kopfstützen der Vordersitze nach vorne. Wir mussten aufpassen, dass wir nicht vor Aufregung hysterisch loskicherten.

Die Coolste von uns war Ellen. Sie hatte sich ganz in Schwarz gekleidet und wirkte wild entschlossen. »Hier, park hier.«

Mit fester Ansage und deutlichem Fingerzeig leitete sie mich auf einen unbeleuchteten Platz. Kein Haus in unmittelbarer Nähe. Ich gehorchte ihr, lenkte Pauline auf den Kiesplatz, aber gleichzeitig war ich unschlüssig. »Bist du sicher? Ich meine, wir wollten doch zu Dirks Büro. Wo soll das denn sein?«

Vielleicht hätte ich doch vorab recherchieren sollen, aber Ellen hatte gesagt, sie wüsste, wo das Büro sei, weshalb hätte ich das anzweifeln sollen?

Ein echter Ermittler glaubt nur, was er selbst überprüft hat. Da muss unser Nachwuchs-Sherlock aber noch ein bisschen was lernen.

Ach was, ein guter Ermittler muss sich doch auf seine Mitarbeiter verlassen können.

Verlass dich drauf, dann bist du verlassen!

Jetzt musste ich schon wieder kichern. Was Stimmchen da sagte, klang irgendwie total nach Harry Potter. Es erinnerte mich an die Linsensuppe: Iss sie schnell, sonst isst sie dich.

Ellen brachte mich wieder in die Nacht und auf den unbeleuchteten Platz zurück. »Mir könne doch ned bis vor die Haustür fahre. Was meinsch denn? Dann könne mer glei e Anzeig im Dorfblättle uffgebe.«

Sag ich doch: Ellen weiß, was sie tut!

»Sehr gut, daran habe ich gar nicht gedacht. Was aber auch kein Wunder ist, bei uns in Hamburg würden wir sicher nicht auffallen. An diesen ständigen Präsentierteller hier im Schwarzwald muss ich mich erst noch gewöhnen.«

»Ja, des hat gute Seite, aber manchmal ischs einfach nur furchtbar. Da kannsch ned emol in aller Ruhe en nächtliche Dünnpfiff zelebriere, ohne dass d' Nachbarschaft am nächschte Tag fragt, was den los gwese wär, des Klolicht heb dauernd brennt.«

Eieiei, wenn sogar meine Verdauungsangelegenheiten Gefahr liefen, Ortsthema zu werden, musste ich mir das mit dem Umzug vielleicht noch mal durch den Kopf gehen lassen. Vielleicht – wenn es denn der Süden Deutschlands werden sollte – wäre eine der näheren Städte doch besser für mich? Freiburg oder Offenburg sollten ja ganz nett sein.

Erst mal musst du einen Makler finden, der nicht gerade Richtung Friedhof reist oder im Krankenhaus weilt.

Richtig! Und deshalb brauchte ich meine Konzentration und meine Gedanken jetzt hier vor Ort. Und nicht in den Wolken meiner Zukunft. »Also gut. Dann parken wir also hier und gehen das letzte Stück zu Fuß. Fertig?«

»Habt ihr eure Handys auf stumm gestellt?«, fragte Lavinia, die Hand bereits am Türgriff. »Wir wollen ja nicht, dass das Klingeln uns verrät.«

Schnell schaute ich nach. Ja, das Handy war aus. Ich fühlte mich total kribbelig. Wer hatte die Ameisen in meine Blutbahn gelassen? Der Vergleich mit dem Verbrecher auf Beutezug kam wieder hoch.

Ein Verbrecher mit Hausschlüssel, wohlgemerkt. Das ist ein bisschen wie Füße waschen in Gummistiefeln. Oder barfuß laufen in Plüschpantoffeln.

Tja, dann waren wir eben Einbrecher in Plüschpantoffeln, mir doch egal. Aufregend war das trotzdem. Hoffentlich hatte Dirk das Türschloss nicht doch auswechseln lassen. Was würden wir dann machen? Ich schob den Gedanken sofort wieder zur Seite. Darüber konnten wir immer noch brüten, falls es wirklich so wäre.

»Autsch, verdammt, wartet!« Lavinia schimpfte und jammerte halblaut vor sich hin.

»Pst. Leise. Willsch, dass alle wach werde?«

»Was ist denn?«, wisperte ich.

»Nichts. Schon gut. Ich bin über einen Ast gestolpert. Kommt. Weiter.«

Ein Auto kam heran. Schritttempo. Mit einem schnellen Satz retteten wir uns hinter eine Hecke. Okay, das war eine Dreißiger-Zone, aber musste der Mensch sich mitten in der Nacht so strikt daran halten? Oder noch mehr: Musste er unbedingt einen Rekord im Schneckenfahren aufstellen?

Das Auto war fast vorbei, da bremste es ab. Der Fahrer lenkte an den Straßenrand, stieg aus, schaute sich um, stieg wieder ein und wendete.

Komische Flitzpiepe!

Aufgrund der fehlenden Beleuchtung und weil sich in diesem Moment gerade Wolken vor den Mond geschoben hatten, konnte ich kaum die Silhouette erkennen. Trotzdem zwickte etwas in meinem Bauch.

Lavinia atmete schon erleichtert durch und wollte hinter der Hecke hervor, aber ich legte ihr schnell die Hand auf den Arm.

»Warte!«, zischte ich. Und mein Bauchgefühl behielt recht. Das Auto fuhr nicht weg, sondern ausgerechnet auf den Platz, auf dem ich Pauline abgestellt hatte. »Verflixt. Wer ist das? Polizei?«

Vielleicht werdet ihr beschattet?

Ich hörte eine Autotür zufallen. Schritte, die über den Kies knirschten.

»Clarissa? Ich bin es, Pascal. Ich weiß, dass du da bist. Komm raus.«

Ich konnte es nicht fassen! Nach einem Schreckmoment wallte mein Blut mit Streckenrekord durch meine Blutbahn. »Sag mal, tickst du noch ganz richtig? Hat dir wer auch immer auch die letzten Hirnzellen gestohlen? Wie kommst du dazu, mir so einen Schrecken einzujagen? Weißt du eigentlich, dass ich fast gestorben wäre vor Angst?« Wutschnaubend stürmte ich über den Platz, bremste kurz vor Pascal ab und kickte ihm vor Wut ein paar Kieselsteine gegen das Schienbein.

»Pscht. Jetzt seid doch leise.« Ellen war hinter mir hergekommen und hängte sich an meinen Arm, um mich zu beruhigen. »Los, ab ins Auto. Dort simmer wenigschtens e bissel gschützt. Und dann will ich wisse, was des soll?« Den letzten Satz fauchte sie leise, aber messerscharf in Pascals Richtung.

»Was sollte ich denn tun?« Pascal saß auf Paulines Beifahrersitz, zusammengesunken wie warm gewordener Camembert. »Der Kommissar macht mir die Hölle heiß, dabei kenne ich den Kerl nicht einmal, den ich umgefahren haben soll. Und weil ich so verzweifelt war, musste ich doch etwas unternehmen. Ich konnte nicht im Hotel sitzen und warten, bis ich verhaftet werde. Ich hatte ja längst mitbekommen, dass ihr auf eigene Faust ermittelt. Also hab ich mir gedacht, ich hänge mich einfach bei euch dran. Ich beobachte euch schon eine Weile. Ihr wart bei diesem Dirk Breitenberger im Krankenhaus. Was wolltet ihr da?«

Bah. Das ging ja gar nicht. Ich rieb mir über die Arme, auf denen sich Gänsehaut gebildet hatte. Aber bevor ich wieder auf Pascal losgehen konnte, mischte Lavinia sich ein.

»Ich weiß nicht genau, was bei euch los war. Aber Clarissa, überleg mal, wie es dir gehen würde, im Fadenkreuz der Ermittlung?«

Ha, was gab es da zu überlegen? »Falls du es vergessen haben solltest: Wir stehen genau mittendrin in diesem Kreuz.«

»Im Vergleich zu Pascal sind wir eher Randfiguren. Immerhin wurden wir nicht von einem Opfer des Mordversuchs beschuldigt. Aber ja, du hast recht, irgendwie stecken wir doch auch in diesem Fadenkreuz. Grund genug, ein bisschen Verständnis aufzubringen. Findest du nicht?«

»Ich will wirklich nur bei euren Ermittlungen dabei sein. Sonst nichts. Clarissa, glaub mir doch, ich habe kapiert, dass Schluss ist. Ich war nur – sagen wir – verblendet. Ich war so von unserer gemeinsamen Zukunft überzeugt, dass ich einfach nicht verstehen konnte, dass du das anders siehst. Ich hab doch alles schon vor mir gesehen, unser Leben, unsere Kinder –«

»Du hast einen Käfig gebaut und versucht, mich als Vögelchen hineinzusetzen, Pascal. Das funktioniert so nicht. Bei keiner Frau mit Verstand würde so etwas in der heutigen Zeit noch funktionieren.«

Pascal schmolz noch etwas weiter in sich zusammen.

»Vielleicht solltest du dir einen Therapeuten suchen. Und das sage ich jetzt nicht, um nachzutreten, sondern ganz im Ernst. Wenn du je glücklich werden willst, musst du an dir arbeiten. Sonst passiert beim nächsten Mal genau dasselbe.«

Vielleicht sollte er eine Zeitmaschine erfinden und hundert Jahre in die Vergangenheit reisen. Komm, sei ehrlich, die Chancen, dass das klappt, stehen höher als ein Therapieerfolg.

Hör auf zu sticheln, Stimmchen.

Ph. Was wahr ist, wird man doch wohl sagen dürfen.

»Könne mir uns jetzt vielleicht langsam alle wieder e bissele beruhige? 's wär so langsam an der Zeit, dass mer mal zur Sache komme. Meine ner ned?«

Ich dachte einen Moment nach. Vielleicht war es gar nicht so schlecht, einen Mann dabeizuhaben? Und vor allem: ein zusätzliches Paar wachsamer Augen. »Also gut. Pass auf. Wir gehen jetzt in das Büro von diesem Dirk Breitenberger und schauen uns dort mal ein bisschen um. Vielleicht finden wir so einen Hinweis, wie diese Taten zusammenhängen und wo das Motiv liegt. Dass du es nicht warst, wissen wir. Aber wieso beschuldigt er dich? Woher kennt er dich überhaupt?«

»Ich habe keine Ahnung. Ehrlich. Ich war total überrumpelt, als die Polizei plötzlich an meine Zimmertür klopfte und mich mit der Anschuldigung konfrontierte.«

»Wie auch immer. Rein und umschauen, das ist die Devise. Los jetzt. Wir haben genug Zeit vertrödelt.«

Zu viert marschierten wir ohne weitere Vorkommnisse zu Dirks Büro.

Der Schlüssel glitt leicht ins Schloss, Ellen drehte, und klick – die Tür war auf.

Erleichtert pusteten wir aus. Der schwierigste Teil war geschafft. Lavinia tastete nach dem Lichtschalter, doch Ellen hielt sie zurück. »Wart! Des sieht ma doch sofort. Mir müsse erscht die Vorhäng zuziehe!«

Das wiederum war gar nicht so leicht. Ein paar unterdrückte Schmerzensrufe und eine beinahe umgeschmissene Stehlampe später sagte Ellen: »Jetzt könnter Licht mache.«

Geblendet blinzelten wir in den Raum hinein. Ein großes Büro, locker dreißig Quadratmeter, lag vor uns. Schwerer Eichenschreibtisch, Lederchefsessel, ein offensichtlich wertvolles antikes Sideboard. Eine Wand war dunkelbraun gestrichen, der Rest in Cremeweiß. Insgesamt machte der Raum einen edlen, aber auch einen zu schweren Eindruck auf mich. So eine Art Herrenzimmer früherer Zeiten. Automatisch schnüffelte ich und war fast enttäuscht, weil kein Zigarrengeruch in der Luft lag. Immerhin stand auf dem Tisch einer kleinen Sitzgruppe – dunkelbraune ausladende Ledersessel um einen runden Glastisch auf Schnörkelbeinen – der Cognac, der hier natürlich nicht fehlen durfte.

Alles zusammen passte perfekt zu dem öligen Schmierlapps, der Dirk Breitenberger hieß.

»Also, dann fangen wir mal an. Nach was suchen wir denn?« Pascal wartete startbereit auf seinen Einsatzbefehl.

»Am besten, wir teilen uns auf. Ich nehme mir den Schreibtisch vor. Lavinia, schaust du, ob es eine Teeküche gibt? Pascal, du könntest nach einem Aktenzimmer sehen, sicher hat er nicht alle Unterlagen hier in der Kommode. Ellen, guckst du dich hier um? Leute, wir wissen nicht, was wir suchen, das ist unser Problem. Alles, was euch irgendwie verdächtig erscheint, bringt ihr bitte her. Dann nehmen wir es genauer unter die Lupe.«

Auf dem Weg in eines der Nebenzimmer blieb Pascal am Schreibtisch stehen und nahm ein Foto in die Hand. »Ich will doch mal sehen, wie der Typ aussieht, dem ich diesen Zirkus zu verdanken habe.« Er betrachtete das Bild und sagte: »Der ist das?« In seiner Stimme klang Aufregung durch. Bevor ich nachfragen konnte, redete er schon weiter: »Den hab ich gesehen! Vor ein paar Tagen war der im Hotel. Er hat sich mit der Chefin unterhalten, mit dieser Franziska Wollschläger. Sie haben Kaffee getrunken und geplaudert.«

Ellen hatte die unterste Kommodenschublade aufgezogen, war in die Hocke gegangen und hatte begonnen, das Innenleben zu untersuchen. Sie schaute auf und bekräftigte Pascals Aussage: »Die Franziska und der Dirk, die kenne sich. Die warn zamme im Musikverein. Des kann also scho hinkomme.«

»Und dabei könnte die Franziska ihm von den Problemen erzählt haben, die ich mit dir hatte«, schlussfolgerte ich. »Wenn jetzt der Dirk schnell jemanden gebraucht hat, den er beschuldigen konnte, dann warst du für ihn ein perfektes Bauernopfer. Das hieße aber, er muss den Autofahrer gekannt haben, und er muss verhindern wollen, dass die Polizei dem richtigen Attentäter auf die Spur kommt. Aber wieso nur?«

Es war zum Verrücktwerden. Die Lösung tanzte uns unmittelbar vor der Nase rum, ich konnte es fühlen. Aber wir kamen einfach nicht weiter.

Lavinia murmelte leise vor sich hin, während sie den Geräuschen nach in der Teeküche Schranktüren öffnete und wieder schloss.

Ich setzte mich in den Chefsessel und hatte so etwas wie ein Déjà-vu. Gerade erst vor Kurzem hatte ich an Lukas' Schreibtisch gesessen und darauf gehofft, einen Hinweis zu finden. Hoffentlich war das heute erfolgreicher. Entschlossen zog ich die erste Schublade auf. Stifte, Stempel. Nichts, was uns weiterbringen konnte. Beim nächsten Versuch fand ich das zu den hochwertigen Stiften passende Briefpapier. Fehlte nur noch Siegellack. Entmutigt öffnete ich die Tür rechts unten. Da standen Cognac-Nachschub und Gläser. Ich wollte sie schon wieder schließen, als mir einfiel, dass alte Möbel oft auch Geheimfächer hatten. Wenn es wirklich einen Hinweis geben würde, dann wäre Dirk wohl kaum so blöd, uns den offen zu präsentieren. Immerhin kamen ja Kunden in das Büro, vielleicht eine Putzfrau oder sonst ein Fremder.

Fiebrige Erregung ergriff mich. Mit vor Aufregung feuchten Händen tastete ich in dem Schreibtischfach herum. Ich zog, drückte, klopfte.

»Was machsch denn da?« Ellen war nach eigener erfolgloser Suche zu mir hinübergekommen.

»Ich suche ein Geheimfach.«

»Mensch, Clarissa! Du hasch die beschte Idee! Da hätt ich au drauf komme könne! Komm, lass mich mal. Mei Opa hätt so en ähnliche Schreibtisch ghät!«

Ich krabbelte aus dem Fach raus, in dem ich schon halb dringehangen hatte, und überließ Ellen das Feld. Zwei Minuten später gab es ein leises Klacken, und eine Lade ging auf. Darin lag eine Akte.

Mein Puls jagte wie wild. Das Foto auf der ersten Seite kam mir bekannt vor. Noch bekannter allerdings war mir das dicke Ausrufezeichen direkt daneben. Ich setzte mich wieder in den Chefsessel und begann zu blättern. Es war ein Dossier zu einer Art Herrenhaus, einer Klinik und dazugehörigen Grundstücken. Da kam mächtig was zusammen, das ging weit über ein übliches Maklergeschäft hinaus, so viel erkannte ich auf Anhieb.

»Do, schau mol! Des isch im Lukas sei Sach! Schau dir des an! Der Dirk hat dem Lukas die Akte gstohle!« Ellen tippte wie wild auf den Stempel auf der Vorderseite. Eindeutig, da stand: »Schropf-Immobilien«.

Ich nickte wild. »Deshalb war er bei dir. Von wegen Beileid aussprechen. Und von wegen aufs Klo gehen. Der hat sich in Lukas' Arbeitszimmer geschlichen und die Akte geklaut.« Mein Puls raste. Wir kamen der Lösung immer näher, das fühlte ich. Ich schaute mir das Blatt mit dem Bild noch mal an, und mein Blick wanderte nach unten. Dort stand: Anwesen Gidlinger. Irgendetwas klingelte, als ich den Namen las.

Komm, los, mach schon, nutz deine Hirnrädchen.

»Lass mich mal sehen.« Lavinia nahm die Mappe und blätterte darin herum, während ich immer noch versuchte zu fassen, was da in meinem Kopf herumsirrte. »Da sind wir ein paarmal spazieren gegangen. Lukas hatte dann immer so ein

Strahlen im Gesicht. Einmal hat er mich gefragt, wie ich es fände, in einem Sternehotel die Kosmetik- und Wellnessabteilung zu leiten. Aber mehr hat er nicht verraten. Nur, dass er demnächst eine große Überraschung für mich hätte. Das war auch das, was ich Dirk erzählt habe. Ihr wisst schon, als er versucht hat, mich auszuquetschen.«

»Wartet mal, ich muss was ausprobieren!« Meine Hirnrädchen griffen ineinander. Flugs zog ich mein Handy aus der Tasche und tippte. »Das ist es! Schaut doch nur, hier!« Aufgeregt zeigte ich auf das Handy. »›Gif‹ hat Lukas kurz vor seinem Tod getippt, aber eigentlich wollte er ›Gid‹ schreiben, genauer ›Gidlinger‹, aber dazu hat seine Kraft nicht mehr gereicht. Er wollte darauf hinweisen, dass sein Tod mit diesem Anwesen zu tun hat.«

»Ja, aber …« Ellen setzte sich in einen der Sessel und starrte vor sich hin.

»Der Streit um Geld ist eines der häufigsten Mordmotive – das hab ich mal gelesen. Geld und Liebe beziehungsweise Eifersucht. Aber wer zieht die Strippen? Wieso erst Lukas und dann Dirk? Und wie kommt die Mappe hier in dieses Geheimfach?« Ich konnte mir keinen Reim darauf machen.

»Hier, da sind Fotos. Der Lukas übergibt einem Mann einen Umschlag. Wer ist das?« Lavinia hatte einige Bilder aus der Geheimschublade gezogen.

Ellen wischte die Tränen weg, die ihr über die Wangen gelaufen waren. »Ich hab meinen Lukas wege e paar lausige Kröte verlore«, sagte sie. Dann atmete sie durch und streckte die Hand aus. »Zeigt mol.« Sie betrachtete ein Foto und nickte. »Des ist der Gidlinger junior, der Bernhard. Es heißt, der versucht, seine Mutter zu entmündige. Der hätt nur Flause im Kopf, will e Surfcamp uffmache, irgendwo in de Südsee. Wenn der wirklich des Sage über des Familievermöge kriegt, dann isch da bald nimmer viel devo übrig.«

»Und der Lukas wollte sich die Rechte am Kauf oder der Vermittlung sichern und hat den Typen geschmiert. Deshalb der Umschlag. Und Dirk wollte sich das Wissen zunutze machen.«

Lavinia nickte. »So könnte es gewesen sein. Der Dirk hat Lukas nachspioniert und wollte auch was vom Kuchen abhaben. Er hat ihn erpresst.«

»Es muss aber noch jemanden geben, denn irgendwer hat diesem Dirk sein Stück Torte wohl nicht gegönnt«, gab Pascal seinen Beitrag zur Lösung hinzu.

»Aber wer?«

Betreff: Entwicklungen
Datum: 10.05., 4.20 Uhr
Von: Clarissa <Clarisschen@netzwerk.de>
An: Sarah Brachtinger

Hey, hey, Sarah!

Ich bin sooo ein Schaf! Mensch, Süße, wir hatten die Lösung irgendwie die ganze Zeit vor der Nase, und ich hab es einfach nicht begriffen.

Der Schlüssel war das »Gif«, das eigentlich »Gid« hätte sein sollen und uns direkt zu einem Millionenprojekt geführt hat.

Ich kann dir sagen, das hier ist kein idyllischer Schwarzwald, sondern Klein-Chicago! Es laufen zwar keine Gangsterbosse mit Wummen unter ihrem Jackett herum, dafür aber die abgefeimtesten Immobilienhaie. Eine richtige Mafia haben die beiden Herren da gegründet - mit dem Ergebnis, dass jetzt einer tot ist und einer im Krankenhaus liegt. Ich sag ja: Verbrechen lohnt sich nicht.

Jetzt wissen wir auf jeden Fall, was der Auslöser war. Ich bin sicher, in den nächsten Stunden knacken wir den Fall, und dann präsentieren wir dem Hübchen den Mörder auf dem Silbertablett. Nenn mich Jessica, Süße, denn ich komme mir vor wie Angela Lansbury als Jessica Fletcher in »Mord ist ihr Hobby«. Einige Jahre jünger natürlich, aber nicht minder scharfsinnig! Ich sage dir, das ist gar nicht so schlecht. Ich meine, ja, doch, Bücherschreiben macht mir viel Freude und alles, was dazugehört, sowieso - aber das Detektivleben hat durchaus auch tolle Seiten. Abgesehen davon, dass ich das nächste Mal gern drauf verzichten kann, selbst verdächtigt zu werden.

Wenn wir nur wüssten, wer der unbekannte Dritte ist. Den müssen wir finden, dann ist der Fall gelöst!

Na, auf jeden Fall wollte ich dir sagen: Alles gut gegangen, wir wurden nicht verhaftet!

Küsschen
Clarissa <3

SIEBZEHN

»Ich glaub, es wird Zeit, dass mer den Hübchen mit ins Boot hole«, sagte Ellen, nachdem wir bei einem ausgedehnten Frühstück die Fakten immer wieder von einer Seite zur anderen geschoben hatten und keinen Schritt weiterkamen.

Lavinia und Pascal waren nach einer kurzen Nacht um neun auf der Matte gestanden.

»Verflixt. Das kann doch nicht sein.« Ich raufte mir die Haare. Ja, natürlich könnten wir Rüsselchen informieren, ihm unsere neuesten Ermittlungsergebnisse zur Verfügung stellen und der Polizei die Sache überlassen. Aber noch schöner wäre es, wenn wir, so wie ich es gehofft hatte, den Täter präsentieren könnten. Silbertablett inklusive. »Der Gidlinger junior war es sicher nicht, der bringt doch nicht die Kuh um, die ihn nährt. Das Anwesen steht offiziell nicht zum Verkauf, auswärtige Geldhaie kommen also auch nicht in Betracht. Die haben keine Ahnung, dass da ein Fisch heranwächst, der demnächst geangelt werden kann.«

Geht's vielleicht doch um Liebe?

Quatsch. Oder willst du mir jetzt sagen, die Herren hatten ein Verhältnis? Die sind doch nicht schwul.

Vielleicht kein Verhältnis miteinander, aber ein gemeinsames?

Mein Blick schoss zu Lavinia. »Lavinia, kann es sein, dass du Dirk doch besser kennst, als du uns weismachen wolltest?« Unvermittelt scharf schießen konnte manchmal Wunder wirken. Ich setzte auf den Überraschungseffekt. Atemlos beobachtete ich mein Gegenüber, aber der erhoffte Effekt blieb aus.

»Ich dachte, das hätten wir abgehakt. Nein, Clarissa. Ich kenne Dirk erst seit Kurzem, und ich habe kein Verhältnis mit ihm. Werde ich auch nicht. Der Typ ist doch ekelhaft. Nur auf seinen Vorteil aus.«

»Tut mir leid, ja, du hast recht, das haben wir abgehakt.«

Sonst noch blöde Ideen?

Ich schob die Informationen wieder in meinem Kopf herum, dann nahm ich mein Handy und wählte die Nummer des Kommissars. »Guten Morgen, Herr Hübchen. Clarissa Kleinschmidt am Apparat. Wir müssten dringend mit Ihnen sprechen. Wir haben ein paar Fakten aufgedeckt, die dem Fall eine neue Wendung geben.«

»Wo sind Sie?«

»Bei Ellen Schropf. Könnten Sie kommen?«

»In einer halben Stunde bin ich da.«

Die Wartezeit vertrieben wir uns mit Mutmaßungen. Die Spekulationen wurden immer wilder und immer haarsträubender. Hübchen musste unbedingt Dirk noch mal verhören, er musste ihn in die Zange nehmen. Wir waren sehr sicher, dass Dirk den Fahrer kannte.

Endlich kam Hübchen. Wir erzählten ihm von dem Dossier, von dem Millionenprojekt und von der Tatsache, dass Dirk Unterlagen im Besitz hatte, die eindeutig Lukas gehört hatten.

Er ließ uns reden, räusperte sich hin und wieder und runzelte auch mal die Stirn. Aber er unterbrach den Bericht nicht. Dann saß er eine ganze Weile schweigend da und starrte auf seine Hände, die auf dem Tisch lagen.

»Kurz bevor es zu dem Anschlag kam, hatte ich ein Gespräch mit Dirk Breitenberger. Er schien mir nicht koscher, und ich habe ihn etwas unter Druck gesetzt. Immerhin waren er und Lukas Schropf einmal Partner gewesen. Sie hatten sich im Streit getrennt, es gab bestimmt jede Menge Futterneid. Ich hatte anhand der Anruflisten herausgefunden, dass die beiden am Tatmorgen miteinander telefoniert hatten. Es gibt eine Zeugenaussage, dass das Auto von Lukas Schropf vor dem Büro von Dirk Breitenberger gesehen wurde. Ebenfalls am Tattag. Alles schien sich langsam, aber sicher zusammenzufügen. Und dann kam der Anschlag.«

Ich rechnete es Hübchen hoch an, dass er uns an diesen Informationen teilhaben ließ. Er wirkte geschlaucht. »Was, wenn es gar keinen Anschlag gab?«, grätschte ich mit einem neuen – zugegeben etwas wilden – Ansatz ins Gespräch. Ich war selbst überrascht über die Idee. Es klang kurios, und kein normaler Mensch würde zu solchen Mitteln greifen – andererseits, wie normal war ein Mensch, der einen anderen umbrachte? »Was, wenn Dirk den Täter nicht nur kannte, sondern ihn sogar angeheuert hatte?«

»Jetzt dreht se durch«, kommentierte Ellen trocken und stand auf. »Ich glaub, du brauchsch en Beruhigungstee.«

»Setz dich, Ellen. Setz dich und hör zu. Bitte.« Als Ellen wieder auf ihrem Stuhl Platz nahm, sprach ich weiter: »Ich weiß, das klingt total verrückt. Aber was, wenn Dirk der Mörder von Lukas ist? Er wollte ihn aus dem Weg schaffen, um dieses Projekt selbst in die Hand zu bekommen. Mit Vermittlung, Eigennutzung, Schönheitsklinik – allem, was Lukas da so schön zusammengepuzzelt hatte. Dirk wollte kein Stück der Torte, er wollte alles. Und dann zogen sich die Ermittlungen immer enger um ihn zusammen. Für seinen Geschmack wurde der Boden zu heiß. Ich könnte mir vorstellen, dass die Fragen von Kommissar Hübchen ihn ordentlich ins Schwitzen gebracht haben. Und voilà – er kam auf diese abgedrehte Idee, selbst ein Opfer zu werden.«

»Eine falsche Fährte! Frau Kleinschmidt, Respekt. Das ist so abwegig, das könnte schon wieder stimmen.«

Frei nach Sherlock: Schließe das Unmögliche aus, was übrig bleibt, ist die Lösung!

»Aber wie willsch den Dirk dezu bringe, dass er mit der Wahrheit rausruckt?«

»Das muss er doch gar nicht. Vielleicht können wir rausfinden, wen er angeheuert hat, und dort ansetzen?« Pascal grinste zufrieden.

»Den Junior.« Lavinia warf ihre Vermutung in den Ring. »Dem ist die erste Kuh weggestorben, die gab keine Milch mehr. Wenn die zweite Kuh verhaftet worden wäre, hätte er nichts mehr gehabt. Grund genug, dem Mörder einen kleinen Hilfsdienst zu erweisen, würde ich meinen.«

»So wie Dirk aussieht, war der Fahrer allerdings etwas übereifrig. Ich glaube kaum, dass so schwere Verletzungen geplant waren«, sagte ich.

Hübchen hatte uns alle unsere Ideen auspacken lassen. Jetzt nickte er. »Meine Damen, der Herr. Ich würde sagen: gute Arbeit. Den Rest überlassen Sie jetzt uns. Wir werden uns diesen Herrn Gidlinger vorknöpfen und den Herrn Breitenberger ebenfalls. Dann wissen wir in Kürze, ob wir die Fälle gelöst haben. Sie entschuldigen mich?«

»Und was machen wir jetzt?« Ich schaute unschlüssig in die Runde. Das sollte es gewesen sein?

»Du setzsch dich jetzt daher und fangsch an zu arbeite. Die Lavinia kann mir helfe, ich muss e paar Teemischungen richte. Ich glaub, wenn des alles so stimmt, wie mir des jetzt denke, dann steht demnächscht wieder Kundschaft uff de Matte.«

Pascal rutschte unruhig auf dem Stuhl hin und her. Er druckste herum, dann sagte er: »Clarissa, die letzten Stunden waren wundervoll. Willst du uns nicht doch noch eine Chance geben? Ich könnte für dich sorgen, du müsstest nicht mehr in der Welt herumreisen und Bücher schreiben.«

Das durfte ja wohl nicht wahr sein. Kaum war sein Hals aus der Schlinge, fing das Theater von vorn an?

Sag ich doch: Zeitmaschine!

»Das ist nicht dein Ernst, oder?«

Er hob die Schultern und grinste mich schuldbewusst an: »Tut mir leid, einen letzten Versuch musste ich noch starten. Keine Angst, ich lass dich in Ruhe. Vermutlich hast du sogar recht, ich kann keine Frau an meiner Seite brauchen, die so selbstständig ist. Und ich muss lernen, meiner Partnerin mehr Freiraum zu lassen. Ach, ich werde mich jetzt einfach erst mal auf meine Doktorarbeit konzentrieren und schauen, was das Leben zu bieten hat.«

»Ich könnte hier Hilfe gebrauchen«, meldete sich Lavinia ungewohnt zaghaft. Sie lächelte sehr intensiv in Pascals Richtung.

Wie bitte? Ich sah zwischen den beiden hin und her und konnte nicht glauben, was da plötzlich in der Luft lag. Fünf Sekunden, nachdem er bei mir abgeblitzt war?

Wenn das was wird, dann haben die zwei sich aber gegenseitig verdient, das ist sicher.

Erst einmal packten sie aber lediglich in harmonischer Arbeitsteilung Teetütchen um Teetütchen.

»Jetzt klapp endlich dei Notebuk uff, ich will dich schaffe höre!«

»Jawoll, Frau General! Sofort, Frau General.« Ich legte meine Handkante an die Stirn und zwinkerte Ellen zu. So eine persönliche Sklaventreiberin könnte mir gefallen. Natürlich nur eine, die mich für meine Arbeit kulinarisch entschädigte.

Es war schon Nachmittag, als es an der Haustür klingelte. Kurz darauf brachte Ellen den Kommissar ins Esszimmer.

»Ich dachte mir, ich bringe die frohe Botschaft persönlich vorbei. Es war ein Volltreffer. Alles spielte sich genau so ab, wie wir das hier am runden Tisch erörtert hatten. Nach einer kurzen, intensiven Befragung hat Herr Gidlinger alles gestanden. Er wollte sein Opfer eigentlich nur streifen, aber da er zum Zeitpunkt des gefakten Attentats unter Drogeneinfluss stand, verlor er die Kontrolle über das Fahrzeug und erwischte sein Opfer viel heftiger als geplant. Der Rest des Verhörs war ein Kinderspiel. So wie es aussieht, wird sich der Gesundheitszustand der alten Frau Gidlinger demnächst stabilisieren. Ihr werter Herr Sohn hat ihr doch tatsächlich Psychopharmaka in den Kräutertee gemischt.«

»In meinen Kräutertee! Des darf doch ned wahr sei!« Ellens Aufschrei hatte Hübchens Bericht unterbrochen. Sie machte eine entschuldigende Geste und ließ ihn weiterreden.

»Herr Breitenberger hat unter dem Druck der Befragung ebenfalls gestanden. Er hat tatsächlich versucht, Herrn Schropf mit den Bildern zu erpressen.«

Und ihn dann abgemurkst, als das nicht geklappt hat.

So viel zu deinen Verdächtigungen. Sag ich doch: Ellen ist unschuldig.

Stimmchen zuckte zusammen. *Man wird sich doch mal irren dürfen,* murmelte sie.

Ich werde dich bei Gelegenheit daran erinnern. Stimmchen zog sich zerknirscht zurück, und ich lauschte wieder dem Tischgespräch.

»Und Lukas hat ihn nicht ernst genommen«, hauchte Ellen.

Hübchen nickte. »Dirk Breitenberger hat ihn daraufhin unter einem Vorwand in sein Büro gelockt. Er kannte seinen Ex-Partner gut und wusste, der würde die Finger nicht vom Essen lassen können. Breitenberger musste es nur so timen, dass die Bärlauchmaultaschen gerade fertig waren, als Herr Schropf eintraf. Er war wohl ein Genießer, ihr Mann.«

»Einem guten Essen konnte er nicht widerstehen, das stimmt.«

»Aber wieso ein Boot?«, hakte ich ein.

»So eine Vergiftung dauert Stunden. Zuerst fühlt man sich unwohl. Herr Schropf klagte über Übelkeit, als er das Boot nahm, das hat der Bootsverleiher erzählt. Der wollte Feierabend machen, deshalb hat Schropf mit ihm ausgemacht, dass er das Boot später zurückbringen würde. Er wollte Ihnen, Frau Kleinschmidt, mögliche Objekte vom Wasser aus präsentieren. Und da hier jeder jeden kennt, war das für den Bootsverleiher auch kein Problem.«

»Und dann isch er in dem Boot gstorben. Vielleicht hät ma ihm sogar helfen können, wenn er zum Arzt gange wär.«

Hübchen schüttelte den Kopf. »Wie es aussieht, war die Dosis zu hoch. Aber wie auch immer: Der Fall ist für mich damit abgeschlossen. Den Rest übernehmen Staatsanwaltschaft und Gericht.«

»Und ich ruf jetzt Franziska an. Vielleicht hat sie einen Tisch für uns. Dann gehen wir alle zusammen essen und trinken darauf, dass wir unschuldig sind und das jetzt auch bewiesen ist.«

»Was für eine nette Idee, Frau Kleinschmidt. So einen Abschluss haben wir uns wirklich verdient.« Hübchen strahlte meine Brüste an.

Mist. So war das nicht gemeint. Aber er freute sich so sichtlich, dass ich es nicht fertigbrachte, ihm zu erklären, dass er eigentlich nicht mit eingeladen war. Vielleicht würde es ja sogar nett werden – Rüsselchens Gesellschaft, ohne unter Mordverdacht zu stehen.

Und am Ende wird er doch noch dein Kommissar. Wetten?

Halt die Klappe, Stimmchen. Dich hat niemand gefragt.

»Und ab morge kümmersch du dich dann nur noch um dei Buch. Meine Kunde wolle schließlich ebbes zum Lese habe.«

Der Schwarzwald. Jetzt zeigte er also doch noch seine idyllische Seite. Sehr schön. Daran könnte ich mich gewöhnen.

Und auf Freiburg mit Ellen, die Weinprobe bei Danners und was sonst noch auf dem Plan stand, freute ich mich auch schon sehr.

DANKE

Wieder einmal durfte ich das große Abenteuer erleben, Buchstaben so in die Reihe zu bringen, dass eine Geschichte daraus wird.

Ich habe mit meinen Figuren gezittert, gelacht und mich gefreut. Ganz herzlich habe ich aber auch über meine persönlichen kleinen Aussetzer gelacht, die sich beim Schreiben manchmal einstellen. So wurden aus den »mehlverschmierten Händen« im ersten Versuch die »Mailverschmierten Hände«. Einmal wurde aus der Hexe eine Haxe – vermutlich hatte ich da Hunger, wobei ich eigentlich gar keine Haxe mag, aber das war meinem Unterbewusstsein in dem Moment wohl egal. Die gute Frau Gidlinger hatte Gepäck im Haus, was grundsätzlich ja nichts Schlechtes sein muss, aber zum Tee gereicht, wäre es dann doch etwas schwer verdaulich. Was Ellen in ihrer Kräuterküche werkelte, waren gewiss keine Ferkeleien, auch wenn da im ersten Anlauf stand: in ihrer Kräuterküche ferkelte …

Dass ich trotz Versunkenheit in die Geschichte und zwischenzeitlichen Verlusts des Gefühls für Zeit und Raum nicht verhungern musste, habe ich meinem Mann Bernd zu verdanken. Seine Köstlichkeiten stehen denen von Ellen in nichts nach. Mein Schatz, du bist der Beste! Danke!

Ein großes Dankeschön geht an meinen Sohn Tobias. Er hat sich als toller Diskussionspartner in Sachen Krimi etabliert und beeindruckt mich immer wieder mit seiner Geduld. Ihm verdanke ich die Idee mit dem »Gif«.

Natürlich vergesse ich auch nicht meine wunderbaren Freundinnen Emma und Alexandra, die sich wieder als Testleserinnen zur Verfügung gestellt haben.

Und meine Agentin Beate Riess, die immer für mich da ist, egal, ob ich jammern oder feiern möchte – wobei uns beiden Feiern deutlich mehr Spaß macht.

Ein letztes, aber durchaus wichtiges Dankeschön geht an meine Lektorin Christine Derrer und das Team des Emons Verlags. Das ist eine tolle Truppe, und ich freue mich sehr, dabei sein zu dürfen.

Susanne Oswald
TOD IM STROH
Klappenbroschur, 2274 Seiten
ISBN 978-3-95451-291-1

»Ein lockerer Frauenroman, der in seinem Anhang noch Rezepte zum Nachkochen bietet.« Gartenzeitung.com